中等职业学校教学用书（计算机应用专业）

U0117085

中文 CorelDRAW X3 案例教程

沈大林　主编

郑淑晖　陶　宁　罗红霞　等编著

电子工業出版社.

Publishing House of Electronics Industry

北京·BEIJING

内 容 简 介

本书共 9 章，较全面地介绍了中文 CorelDRAW X3 的基本使用方法和使用技巧，引用了 25 个实例和 10 个应用型综合实例。本书采用任务驱动的教学方式，集通俗性、实用性和技巧性于一身。本书除第 1 章和第 9 章外，其他各章均以一节为一个教学单元，对知识点进行了细致的取舍和编排，按节细化和序化了知识点，配有相应的实例，通过实例的制作带动相关知识的学习，使知识和实例相结合。

本书可以作为中等职业学校计算机等专业的教材，也可以作为初学者自学的读物。

图书在版编目（CIP）数据

中文 CorelDRAW X3 案例教程/沈大林主编；郑淑晖等编著. —北京：电子工业出版社，2011.8
中等职业学校教学用书·计算机应用专业
ISBN 978-7-121-14230-7

Ⅰ. ①中…　Ⅱ. ①沈…②郑…　Ⅲ. ①图形软件，CorelDRAW X3—中等专业学校—教材　Ⅳ. ①TP391.41

中国版本图书馆 CIP 数据核字（2011）第 153706 号

策划编辑：关雅莉
责任编辑：郝黎明　　特约编辑：张　彬
印　　刷：三河市鑫金马印装有限公司
装　　订：
出版发行：电子工业出版社
　　　　　北京市海淀区万寿路 173 信箱　邮编　100036
开　　本：787×1 092　1/16　印张：16.75　字数：428.8 千字
印　　次：2011 年 8 月第 1 次印刷
印　　数：4 000 册　　定价：29.80 元

凡所购买电子工业出版社图书有缺损问题，请向购买书店调换。若书店售缺，请与本社发行部联系，联系及邮购电话：（010）88254888。

质量投诉请发邮件至 zlts@phei.com.cn，盗版侵权举报请发邮件至 dbqq@phei.com.cn。

服务热线：（010）88258888。

前 言

    CorelDRAW 是 Corel 公司推出的一款功能强大且易学易用的图形图像制作与设计软件，是众多矢量绘图和图像处理软件中的佼佼者。它具有非常强大的矢量图形处理功能，可以制作和编辑矢量图形，可以编辑和处理位图图像，可以绘制出各种形状复杂、色彩丰富的专业级图像。CorelDRAW 已经广泛应用于网页设计，包装装潢设计，商业展示，服饰设计，广告宣传，徽标和营销手册设计，建筑及环境艺术设计，多媒体画面制作，插画设计，海报制作，印刷出版物等各方面。

    目前 CorelDRAW 应用较多，其较新的版本是 CorelDRAW X3，它的新增功能达 40 多种，超过 400 种功能得到增强。本书介绍的是中文版 CorelDRAW X3。

    本书共 9 章，较全面地介绍了中文 CorelDRAW X3 的基本使用方法和使用技巧，引用了 25 个实例和 10 个应用型综合实例。第 1 章介绍中文 CorelDRAW X3 工作区和基本操作，为全书的学习打下一个良好的基础；第 2 章通过 2 个实例介绍绘制和编辑简单矢量图形的方法；第 3 章通过 3 个实例介绍绘制和编辑矢量曲线的方法；第 4 章通过 4 个实例介绍绘制完美形状图形和编辑文本的方法；第 5 章通过 5 个实例介绍对象的组织与变换的方法；第 6 章通过 3 个实例介绍图形的填充和透明处理的方法；第 7 章通过 4 个实例介绍图形的交互式处理的方法；第 8 章通过 4 个实例介绍位图图像的处理方法；第 9 章介绍 10 个应用型综合实例，用来提高读者应用 CorelDRAW X3 设计作品的能力、综合应用能力和创新设计能力。

    本书采用任务驱动的教学方式，集通俗性、实用性和技巧性于一身。本书除第 1 章和第 9 章外，其他各章均以一节（相当于 1～4 课时）为一个教学单元，对知识点进行了细致的取舍和编排，按节细化和序化了知识点，以细化的知识为核心，配有主要应用这些知识的实例，通过实例的制作带动相关知识的学习，使知识和实例相结合。每个教学单元的开始介绍实例的效果、实例的要求和与应用相关的知识，接着介绍制作方法和制作步骤，最后设有与本教学单元的实例相关的思考与练习题，基本都是操作性练习题。

    本书结构合理、条理清晰、通俗易懂，便于初学者学习，而且信息含量高。本书的作者大多是学校的计算机教师或计算机公司的图形图像创作人员，他们通过长期的教学与实践，总结出一套理论联系实际的实例教学方法，即学生可在计算机前一边看书中实例的操作步骤，一边进行操作，从而提高灵活应用能力和创造能力。采用这种方法学习的学生，掌握知识速度快，学习效果好，可以用较短的时间，引导学生快速步入 CorelDRAW 的殿堂。

    为方便教师教学，本书配备了电子课件，有此需要的教师可登录华信教育资源网（www.hxedu.com.cn）免费下载。

本书主编沈大林，参加本书编写工作的主要人员有郑淑晖、陶宁、罗红霞、郑瑜、丰金兰、靳轲、卢宁、王小兵、郑原、肖柠朴、王加伟、孔凡奇、李宇辰、张铮、陈恺硕、郭海、毕凌云。

本书可以作为中等职业学校计算机等专业的教材，也可以作为初学者自学的读物。

由于作者水平有限，加上出版时间仓促，书中难免有疏漏和不妥之处，恳请广大读者批评指正。

编　者
2011 年 6 月

目　录

第1章 初识中文 CorelDRAW X3

CorelDRAW X3 是 Corel 公司出品的最新版本的矢量图形制作工具软件,利用该软件可以制作矢量图形、进行位图图像编辑和处理,可以完成任意等级的设计,也可以制作各种标志符号、网页界面、矢量动画、LOGO,以及各种印刷出版物封面、位图编辑和网页动画等。

CorelDRAW X3 的操作界面非常友好,并为创建各种图形提供了一整套的工具,这些工具除了有形象的图标外,还有文字提示,当鼠标指针在一个工具按钮上停留一段时间后,会出现该工具的文字提示。利用这些工具可以快捷、轻松地绘制和编辑各种图形对象。

1.1 中文 CorelDRAW X3 工作区

1.1.1 中文 CorelDRAW X3 的启动和工作区简介

1. 启动中文 CorelDRAW X3

选择"开始"→"CorelDRAW Graphics Suite X3"→"CorelDRAW X3"菜单命令,可以启动 CorelDRAW X3,屏幕显示"CorelDRAW X3"欢迎对话框,如图 1-1 所示。

在"CorelDRAW X3"欢迎对话框中有 6 个图形选项和 1 个复选框,它们的作用如下。

(1)"新建"选项。单击该选项的图标,可以创建一个新的图形文件。

(2)"从模板新建"选项。单击该选项的图标,可以调出"从模板新建"对话框,如图 1-2 所示。可以从该对话框中选择一种 CorelDRAW X3 自带的绘图模板。

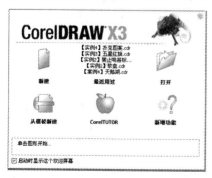

图 1-1 "CorelDRAW X3"欢迎对话框

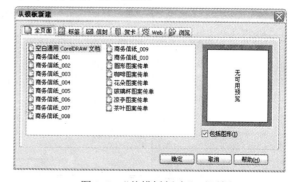

图 1-2 "从模板新建"对话框

(3)"最近用过"选项。在该选项内,列出了以前曾打开过的几个图形文件的名称,单击图形文件的名称，可以打开相应的图形文件。如果是第一次启动中文 CorelDRAW X3，则在该选项内没有可以打开的图形文件名称。

（4）"CorelTUTOR"选项。单击该选项的图标，可以创建一个新的图形文件，同时打开 Corel 教程网站。

（5）"打开"选项。单击该选项的图标，可以调出"打开绘图"对话框，如图 1-3 所示。利用该对话框可以选择一个或多个图形文件，单击"打开"按钮，可以打开选中的文件。

（6）"新增功能"选项。单击该选项的图标，可以调出介绍 CorelDRAW X3 新功能和其他帮助教程的"CorelDRAW 帮助"窗口，如图 1-4 所示。

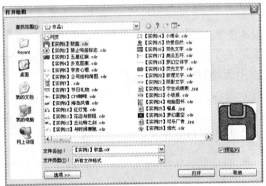

图 1-3　"打开绘图"对话框　　　　　　　　图 1-4　"CorelDRAW 帮助"窗口

（7）"启动时显示这个欢迎屏幕"复选框。如果选中该复选框，则再启动中文 CorelDRAW X3 时，会显示"CorelDRAW X3"对话框；如果不选中该复选框，则再启动中文 CorelDRAW X3 时，不会显示该对话框，而是直接进入 CorelDRAW X3 工作区。

2．工作区简介

当启动中文 CorelDRAW X3 后，在欢迎窗口中单击"新建"选项，即可打开如图 1-5 所示的中文 CorelDRAW X3 工作区。中文 CorelDRAW X3 所有的绘图工作都是在这里完成的。熟悉工作区，就是使用 CorelDRAW X3 软件的开始。

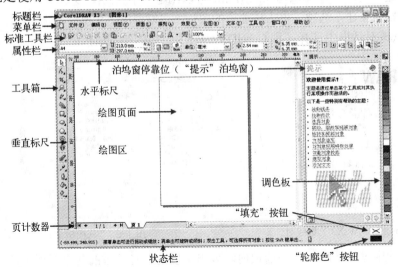

图 1-5　CorelDRAW X3 工作区

由图 1-5 可以看出，CorelDRAW X3 的工作区主要由标题栏、菜单栏、标准工具栏、工具箱、属性栏、绘图页面、状态栏、泊坞窗和调色板等组成。

选择"窗口"→"工具栏"→"××××"菜单命令，可以显示或隐藏相应的工具栏（"××××"是工具栏的名称）；选择"窗口"→"调色板"菜单命令，可以在显示或隐藏调色板之间切换；选择"窗口"→"泊坞窗"→"××××"菜单命令，可以调出或关闭相应的泊坞窗（"××××"是泊坞窗的名称）。泊坞窗是中文 CorelDRAW X3 特有的一种窗口，它具有较强的智能特性，位于泊坞窗停靠位处，它类似于 Photoshop CS3 中的调板。

1.1.2　标题栏、菜单栏、绘图区、页计数器和状态栏

1．标题栏和菜单栏

（1）标题栏。单击标题栏最左边的图标，可调出一个快捷菜单。可利用该菜单来调整 CorelDRAW X3 工作区的状态。图标的右边显示当前图像文件的名称。标题栏的右侧有"最小化"按钮、"最大化"按钮或"还原"按钮、"关闭"按钮。

（2）菜单栏。它有 11 项主菜单，拖曳菜单栏最左边的两条三维竖线，可以将菜单栏移出来，独立成为一个名称为"菜单栏"的面板，如图 1-6 所示。CorelDRAW X3 菜单是标准的 Windows 程序菜单，其使用方法与其他 Windows 程序菜单的使用方法基本一样。

（3）快捷菜单。右击工具箱、标准工具栏、绘图页面、泊坞窗、调色板等，可以调出相应的快捷菜单。其内集中了相关的菜单命令，可以方便地进行有关操作。

例如，右击工具箱或标准工具栏内的空白处，会调出它的快捷菜单，如图 1-7 所示（如果右击菜单栏内的菜单命令，则调出的快捷菜单内会增加"菜单项"菜单命令）。利用该快捷菜单可以打开或关闭相应的工具面板，设置工具栏中按钮的大小和外观等。如果快捷菜单命令左边有"√"，表示相应的工具栏已经调入工作区中。

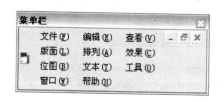

图 1-6　"菜单栏"面板

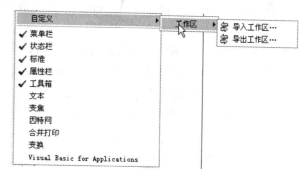

图 1-7　快捷菜单

2．绘图区和绘图页面

绘图区通常在属性栏的下边，它相当于一块画布，可以在绘图区中的任意位置绘图，并可以保存，但如果要将绘制的图形打印输出到纸上，就必须将图形放在绘图页面内。

绘图区的上边是水平标尺，左边是垂直标尺，右边是垂直滚动条，下边的左半部分是页计数器、右半部分是水平滚动条、中间是绘图页面，如图 1-5 所示。在水平滚动条的右侧有一个"查看导航器"按钮，单击该按钮，可以调出一个含有当前文档图形或图像的迷你窗口（视图导航窗口），在该窗口中移动鼠标指针，可以显示图形或图像不同的区域，如图 1-8 所示。

该功能对放大编辑的图形和图像特别有效。

3．页计数器和状态栏

（1）页计数器。页计数器位于绘图区下边水平滚动条的左边，如图 1-9 所示。利用它可以显示绘图页面的页数，改变当前编辑的绘图页面和增加新的绘图页面。

当前编辑页面为第 1 页或最后一页时，在页计数器上会显示➕按钮，单击➕按钮，可以在第 1 页之前或最后一页之后增加绘图页面。如果要在两个绘图页面中间插页，可以将鼠标指针移到页计数器中所选页面的页号上，单击鼠标右键，调出页计数器的快捷菜单，如图 1-10 所示，利用该快捷菜单中的菜单命令，也可以插入新的绘图页面。

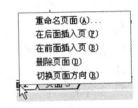

图 1-8　视图导航窗口　　　　图 1-9　页计数器　　　　图 1-10　页计数器的快捷菜单

单击"▶"或"◀"按钮，可以使当前编辑的绘图页面向后或向前跳转一页。图 1-9 中的"3 / 3"表示共有 3 页绘图页面，当前的绘图页面是第 3 页，当前被选中的页号标签为"页面3"。单击"页面 1"、"页面 2"、"页面 3"……中的任一标签，即可快速切换到相应的绘图页面。单击◀按钮，可以使当前编辑的绘图页面直接跳转到第 1 页；单击▶按钮，可以使当前编辑的绘图页面直接跳转到最后一页。

（2）状态栏。状态栏通常在绘图区的下边，也可以通过"选项"对话框将它的位置设置在窗口上边的标题栏与菜单栏之间，还可以调整状态栏的大小、位置和显示的行数等。它的作用是用来显示被选定的对象或操作的有关信息，以及鼠标指针的坐标位置等。

图 1-11 所示为状态栏，它有两行提示信息，分为三个部分。第 1 行的左边是"对象细节"文字，中间是"对象信息"文字，右边是"对象填充色"文字；第 2 行的左边是"鼠标位置"文字，中间是"信息行"文字，右边是"轮廓色"文字。如果状态栏的提示信息没有全部显示，则将鼠标指针移到状态栏内相应的信息上，即可显示出全部提示信息。

| 宽度: 15.350　高度: 5.727　中心: (10.159, 53.591)　毫米 | | 矩形 于 图层 1 | 天蓝 |
| (122.990, 4.449) | 双击工具可创建页面框架；按住 Ctrl 键拖动可限制为方形；按住 Shift 键拖动可从中心绘制 | | 黑 发丝 |

图 1-11　状态栏

1.1.3　标准工具栏、调色板和属性栏

1．标准工具栏

标准工具栏通常在菜单栏的下边，它提供了一些按钮和下拉列表框，用来完成一些常用的操作。将鼠标指针移到该工具栏左边的两条三维竖线处，再拖曳鼠标，可以将标准工具栏移到窗口的其他位置。将鼠标指针移到标准工具栏的按钮上，屏幕上会显示出该按钮的名称和快捷键提示信息。标准工具栏内各工具按钮与下拉列表框的名称、图标和作用如表 1-1 所示。单

击其中一个图标，就选择了该工具。

表 1-1　标准工具栏内各工具按钮与下拉列表框的名称、图标和作用

名　称	图　标	作　用
新建		单击该按钮，可以新建一个绘图页面
打开		单击该按钮，可以调出"打开绘图"对话框，利用该对话框可以打开图形文件
保存		单击该按钮，可以将当前编辑的图形以原文件名保存到磁盘中
打印		单击该按钮，可以调出"打印"对话框，进行打印设置并打印当前绘图文件
剪切		单击该按钮，可以将选中的对象剪切到剪贴板中
复制		单击该按钮，可以将选中的对象复制到剪贴板中
粘贴		单击该按钮，可以将剪贴板内的对象粘贴到当前的绘图页面中
撤销		单击该按钮，可以撤销上一步操作。单击它右边的按钮▾，可以下拉出一个显示以前操作步骤的列表框，单击列表框中的一个操作步骤选项，即可撤销以前完成的多步操作
重做		单击该按钮，可以恢复上一步撤销操作。单击它右边的按钮▾，可以下拉出一个显示以前撤销步骤的列表框，单击列表框中的一个步骤选项，可重做以前撤销的多步操作。只有在执行了"撤销"操作后，该按钮才有效
导入		单击该按钮，可以调出"导入"对话框，利用它可以在绘图页面内加入外部图形文件
导出		单击该按钮，可以调出"导出"对话框，利用它可以将当前图形文件保存
启动器		单击该按钮，可调出一个菜单，该菜单中包含了与 CorelDRAW 配套的其他应用程序，单击其中的菜单命令，就会运行相应的应用程序
Web 连接器		单击该按钮，可调出"Web 连接器"泊坞窗，单击其中的链接，可通过 IE 浏览器连接到互联网上的 Corel 图形网站，浏览相关内容
缩放级别	100% ▾	利用它可以选择绘图页面的显示比例，也可以在其内输入数字来调整绘图页面的显示比例

2．调色板和设置颜色

（1）CMYK 调色板。通常默认的调色板是 CMYK 调色板，它位于右边时，单击调色板上边的滚动按钮▲或下边的滚动按钮▼，可以改变调色板中显示的颜色；单击调色板最下边的◄按钮，可以使单列的调色板变为多列的调色板，单击调色板以外的任何地方，均可以变回单列调色板。拖曳 CMYK 调色板内上边的▬，可以将 CMYK 调色板从绘图区内的右边移到任意处，如图 1-12 所示。单击并按下调色板内某个色块一段时间后，会弹一个小型调色板，显示出与色块颜色相近的一些色块供用户选择，如图 1-13 所示。

利用 CMYK 调色板可以改变选中对象的填充色和轮廓线的颜色。单击选中一个由闭合路径构成的图形，再将鼠标指针移到某一个色块上，单击鼠标左键可以用该种颜色填充选中的对象，单击鼠标右键可以使对象的轮廓线变为该种颜色。

单击调色板中的⊠，可以取消填充的颜色；右击调色板中的⊠，可以取消轮廓线的颜色。单击调色板中的调色板菜单按钮▣，可以调出调色板的菜单。利用该菜单可以设置轮廓色和填充色，可以编辑、保存、打开或关闭调色板，还可以显示颜色的名称等。

（2）PANTONE 调色板。选择"窗口"→"调色板"→"PANTONE×××"菜单命令，可以调出相应的 PANTONE 调色板，它的使用方法与 CMYK 调色板相同。使用该调色板是为了适应印刷出版。将 PANTONE 专色调色板拖曳到任意处的形式如图 1-14 所示。

PANTONE 原本是美国著名的油墨品牌，在业界它已经成为印刷颜色的一个标准，即 PANTONE 配色系统（简称为 PMS）。PANTONE 把自己生产的所有油墨都做成了色谱、色

标，用户需要某种颜色时，按色标标定就行。采用 PANTONE 的专色系统配色后，转为四色印刷时，会有很多色彩不对的问题出现，因为 PANTONE 专色的组合中，只有约 50%可以由 CMYK 去模拟。要想获得准确的颜色，设计者最好拥有色彩样本的书，这种书内每种专色旁边有用四原色所能生成的最接近的颜色样品，色彩样本书对设计者非常重要，因为它实际地显示许多专色是很难或根本不能用 CMYK 四色去合成而产生的。

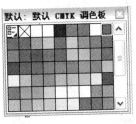　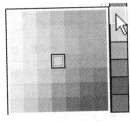　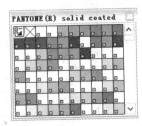

图 1-12　默认 CMYK 调色板　　　　图 1-13　小型调色板　　　　图 1-14　PANTONE 专色调色板

　　许多油墨生产厂商和软件生产商声称它们的产品遵循 PANTONE 颜色标准，这意味着设计师能用桌面软件创作，并知道即使荧幕上显示的颜色与色彩样本上的样品颜色可能不精确匹配，但如果采用适当的专色油墨去印刷的话，印刷品上的颜色将与所期望的颜色相当接近。

　　（3）设置颜色。单击工作区内右下角的"填充"按钮，再单击调色板内的一个色块，即可设置绘制图形的填充颜色，或者改变选中对象的填充颜色；单击工作区内右下角的"轮廓色"按钮，再单击调色板内的一个色块，即可设置所绘制图形的轮廓颜色，或者改变选中对象的轮廓颜色。

3．属性栏

　　属性栏提供了一些按钮和列表框，它是一个感应命令栏，会随着选定的对象和工具的不同，而显示出相应的命令按钮和列表框等，这给绘图操作带来了很大的方便。中文 CorelDRAW X3 的属性栏相当于 Photoshop CS3 中的选项栏。

　　例如，单击工具箱中的"矩形工具"按钮□，在绘图页面内拖曳，便可绘制一幅矩形图形，如图 1-15（a）所示，此时的"属性栏：矩形"面板如图 1-15（b）所示。

　　再如，单击工具箱中的"缩放工具"按钮，不做任何操作，此时的"属性栏：缩放工具"面板（即属性栏）如图 1-16 所示。

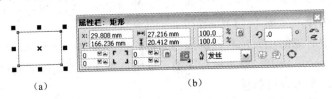　　

图 1-15　矩形图形和"属性栏：矩形"面板　　　　图 1-16　"属性栏：缩放工具"面板

1.1.4　中文 CorelDRAW X3 工作区设置

1．设置所有按钮外观

　　CorelDRAW X3 为用户提供了自定义界面功能，可以随意定制自己的工作区。选择"工具"→"选项"菜单命令或单击"属性"栏内的"选项"按钮，即可调出"选项"对话框。

利用该对话框,可以设置工作区等。自定义命令栏的方法简介如下。

"选项"对话框的左边是它的目录栏,右侧是它的参数设置区。其中,目录栏内有三个一级目录:"工作区"、"文档"和"全局"。单击目录名称左边的➕图标,可以展开该目录;单击目录名称左边的➖图标,可以收缩该目录下的展开目录。单击目录名称,会在目录栏右边的参数设置区显示相应目录的参数设置选项。选中该对话框中目录栏内 "自定义"目录下的"命令栏"选项,打开的"选项"(命令栏)对话框如图 1-17 所示。

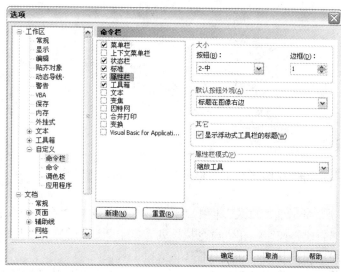

图 1-17 "选项"(命令栏)对话框

在命令栏内,可以查看和设置所有命令栏(即工具栏)的名称列表和属性栏。选中不同的工具栏名称文字左边的复选框,即可在工作区内显示相应的工具栏;选中不同的工具栏名称后,可以在其右边栏内设置选中工具栏按钮的大小和外观等属性。

在"大小"栏内的"按钮"下拉列表框可以选择按钮的大小,在"边框"数字框可以调整工具箱的边框大小,在"默认按钮外观"下拉列表框内可以选择按钮的外观,在"属性栏模式"下拉列表框中可以选择不同的属性栏。如果选中"显示浮动式工具栏的标题"复选框,则属性栏有标题栏,否则没有标题栏。在调整上述选项时可以随时看到效果。

例如,选中"命令栏"栏内的"属性栏"文字,在"按钮"下拉列表框选择"2-中",在"边框"数字框内选择数值"1",在"默认按钮外观"下拉列表框内选择"标题在图像右边"选项,在"属性栏模式"下拉列表框中选择"缩放工具"选项,如图 1-17 所示。此时的属性栏内按钮图像的右边是提示文字,"属性栏:缩放工具"面板如图 1-18 所示。

图 1-18 "属性栏:缩放工具"面板

2. 设置单个工具按钮外观

如果要设置菜单栏、标准工具栏和工具箱等工具栏中个别按钮的外观,可以按照下述操作方法进行。

右击菜单栏、标准工具栏或工具箱等工具栏中的个别按钮或菜单，调出它的快捷菜单，该菜单如图 1-19 所示，在二级菜单中有"菜单栏"或"工具栏项"等菜单命令。单击该菜单命令下的三级菜单命令，即可设置该工具栏内按钮的外观。

图 1-19   快捷菜单

3. 创建新工具栏

利用"选项"对话框可以创建新工具栏，其内可以放置一些常用工具，方便使用。具体操作方法如下。

（1）单击"选项"对话框"目录"栏中"自定义"目录内的"命令栏"选项，单击"命令栏"列表框下方的"新建"按钮，在"命令栏"列表框中新建一个 "新工具栏 1"的工具栏名称，同时在工作区显示出新建的"新工具栏 1"空白工具栏。

（2）在"命令栏"列表框中新建的"新工具栏 1"名称处可以修改新工具栏的名称。

（3）选中"目录"栏中"自定义"目录内的"命令"选项，再在右侧的参数设置区内的"命令"下拉列表中挑选工具类型（例如，选中"排列"挑选工具选项）。再在其下边的列表框中选择各种工具（如选中"左对齐"工具选项），如图 1-20 所示。

（4）依次将"命令"栏内下边的列表框中需要的命令（即工具）拖曳到工作区内新建的"新工具栏 1"空白工具栏中，即可完成自定义工具栏的设置，如图 1-21 所示。

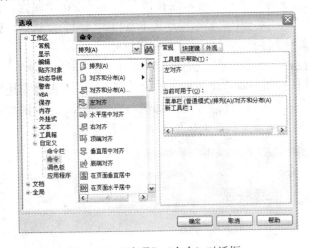

图 1-20   "选项"（命令）对话框   图 1-21   "新工具栏 1"工具栏

4. 选择、创建、导出和导入工作区

选择"工具"→"选项"菜单命令，调出"选项"对话框，单击该对话框内左边目录栏中

的"工作区"目录名称，即可将右侧的参数设置区切换到"工作区"栏，如图 1-22 所示。利用该"选项"对话框选择、创建、导出和导入工作区的方法如下。

（1）选择工作区。在"工作区"栏内选择不同的复选框（只可以选择一个），可以切换不同的工作区，而且可立即看到工作区的变化。单击"确定"按钮，可完成选择工作区的任务。

默认选择"X3 默认工作区"复选框，此时"描述"栏内会显示"默认工作区"文字提示，如图 1-22 所示。

（2）创建新工作区。调整完工作区后，调出"选项"对话框，单击"工作区"目录名称，如图 1-22 所示。单击"新建"按钮，调出"新工作区"对话框，如图 1-23 所示。

图 1-22　"选项"对话框

图 1-23　"新工作区"对话框

在"新工作区"对话框内的"新工作区的名字"文本框中输入新工作区的名称（如输入"工作区 1"），在"新工作区的描述"文本框中输入新工作区的描述文字（如输入"我创建的第 1 个工作区"），如图 1-24 所示。单击"确定"按钮，回到"选项"对话框，如图 1-25 所示。可以看到，新的"工作区 1"已被添加。

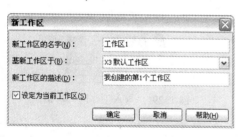

图 1-24　"新工作区"对话框

图 1-25　新建工作区后的"选项"对话框

（3）导出工作区。调出"选项"对话框，单击"工作区"目录名称，如图 1-22 所示。单击"导出"按钮，调出"导出工作区…"对话框，如图 1-26 所示。

选中要保存的内容（此处全部保存，即选中全部复选框），单击"保存"按钮，调出"另存为"对话框，如图 1-27 所示。输入文件名字（如"工作区 1.xslt"），单击"保存"按钮，将新工作区以文件形式保存，关闭"另存为"对话框，同时回到"导出工作区…"对话框。单击"关闭"按钮，关闭该对话框。

 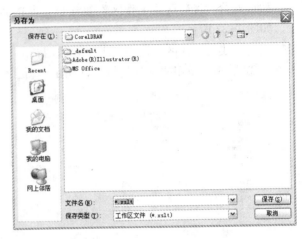

图 1-26 "导出工作区…"对话框　　　　　　图 1-27 "另存为"对话框

（4）导入工作区。单击"选项"对话框中的"导入"按钮，调出"导入工作区"对话框，如图 1-28 所示。按照对话框中的提示，单击"浏览"按钮，调出"打开"对话框，选择工作区文件（如工作区 1.xslt），单击"打开"按钮，关闭"打开"对话框，回到"导入工作区"对话框。此时，"下一步"按钮会变为有效。

单击"下一步"按钮，调出下一个"导入工作区"对话框，选择要导入的项目，如图 1-29 所示。以后继续单击"下一步"按钮，共分 5 步完成。在最后一步单击"完成"按钮，即可导入外部保存的新工作区。

设置好后，单击"选项"对话框内的"确定"按钮，关闭该对话框，完成相应的工作。

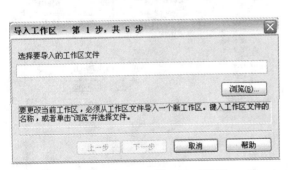 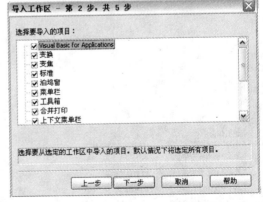

图 1-28 "导入工作区"对话框　　　　　　图 1-29 "导入工作区"对话框

思考与练习 1.1

1. 启动中文 CorelDRAW X3，了解中文 CorelDRAW 工作区的组成，依次隐藏和调出工具箱、标准工具栏、菜单栏、属性栏和状态栏。

2．设置工具箱的按钮大小为中，标题在图像的下边。设置标准工具栏的按钮大小为大，标题在图像的右边。然后，导出工作区，保存的名称为"工作区 2.xslt"。

1.2　工具箱

工具箱的默认位置是在绘图区的左边，如图 1-5 所示。可以拖曳工具箱内上边的 ≡ ，调整它的位置。另外，利用工具箱的快捷菜单可以调整工具箱内按钮的大小，以及添加按钮说明文字。如果工具按钮的右下角有黑色三角形"◢"标志，表示这是一个工具组。单击该黑色三角形"◢"，就可以展开该工具组栏，其内有相关的工具按钮。

单击某个工具按钮，即可使用相应的工具。工具箱内各工具的作用如下。

1.2.1　挑选、图形和文本工具

1．挑选工具和文本工具

（1）挑选工具 。它用来挑选要编辑的对象。大多数对象操作，都应先选中，再编辑。

单击"挑选工具"按钮 后，再单击一个对象，可以选中该对象，使该对象成为当前的编辑对象；拖曳一个矩形围住多个对象或按住【Shift】键的同时依次单击多个对象，可以选中多个对象，选中的对象周围有 8 个黑色控制柄，中间有一个中心标记 ✕，如图 1-30（a）所示。

拖曳选中对象四周的控制柄，可以调整它的大小和形状；拖曳中心标记 ✕，可以调整它的位置。选中对象后再单击该对象，控制柄会变为双箭头状，中心标记变为 ⊙ 状，如图 1-30（b）所示。拖曳四角的双箭头状控制柄，可以旋转对象；垂直拖曳左右两边的双箭头状控制柄，可以垂直倾斜对象，如图 1-30（b）所示；水平拖曳上下两边的双箭头状控制柄，可以水平倾斜对象，如图 1-30（c）所示；拖曳中心标记 ⊙，可以改变对象的旋转中心。

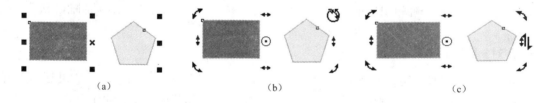

| (a) | (b) | (c) |

图 1-30　选中对象和旋转对象

（2）文本工具 。单击"文本工具"按钮 后，再单击绘图页面，可以输入美工文字；拖曳一个矩形后，即可形成文本框，然后可以在文本框内输入段落文字。

2．矩形工具展开工具栏

"矩形工具展开工具栏"有 2 个工具，如图 1-31 所示。其中各工具的作用如下。

（1）矩形工具 。使用矩形工具后，拖曳一个矩形，即可绘制一个矩形，它是由两个点确定的。按住【Shift】键并拖曳鼠标，也可以绘制一个矩形，只是拖曳的单击点是矩形的中点。按住【Ctrl】键并拖曳鼠标，可以绘制一个正方形。

（2）3 点矩形工具 。3 点矩形工具由 3 个点确定一个矩形，第 1 点和第 2 点确定矩形任意一边的倾斜角度，第 3 点用来确定矩形的形状。使用 3 点矩形工具后，拖曳绘制一条直线，

形成矩形的一条边，如图 1-32（a）所示，松开鼠标左键再拖曳，可绘制出一个矩形框，如图 1-32（b）所示。然后单击这个矩形框，即可完成矩形图形的绘制，如图 1-32（c）所示。

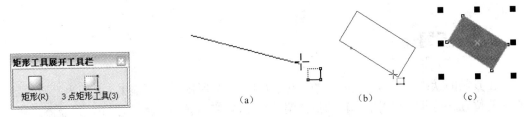

图 1-31　矩形工具展开工具栏　　　　图 1-32　使用 3 点矩形工具绘制矩形图形

3．椭圆工具展开工具栏

"椭圆工具展开工具栏"有 2 个工具，如图 1-33 所示。其中各工具的作用如下。

（1）椭圆工具 ◯。使用椭圆工具后，拖曳一个椭圆形，即可绘出一个椭圆形，它是由两个点确定的。按住【Shift】键并拖曳鼠标，也可以绘出一个椭圆图形，只是拖曳的单击点为椭圆的中点。按住【Ctrl】键并拖曳鼠标，可以绘制一个圆形图形。

（2）3 点椭圆工具 ◓。3 点椭圆工具是由 3 个点确定的椭圆，第 1 点和第 2 点确定椭圆长轴或短轴的倾斜角度，第 3 点确定椭圆的形状。使用 3 点椭圆工具后，拖曳绘制一条直线，形成椭圆形的长轴或短轴，松开鼠标左键再拖曳，即可绘制出一个椭圆形图形，如图 1-34 所示。然后单击鼠标左键，完成矩形图形的绘制。

 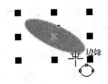

图 1-33　椭圆工具展开工具栏　　　　图 1-34　使用 3 点椭圆工具绘制的椭圆图形

4．对象展开式工具栏

"对象展开式工具栏"有 5 个工具，如图 1-35 所示。使用其中一个工具后，在其属性栏内进行设置，再拖曳，即可绘制相应的图形，如图 1-36 所示。该栏中各工具的作用如下。

图 1-35　对象展开式工具栏　　　　图 1-36　对象展开式工具绘制的图形

（1）多边形工具 ◯。可以绘制正多边形，可以调整多边形的边数。

（2）星形工具 ☆。可以绘制各种星形图形，可以调整星形的角点数。

（3）复杂星形工具 ✦。它是对星形工具的增强，可以绘制各种复杂星形图形。复杂星形填充和星形的填充结果不太一样，复杂星形的自相交区域没有填充。通过属性栏的参数设置，可以调整星形的角点数。

（4）图纸工具 ▦。也称为网格工具，可以绘制棋盘格图形。可以调整网格数目。

（5）螺纹工具◎。可以绘制对称式或对数式螺纹状图形。可以调整螺纹个数。

5. 完美形状展开工具栏

"完美形状展开工具栏"有 5 个工具，如图 1-37 所示。使用其中一个工具后，在其属性栏内的"完美形状"下拉列表框内选择一种图案，并进行其他设置，再拖曳，即可绘制出相应的图形，如图 1-38 所示。该栏中各工具的作用如下。

图 1-37　完美形状展开工具栏　　　　　　　图 1-38　完美形状展开工具绘制的图形

（1）基本形状工具⬡。可以绘制一些基本图形，如人脸、心形和梯形等。

（2）箭头形状工具⬡。可以绘制各种箭头图形。

（3）流程图形状工具⅋。可以绘制各种流程图形状的图形。

（4）标题形状工具⬡。可以绘制出旗帜、不规则星形等形状的图形。

（5）标注形状工具⬡。可以绘制各种标注形状的图形。

以上工具的共同特点是，按住【Shift】键的同时拖曳，可以以单击点为中点进行绘制；按下【Ctrl】键的同时拖曳，可以绘制等比例图形；按下【Shift+Ctrl】组合键的同时拖曳，可以以单击点为中点绘制等比例图形。

6. 曲线展开工具栏

"曲线展开工具栏"有 8 个工具，如图 1-39 所示。其中各工具的作用如下。

图 1-39　曲线展开工具栏

（1）手绘工具✐。可以像使用笔在纸上绘图一样，绘制直线与曲线。在绘图页面上拖曳，可以绘制曲线。单击直线起点处，再单击直线终点处，可以绘制一条直线。

（2）贝塞尔工具✎。可以绘制折线与曲线。单击折线起点处，依次双击折线转折点处，再单击折线终点处，然后按空格键，即可绘制一条折线。

单击曲线的起点，再单击曲线的下一个转折点，在不松开鼠标左键的情况下拖曳，即可绘制一条曲线，再单击曲线的下一个转折点，在不松开鼠标左键的情况下拖曳，如此不断，最后按空格键，即可绘制一条曲线。

（3）艺术笔工具✐。也称为自然笔工具。使用该工具后，可以在其属性栏内选择各种艺术笔触图案，在绘图页面内拖曳，即可绘制由各种艺术笔触图案组成的曲线。

（4）钢笔工具✎。可以像折线工具的使用方法那样绘制折线，还可以通过单击和拖曳鼠标，绘制连接多个锚点的曲线，并可以增加或删除锚点。

（5）折线工具✐。可以单击折线起点、各转折点，最后双击终点结束，绘制折线。另外，还可以像使用手绘工具那样，拖曳绘制曲线。

（6）3 点曲线工具⌒。由三个点确定一条曲线。先拖曳绘制一条直线，从而确定曲线的起点和终点，再拖曳到第 3 点，同时将直线变为曲线，可以调整曲度的形状。

（7）连接器工具 。也称为交互式连线工具，可以绘制折线，并将两个对象连成一体。先拖曳绘制一条直线，再拖曳，即可绘制连接两个对象的折线。

（8）度量工具 。也叫标注工具。使用该工具后，单击起点，再单击终点，然后拖曳到要加标注文字处单击，即可标注出起点到终点的长度或角度。

1.2.2　图形编辑工具

1．形状编辑展开式工具栏

"形状编辑展开式工具栏"有 4 个工具，如图 1-40 所示。其中各工具的作用如下。

（1）形状工具 ：也叫节点编辑工具。使用该工具后，可以调整曲线节点的位置和改变图形的形状。还可以进行增加、删除、合并、拆分节点等操作。

（2）涂抹笔刷工具 ：也称为杂点笔刷工具。使用该工具后，可以使曲线对象沿拖曳出的轮廓变形。使用该工具前需要将线对象转换成曲线。

（3）粗糙笔刷工具 ：使用该工具后，可以使曲线对象的轮廓变得粗糙。使用该工具前需要将曲线对象转换成曲线。

（4）变换工具 ：也称为变形工具、自由变换工具或自由变形工具。使用该工具后，可以改变对象的外观，产生镜像图形。

2．缩放展开工具栏

"缩放展开工具栏"有 2 个工具，如图 1-41 所示。其中各工具的作用如下。

（1）缩放工具 。也称为显示比例工具。使用该工具后，鼠标指针变为带"+"的放大镜状，此时单击绘图页面，可以放大绘图页面；按住【Shift】键，鼠标指针变为带"-"的放大镜状，此时单击绘图页面，可以缩小绘图页面。

（2）手形工具 。也称为平移工具。使用该工具后，鼠标指针变为小手状，此时在绘图页面内拖曳，可以改变绘图页面的位置。

3．裁剪工具展开栏

"裁剪工具展开栏"有 4 个工具，如图 1-42 所示。其中各工具的作用如下。

图 1-40　形状编辑展开式工具栏　　　图 1-41　缩放展开工具栏　　　图 1-42　裁剪工具展开栏

（1）裁剪工具 。使用该工具后，可以裁切图像，快速移除对象、位图和矢量图形中不需要的区域。可裁切的对象包括矢量图形、导入的或者转化的位图、段落文本与美术字等。

（2）刻刀工具 。也称为美工刀工具。使用该工具后，可以将单个对象分割成多个对象。

（3）擦除工具 。也称为橡皮擦工具。选中要进行擦除的对象，然后单击橡皮擦工具 ，再在图形之上拖曳，即可擦除图形。

（4）虚拟段删除工具 。使用该工具后，可以删除多条线段之间无用的线段。

4．滴管展开工具栏

"滴管展开工具栏"有 2 个工具，如图 1-43 所示。其中各工具的作用如下。

（1）滴管工具 ✎。使用该工具后，鼠标指针变为滴管状，再单击对象的填充色，即可将当前的填充色改为该颜色。例如，单击图 1-44 右图（红色），可将当前颜色改为红色。

（2）颜料桶工具 ✎。使用该工具后，鼠标指针变为油漆桶状，再单击图形对象，即可将图形的填充色改为当前颜色。例如，用滴管工具吸取红色后，使用该工具，鼠标指针变为油漆桶状，再单击图 1-45 左图的黄色图形，可将黄色改为红色，如图 1-45 左图所示。

图 1-43　滴管展开工具栏

图 1-44　不同颜色的图形

图 1-45　改变图形颜色

5．智能工具展开栏

"智能工具展开栏"有 2 个工具，如图 1-46 所示。其中各工具的作用如下。

（1）智能填充工具 ✎。该工具可以对任何封闭的对象进行填色，也可以对任意两个或多个对象重叠的区域填色，还可以自动识别相重叠的多个交叉区域，并对其进行颜色填充。

使用该工具后，在其属性栏内可以设置图形填色区域的颜色和轮廓线的粗细及颜色，再单击对象重叠的区域，即可给重叠区域填充，如图 1-47 所示（移出了填充的图形）。在填充时，先自动推测由图形各边界线生成的相交区域，再将要填色的区域复制一份（注意：是独立的封闭填色区域），同时对复制的图形进行填充。使用智能填充工具，可以创建基础图形，实现对不同区域填充的变化、相同区域不同颜色的变化，两者结合不同区域和不同颜色的组合变化，外轮廓线粗细不同和有无的变化，外轮廓线颜色有无，以及不同颜色的变化。

图 1-46　智能工具展开栏

将要填充的区域　　　填充区域后并移出的图形

图 1-47　智能填充工具的应用

（2）智能绘图工具 ✎。该工具可以用来绘制曲线、直线、折线、矩形、椭圆形等图形。使用该工具后，在其属性栏内设置形状识别率和智能平滑率等参数，然后拖曳绘制图形。绘制完图形后，CorelDRAW X3 可以自动调整绘制的图形，使它成为标准图形。

例如，使用该工具后，在其属性栏内的"形状识别等级"和"智能平滑等级"下拉列表框中均选择"最高"选项，在"轮廓宽度" ✎ 下拉列表框中选择".5mm"，如图 1-48 所示。然后在画布中拖曳绘制一个三角形，如图 1-49 左图所示，当松开鼠标左键后，图形会自动成为标准的三角形，如图 1-49 右图所示。

图 1-48　智能绘图工具属性栏

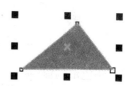

图 1-49　使用智能绘图工具绘制图形

另外，使用智能绘图工具可以沿着一个图形或图像的轮廓线绘制一个轮廓线图形，在绘制完后，绘制的图形会自动调整为图形或图像的轮廓线图形，或与之相近的图形。

1.2.3 高级绘图工具

1. 轮廓展开工具栏

轮廓是指封闭或不封闭图形的路径曲线。使用"轮廓展开工具栏"可以对轮廓的形状、粗细、颜色等进行调整。"轮廓展开工具栏"有 3 个工具和 8 个选项，如图 1-50 所示，8 个选项用来设置对象图形轮廓线的有无与粗细，以及颜色。其中各工具的作用如下。

图 1-50　轮廓展开工具栏

（1）轮廓线选项工具按钮 ▬。轮廓线选项工具按钮共有 8 个，其中左起第 1 个按钮是"无"轮廓线按钮，单击该按钮可以取消图形对象的轮廓线；后面的 7 个按钮是确定轮廓线粗细的快捷按钮，单击其中任意一个按钮，即可以将轮廓线改变为该按钮所定义的粗细。

（2）画笔工具 ✎。单击该工具按钮，可以调出"轮廓笔"对话框，如图 1-51 所示。利用该对话框可以调整轮廓笔的笔尖大小、颜色和形状。

（3）颜色工具 ▤。单击该工具按钮，可以调出"轮廓色"对话框，如图 1-52 所示。利用该对话框可以对图形轮廓线的颜色进行细致的设置。

图 1-51　"轮廓笔"对话框

图 1-52　"轮廓色"对话框

（4）颜色泊坞窗 ▦。单击该工具按钮，可以调出"颜色"泊坞窗，如图 1-53 所示。利用该泊坞窗可以设置图形填充色和轮廓线的颜色。

2．交互式展开式工具

"交互式展开式工具"中有 7 个工具，如图 1-54 所示。其特点就是可以拖曳调整，以改变图形颜色或形状。其中各工具的作用如下。

图 1-53 "颜色"泊坞窗

（1）调和工具 ，也叫渐变工具。使用该工具，可以绘制一个形状与颜色逐渐变化的图形。调整其开始和结束控制柄及滑块，均可以改变图形调和的状况。例如，绘制一个浅绿色五角星和红色心形图形，如图 1-55 所示，再单击"调和工具"按钮，然后从一个对象拖曳到另一个对象，即可产生形状与颜色逐渐变化的图形，如图 1-56 所示。调整图 1-56 中的开始控制柄、结束控制柄和滑块，均可以改变图形渐变状况。

图 1-54 交互式展开式工具

图 1-55 浅绿色五角星和红色心形图形

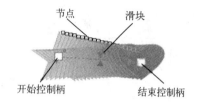

图 1-56 调和工具使用效果

（2）轮廓图工具 。使用轮廓图工具可以绘制逐渐变化的颜色和同心轮廓线。调整其开始控制柄、结束控制柄和透镜滑块，都可以改变图形的轮廓线形状。例如，绘制一个红色五角星，再单击"轮廓图工具"按钮，然后在图形上拖曳，可给图形填充渐变色和同心轮廓线，如图 1-57 所示。调整控制柄和透镜滑块，可改变图形的轮廓线的形状。

（3）变形工具 。单击"变形工具"按钮，然后将鼠标指针移到任意图形（如椭圆形）的轮廓线上，再用鼠标拖曳出一个箭头，屏幕会显示两个调节控制柄和蓝色变形的轮廓线，如图 1-58 左图所示。松开鼠标左键，即可改变对象的形状，如图 1-58 右图所示。

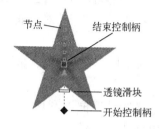

图 1-57 轮廓图工具使用效果

图 1-58 变形工具使用效果

（4）阴影工具 。单击"阴影工具"按钮，再在对象上拖曳出一个箭头，即可沿箭头方向产生该对象的阴影，如图 1-59 所示。可以调整阴影的位置、颜色和颜色深浅等。

（5）封套工具 。单击"封套工具"按钮，再单击一个图形，在图形周围会显示封套线，如图 1-60 所示。拖曳封装线，可以改变对象的形状，如图 1-61 所示。

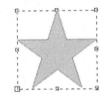
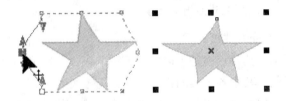

图 1-59　对象的阴影　　　　图 1-60　封装线　　　　　　图 1-61　改变对象的形状

（6）立体化工具 。选中一个图形，单击"立体化工具"按钮，再在对象上拖曳出一个箭头，即可使图形对象沿箭头方向产生三维立体形状效果，如图 1-62 所示。

（7）透明度工具 。在一幅图形之上再绘制一幅五角星图形，如图 1-63 左图所示。单击已选中上边的图形，再单击"透明度工具"按钮，然后在选中图形之上拖曳出一个箭头，即可使图形对象沿箭头方向产生透明度逐渐变化的透明效果，如图 1-63 右图所示。拖曳调整开始控制柄、结束控制柄和透镜滑块的位置，可以改变填充色透明度逐渐变化的状况。

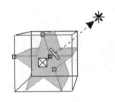
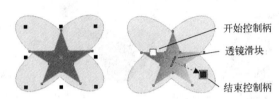

图 1-62　三维立体效果　　　　　　图 1-63　给对象填充透明度渐变色

3. 填充展开工具栏

图 1-64　填充展开工具栏

"填充展开工具栏"如图 1-64 所示。它有 7 个工具，可以用不同方式给图形填充图案或不同的颜色。其中各工具的作用如下。

（1）颜色工具 。单击该工具按钮，可以调出"均匀填充"对话框，利用该对话框可以设置更多的颜色作为填充颜色，并可以添加到调色板内。

（2）渐变工具 。单击该工具按钮，可以调出"渐变填充"对话框，利用该对话框可以为图形对象填充各种不同的颜色渐变效果。

（3）图样工具 。单击该工具按钮，可以调出"填充图案"对话框，利用该对话框可以给图形对象填充"双色"、"全色"和"位图"等各种图案。

（4）底纹工具 。单击该工具按钮，可以调出"底纹填充"对话框，利用该对话框可以给图形对象填充预置的纹理样式，还可以改变预置纹理样式，使纹理填充的内容更加丰富。

（5）PostScript 工具 。单击该工具按钮，可以调出"PostScript 底纹"对话框，利用该对话框也可以给图形对象填充预置的纹理样式，底纹效果是用 PostScript 语言编写的。

（6）无填充工具 。先选中图形对象，再单击该工具按钮，可以取消这个图形对象中的填充颜色及效果。

（7）颜色泊坞窗工具 ▦。单击该工具按钮，可以调出"颜色"泊坞窗，用来设置颜色。

4. 交互式填充展开工具栏

"交互式填充展开工具栏"有 2 个工具，如图 1-65 所示。

图 1-65　交互式填充展开工具栏

（1）交互式填充工具 ◇。单击选中对象，单击调色板中的某一种颜色块，再单击"交互式填充工具"按钮，然后在图形上拖曳，即可给图形填充色饱和度逐渐变化的颜色，如图 1-66 所示。此时，在其属性栏中的"填充类型"列表内可以选择不同的填充类型。

拖曳调整图 1-66 中的开始控制柄和结束控制柄的位置，以及调整小长条控制条（透镜）的位置，可以改变填充色饱和度逐渐变化的状况。还可以将调色板中的色块拖曳到开始和结束控制柄处，以改变渐变填充色。

（2）网状填充工具 ▦。选中要填充的图形，单击该按钮，则对象内会出现许多网状线，如图 1-67（a）所示。网格密度可以在属性栏中调整。选中一个网格，使它周围出现黑色控制柄，单击调色板中的一种颜色块，即可在网格内填充选中的颜色，颜色的色饱和度按网状曲线形状逐渐变化，如图 1-67（b）所示。拖曳调色板中的某一种颜色块到网格内，也可以给网格填充选定的颜色。拖曳网状曲线，可以改变填充状况，如图 1-67（c）所示。

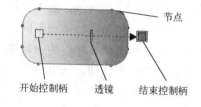

图 1-66　给图形填充色饱和度渐变色

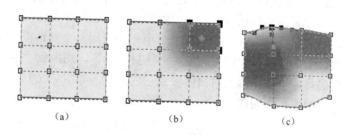

（a）　　　　　　　　（b）　　　　　　　　（c）

图 1-67　交互式网格填充

思考与练习 1.2

1. 在 CorelDRAW 文档内创建 5 个绘图页面，在第 1 个绘图页面内绘制一幅蓝色轮廓线、填充黄色的八边形图形，在第 2 个绘图页面内绘制一幅红色轮廓线、填充红色的五角星图形，在第 3 个绘图页面内绘制一幅棕色旋转 6 圈的对称螺旋管图形，在第 4 个绘图页面内绘制一幅蓝色轮廓线、填充浅绿色的 6 行 4 列棋盘格图形，在第 5 个绘图页面内绘制一幅红色轮廓线、填充绿色的三箭头图形。

2. 在创建的绘图页中绘制一幅红色轮廓线（线粗 3mm）、填充红色的心型图形，一幅黄色轮廓线（线粗 1mm）、填充绿色的梯形，一幅红色轮廓线、填充黄色的人脸图形。

3. 绘制如图 1-68 所示的多幅图形。

图 1-68　绘制的各种图形

1.3　中文 CorelDRAW X3 的基本操作

1.3.1　文件基本操作

1．新建图形文件

首先新建一个图形文件，它只有一个绘图页面，再根据需要创建一个或多个绘图页面，在各绘图页面内创作图形，然后将文件保存为图形文件。创建多个绘图页面的方法可参看本章第 1.1 节页计数器的有关内容。新建一个图形文件的方法主要有以下两种。

（1）创建空绘图页面的图形文件。选择"文件"→"新建"菜单命令或单击标准工具栏的"新建"按钮 🗋，即可创建只有一个空绘图页面的图形文件。

（2）创建模板绘图页面的图形文件。选择"文件"→"从模板新建"菜单命令，调出"从模板新建"对话框，它与图 1-2 所示的是同一个对话框。单击不同的标签，可以切换到不同模板类型的选项卡。例如，单击"信封"标签，切换到"信封"选项卡，单击列表框内的一种模板名称，可以在预览窗口内看到它的情况，如图 1-69 所示。单击"确定"按钮，即可创建一个新绘图页面的图形文件。

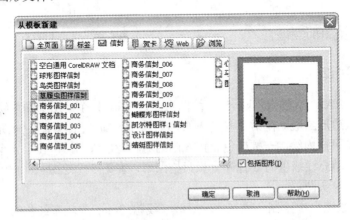

图 1-69　"从模板新建"对话框

2．保存文件

（1）文件的另存。选择"文件"→"另存为"菜单命令，调出"保存绘图"对话框，如图 1-70 所示。在"保存在"下拉列表框中选择保存的文件夹，在"保存类型"下拉列表框中选择文件类型，在"文件名"文本框中输入文件名称，再单击"保存"按钮，保存文件。

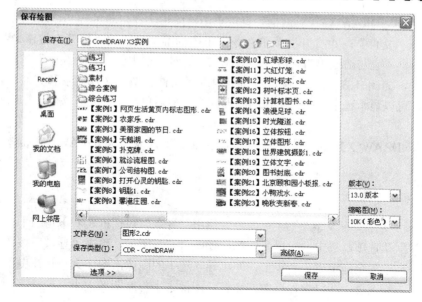

图 1-70 "保存绘图"对话框

（2）文件的保存。选择"文件"→"保存"菜单命令或单击标准工具栏内的"保存"按钮，即可将当前的图形文件（包括该文件的所有绘图页面）以原来的文件名保存。

如果当前的图形文件还没有保存过，则也会调出如图 1-70 所示的"保存绘图"对话框。

（3）自动备份存储设置。选择"工具"→"选项"菜单命令，调出"选项"对话框。再单击左边目录栏内的"保存"选项，此时的"选项"对话框如图 1-71 所示。选中"自动备份间隔"和"保存时做备份"复选框，并选择自动备份的间隔时间和保存文件的默认文件夹等，然后单击"确定"按钮，即可完成自动备份的设置。

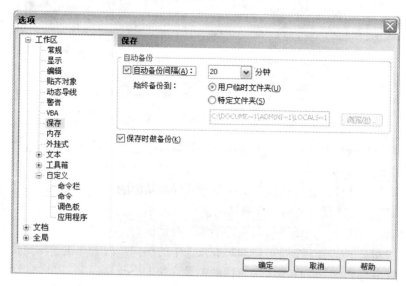

图 1-71 "选项"（保存）对话框

3. 打开图形文件

（1）如果要打开的图形文件是在上次使用中文 CorelDRAW X3 软件时最后保存的那个图形

文件，则在"CorelDRAW X3"对话框中直接单击该图形文件，即可打开该图形文件。

（2）选择"文件"→"打开"菜单命令或单击标准工具栏的"打开"按钮，调出"打开绘图"对话框，它与通过单击"CorelDRAW X3"对话框中的"打开绘图"按钮，调出的是同一个对话框，如图 1-3 所示。在该对话框内选择文件类型、文件目录和文件名，选中"预览"复选框，可以显示选中的图形文件的图形内容。然后单击"打开"按钮，即可将选定的图形文件打开。

中文 CorelDRAW X3 图形文件的扩展名为".cdr"，中文 CorelDRAW X3 范本文件的扩展名为".cdt"。

4．导入图像文件

（1）选择"文件"→"导入"菜单命令，调出"导入"对话框，右下角的下拉列表框中选择"全图像"默认选项，选中一幅风景图像，如图 1-72 所示，单击"导入"按钮。关闭"导入"对话框，在绘图页拖曳出一个矩形，即可导入选中的图像，图像大小与拖曳出的矩形大小一样；或者单击绘图页，即可导入选中的图像，图像大小与原图像大小一样。

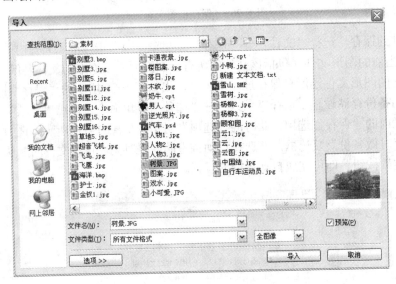

图 1-72　"导入"对话框

（2）如果在"导入"对话框内右下角的下拉列表框中选择"重新取样"选项，则单击"导入"按钮后会关闭"导入"对话框，调出"重新取样图像"对话框。在该对话框内"宽度"栏可以设置导入图像的宽度，在"高度"栏可以设置导入图像的高度，如果选中"保持纵横比"复选框，则在调整宽度或高度值后，会自动调整高度或宽度值，以保证宽高比不变，如图 1-73所示。单击"确定"按钮，关闭"重新取样图像"对话框。

然后，在绘图页拖曳出一个矩形，即可导入选中的图像；或者单击绘图页，即可导入选中的图像，图像大小与"重新取样图像"对话框中设置的大小一样。

（3）如果在"导入"对话框内右下角的下拉列表框中选择"裁剪"选项，则单击"导入"按钮后，关闭"导入"对话框，调出"裁剪图像"对话框，如图 1-74 所示。在该对话框内显示导入的图像，其四周有 8 个黑色方形的控制柄，拖曳控制柄，可以裁切图像，或者在"选择要裁剪的区域"栏内调整裁切后的图像的上边与右边距原图像上边缘和左边缘的距离，还可以调整裁切后的图像的宽度与高度。单击"全选"按钮，可以去除裁切调整。

图 1-73 "重新取样图像"对话框　　　　　图 1-74 "裁剪图像"对话框

单击"确定"按钮，关闭"裁剪图像"对话框。然后，在绘图页拖曳出一个矩形，即可导入选中的图像；或者单击绘图页，即可导入裁切后的图像，如图 1-75 所示。

5．关闭文件

（1）关闭当前文件。选择"文件"→"关闭"菜单命令，即可关闭当前的图形文件（包括该文件的所有绘图页面）。如果当前的图形文件在修改后没有保存，屏幕上会调出一个提示框，如图 1-76 所示。单击"是"按钮后可以保存该图形，然后关闭当前图形文件。

图 1-75 导入的图像　　　　　　　　图 1-76 CorelDRAW 提示框

选择"文件"→"关闭"菜单命令，或单击菜单栏右边的"关闭"按钮×，或者单击绘图页面内的"关闭"按钮⊠，都可以关闭当前的图形文件。

（2）关闭全部窗口。选择"文件"→"全部关闭"菜单命令，或者单击"窗口"→"全部关闭"菜单命令，都可以关闭所有打开的图形文件。

（3）退出程序。选择"文件"→"退出"菜单命令或单击标题栏右边的"关闭"按钮⊠，都可以关闭所有打开的图形文件，同时退出 CorelDRAW X3 应用程序。

1.3.2 对象基本操作

1．选择对象

（1）选择对象。单击"挑选工具"按钮 ，再单击某个对象，可以选中该对象。按住

【Shift】键并单击各对象，可以同时选中多个对象，拖曳出一个矩形选取框，圈中多个对象，也可以同时选中被圈中的多个对象。

（2）选择重叠对象中的一个对象。对于多个重叠的对象，如果通过使用"挑选工具" 选中其中一个对象会比较困难，这时可以先单击"视图"→"简单线框"菜单命令，使图形对象只显示线框，则以后比较好选择。另外，按住【Alt】键，一次或多次单击对象（即便该对象被遮挡住），依次选中重叠的对象中的不同对象，也可以方便地选中要选中的对象。

2．复制与移动对象

复制和移动对象有很多方法，分别介绍如下。

（1）拖曳移动对象。选中要移动的对象，将鼠标指针移到对象 中心处或外框线处（如果是已经填充颜色的对象，则只需要将鼠标指针移到对象处），拖曳对象，移到目标处即可。

（2）按键复制对象。选中要复制的对象，按【Ctrl+D】组合键或按小键盘的【+】键。

（3）菜单复制和移动对象。选中要复制或移动的对象，按下鼠标右键拖曳选中的对象到目标处，松开鼠标右键会调出一个快捷菜单，单击菜单中的"复制"菜单命令，即可在新的位置复制一个选中的对象；如果单击"移动"菜单命令，则可以移动选中的对象。

（4）利用剪贴板复制和移动对象。选中要复制或移动的对象，单击"工具栏"内的"复制"按钮 或"剪切"按钮 ，将选中对象复制或剪切到剪贴板中。再单击标准工具栏内的"粘贴"按钮 ，即可将"剪贴板"内的对象粘贴到绘图区中。

3．缩放、旋转和倾斜对象

（1）使用"挑选工具" 调整。使用工具箱中的"挑选工具"可以调整选中对象的位置、大小、旋转角度和倾斜角度，可参看本章 1.2 节的"挑选工具"内容。

（2）使用属性栏调整。选中要调整的对象（如矩形图形），调出它的属性栏，如图 1-77 所示。在属性栏内的"x"和"y"文本框内可以调整选中对象的位置；在"旋转角度" 文本框内可以调整选中对象的旋转角度。

在" "和" "文本框内可以调整选中对象的宽度和高度，在"缩放因素"文本框内可以按照百分比调整选中对象的宽度和高度，如果按下"不成比例"按钮，则可以分别改变宽度和高度的大小，如果"不成比例"按钮处于抬起状态，则在改变宽度或高度数值时，高度或宽度数值也会随之变化。

同时调整旋转角度、"x"、"y"、" "和" "文本框内的一个数据，可以倾斜选中的对象。

4．变换对象和镜像对象

（1）单击工具箱中"形状编辑展开式工具"栏内的"变换工具"（也叫"自由变形工具"）按钮 ，此时的属性栏自动转换为"属性栏：自由变形工具"面板，如图 1-78 所示。利用该属性栏可以使图形旋转、镜像（即自由角度镜像）、缩放、倾斜和水平与垂直镜像等。

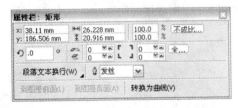

图 1-77　"属性栏：矩形"属性栏

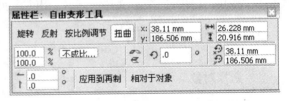

图 1-78　"属性栏：自由变形工具"属性栏

（2）镜像对象。选中图形对象，单击其属性栏中的"水平镜像"按钮 ，可以使图形以图形的中心为轴，产生水平镜像图形；单击其属性栏中的"垂直镜像"按钮 ，可以使图形以图形的中心为轴，产生垂直的镜像图形。水平和垂直镜像效果如图 1-79 所示。

按住【Ctrl】键，向与它相对的一边拖曳对象周围的控制柄，会产生不同的镜像图。

图 1-79　水平镜像和垂直镜像效果

1.3.3　网格、标尺与贴齐

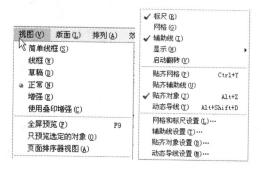

图 1-80　"视图"菜单

为了在绘图过程中更为方便与准确，中文 CorelDRAW X3 提供了标尺、网格及辅助线等辅助绘图工具。"视图"菜单如图 1-80 所示。

利用该菜单第 3 栏内的"标尺"、"网格"和"辅助线"菜单选项，可以设置标尺、网格、辅助线是否显示；利用第 4 栏内的 3 个关于对齐的菜单选项，可以用来确定所绘制的图形和谁对齐；利用第 5 栏内的 4 个菜单命令，可以调出相应的对话框，以进行相关参数的设置。

1. 网格和标尺

（1）网格的设置。选择"视图"→"网格和标尺设置"菜单命令，调出"选项"（网格）对话框，对话框右边为"网格"选项栏，如图 1-81 所示。利用"网格"选项栏的参数设置，可以确定背景网格是以网格线形式显示还是以点的形式显示，以及设定网格的线间距等。

（2）标尺的设置。单击左边目录栏中的"标尺"选项，调出"标尺"选项栏，如图 1-82 所示。利用"标尺"选项栏的参数设置，可以确定标尺的刻度单位、原点位置、标尺刻度疏密、是否显示标尺等。

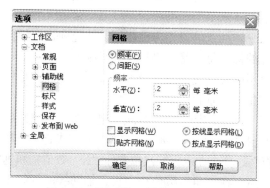

图 1-81　"选项"（网格）对话框

图 1-82　"选项"（标尺）对话框

设置标尺的原点位置，还可以用鼠标拖曳的方法完成，就是将鼠标指针指向水平标尺与垂直标尺的交点 ✥ 之上，拖曳出两条垂直相交的虚线，其交点位置就是鼠标指针的尖部，移动到适当位置后，松开鼠标左键，此时标尺的原点位置就移动到松开鼠标左键时鼠标指针所指的位置上。需要注意的是，标尺是有正负的，而且它的正负与常用的直角坐标的正负是相同的，即以坐标原点为中心，水平坐标轴从原点向右为正，反之从原点向左为负；垂直坐标轴从原点向上为正，反之从原点向下为负。

2．辅助线

选择"视图"→"辅助线设置"菜单命令，即可调出"选项"（辅助线）对话框，如图 1-83 所示。通过该对话框可以设置辅助线的颜色，是否显示辅助线，以及图形是否与辅助线对齐。辅助线选项中还包含"水平"、"垂直"、"导线"和"预设"四个选项。单击每个选项都可以调出相应的选项栏。

（1）设置水平辅助线。单击目录栏内的"水平"选项，切换到"水平"选项栏，在上面的文本输入框中，输入要设定水平辅助线的垂直标尺位置的数字，如图 1-84 所示。然后单击"添加"按钮，可以精确定位设置水平辅助线。

　　　图 1-83 "选项"（辅助线）对话框　　　　　图 1-84 "选项"（水平）对话框

例如，在图 1-84 所示的辅助线列表中已经设定了垂直标尺位置为 5.000、6.000、7.000、8.000 和 9.000mm 5 条定位辅助线，在绘图区中显示的水平辅助线情况如图 1-85 所示。

如果要设定的辅助线不需要非常精确，可以用鼠标拖曳的方法设置水平辅助线，就是将鼠标指针指向水平标尺，向绘图区内拖曳，可以产生一条水平的辅助线。

（2）设置垂直辅助线。垂直辅助线的设置与水平辅助线的设置方法相同，其选项栏内的内容也相同。在设置垂直辅助线时要注意输入文本框的标尺位置是水平标尺的坐标位置。

如果要设定的辅助线不需要非常精确，也可以用鼠标拖曳的方法设置垂直辅助线，就是将鼠标指针指向垂直标尺，向绘图区内拖曳，可以产生一条垂直的辅助线。

（3）设置倾斜辅助线。单击目录栏内的"导线"选项，切换到"导线"选项栏。设置倾斜辅助线时需要在"指定"选项栏内的下拉列表框中选择定义倾斜辅助线的方式，其方式有"角和1 点"及"2 点"两个选项，此处选中"角和 1 点"选项，在水平标尺位置即"X"数值框和垂直标尺位置即"Y"数值框中设置数值来确定一个点，在"角"数值框中设置辅助线的倾斜角度，此处的设置如图 1-86 所示。然后单击"添加"按钮，就可以产生一条倾斜的辅助线了。

图 1-85 显示 5 条定位辅助线   图 1-86 "选项"（导线）对话框

也可以选中某条辅助线，拖曳调整旋转中心标记的位置，再单击该辅助线，使辅助线产生双箭头控制控制柄，然后拖曳双箭头控制柄，使辅助线围绕其旋转中心标记旋转。

选择"视图"→"标尺"菜单选项、"视图"→"网格"菜单选项和"视图"→"辅助线"菜单选项，可以在绘图页面内显示出标尺、网格和辅助线，如图 1-87 所示。

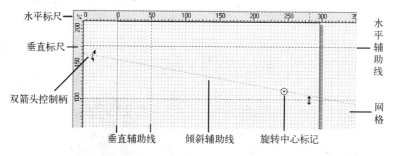

图 1-87 显示出标尺、网格和辅助线

3．贴齐对象

选择"视图"→"贴齐对象设置"菜单命令，即可调出"选项"（贴齐对象）对话框，如图 1-88 所示。在该对话框中的"模式"列表框内选中某些复选框，可以设置图形对象与图形对象之间的对齐方式。

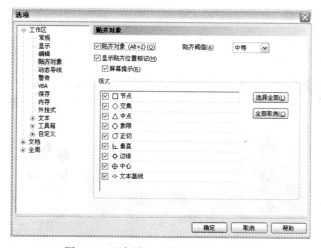

图 1-88 "选项"（贴齐对象）对话框

1.3.4　对象预览显示

1．对象预览方式

（1）正常预览。选择"视图"→"正常"菜单命令，绘图页面中的图形和图像会以普通的色彩形式显示，如图 1-89 所示。

（2）简单线框预览。选择"视图"→"简单线框"菜单命令后，绘图页面中的图像会以简单线框的形式显示，其效果如图 1-90 所示。可以看到用艺术笔工具 绘制的图形只剩下了一条很短的线条。

图 1-89　正常预览

图 1-90　简单线框预览

（3）线框预览。选择"视图"→"线框"菜单命令，绘图页面中的图形和图像会以简单线框的形式显示，如图 1-91 所示。

（4）草稿预览。选择"视图"→"草稿"菜单命令后，绘图页面中的图像会以粗略的草稿形式显示，如图 1-92 所示，它的清晰度要比图 1-89 所示图像差一些。

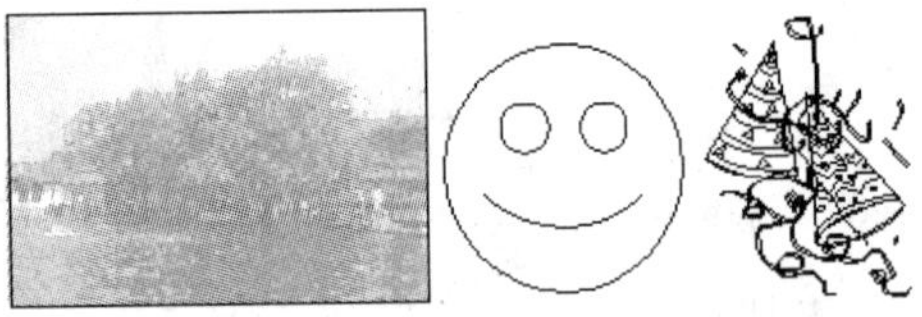

图 1-91　线框预览

图 1-92　草稿预览

（5）增强预览。选择"视图"→"增强"菜单命令后，绘图页面中的图像会以高质量的色彩形式显示，清晰度要比图 1-89 所示图像好一些。

（6）增强叠印预览。选择"视图"→"增强叠印"菜单命令后，可以预览叠印颜色的混合方式的模拟，该功能对于项目校样是非常有用的，有效地解决了印刷叠印的问题。

2．页面视图预览方式

（1）全屏预览：选择"视图"→"全屏预览"菜单命令，即可在整个屏幕预览绘图页面。按【Esc】键后可以回到原状态。

（2）页面排序器视图预览：选择"视图"→"页面排序器视图"菜单命令，即可在工作区内预览所有绘图页面的内容，如图 1-93 所示。按【Esc】键可回到原状态。

页1　　　　　　　　页2　　　　　　　　页3

图 1-93　预览绘图页面

（3）只预览选定对象预览：单击"视图"→"全屏预览对象"菜单命令后，可以在整个屏幕内显示绘图页面中被选中的对象。按【Esc】键后可以回到原状态。

1.3.5　设置绘图页面

单击"版面"主菜单，调出"版面"菜单，如图 1-94 所示。利用该菜单可以进行绘图页面的设置。右击"页计数器"中的某一页号（如页 1），调出"页计数器"快捷菜单，如图 1-95 所示，用户可以通过该快捷菜单和"版面"菜单对页面进行相关的设置。

对于绘图页面设置中的一些常用参数，可以直接在属性栏中进行设置。

1．插入页面

（1）使用菜单命令插入页面。选择"版面"→"插入页"菜单命令，调出"插入页面"对话框，如图 1-96 所示。利用该对话框，可以对插入绘图页面的位置、大小、形状与方向进行设置。设置完毕后，单击"确定"按钮，即可按要求插入新的页面。

图 1-94　"版面"菜单

图 1-95　"页计数器"快捷菜单

图 1-96　"插入页面"对话框

（2）使用"页计数器"插入页面。单击"页计数器"中的 ✚ 按钮，只能在图形文件中第 1 页绘图页面之前或最末页绘图页面之后插入新的绘图页面。

（3）使用"页计数器"快捷菜单插入页面。右击"页计数器"中的页号，调出"页计数器"快捷菜单，如图 1-95 所示。再单击该菜单中的"在前面插入页"或"在后面插入页"菜单命令，即可以在右击的页号之前或之后插入新绘图页面。

2．绘图页面的更名与删除

（1）页面更名。选择"版面"→"重命名页面"菜单命令或单击快捷菜单中的"重命名页面"菜单命令，调出"重命名页面"对话框，如图 1-97 所示。在该对话框内"页名"文本框内输入页面的名称后，单击"确定"按钮，即可将当前的页面更名或起名。

（2）删除页面。选择"版面"→"删除页面"菜单命令，调出"删除页面"对话框，如图 1-98 所示。在"删除页面"数字框内输入页面的编号，再单击"确定"按钮，即可删除指定的页面。也可以单击"页计数器"快捷菜单中的"删除页面"菜单命令，即可删除右击选中的绘图页面。

3．改变当前的页面和改变当前页面的方向

（1）改变当前的页面，单击"版面"菜单命令或"页计数器"中的按钮等方法。

◎ 使用"版面"菜单命令改变当前的页面。选择"版面"→"转到某页"菜单命令，调出"定位页面"对话框，如图 1-99 所示。在该对话框的"定位页面"文本框内输入页号后，再单击"确定"按钮，即可将选定页号的页面改变为当前页面。

图 1-97 "重命名页面"对话框　　　图 1-98 "删除页面"对话框　　　图 1-99 "定位页面"对话框

◎ 使用"页计数器"改变当前的页面。单击"页计数器"内的各个相应按钮，即可快速改变当前绘图页面。

（2）改变当前页面的方向，常用的几种方法如下。

◎ 使用"版面"菜单命令。选择"版面"→"切换页面方向"菜单命令，即可改变当前页面的方向，使纵向变为横向或使横向变为纵向。

◎ 使用"页计数器"快捷菜单命令。单击"页计数器"快捷菜单中的"切换页面方向"菜单命令，即可改变当前绘图页面的方向，使纵向变为横向或使横向变为纵向。

◎ 使用属性栏。单击属性栏内的"横向"或"纵向"按钮，即可改变当前页面的方向。

4．页面设置

选择"版面"→"页面设置"菜单命令或单击属性栏中的"选项"按钮，都可以调出"选项"（大小）对话框，如图 1-100 所示。利用该对话框，可以设置当前绘图页面的属性。

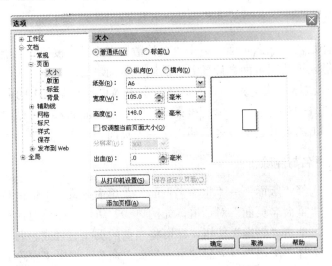

图 1-100 "选项"（大小）对话框

（1）设置绘图页面的大小。通过"大小"选项栏内的"纸张"下拉列表框，可以选择预置的标准纸张样式，CorelDRAW X3 为用户预置了 54 种标准纸张的样式。

通过对"宽度"和"高度"数字框中的数值进行调整，可以设置自定义纸张的尺寸。

通过对"纵向"及"横向"两个单选按钮的选择，可以设置纸张的方向。

选中"仅调整当前页面大小"复选框，以上设置的各项设置参数，仅对当前绘图页面生效，不影响其他绘图页面内的纸张设置参数。

（2）设置绘图页面的标签。单击"标签"单选按钮，"选项"（标签）对话框如图 1-101 所示。其内有一个"标签类型"列表框，在"标签类型"列表中包含了 37 类共 986 种预置标签类型，用户可以通过对预置类型选项的选择来完成当前绘图页面的标签大小与个数等设置。

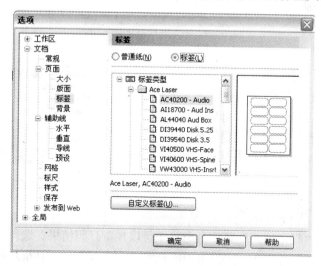

图 1-101 "选项"（标签）对话框

单击"自定义标签"按钮，可以调出"自定义标签"对话框，如图 1-102 所示。用户可以通过该对话框对自定义标签的"标签样式"、"版面"、"标签尺寸"、"页边距"及"栏间距"等参数进行设定，以确定自定义标签的大小和形式，设置完成后单击按钮 ✚ 或"确定"按钮，可以将自定义的绘图页面的标签参数保存到新文件中，生成新的"标签样式"。

（3）设置绘图页面的背景。单击"选项"对话框左边选项栏内的"背景"选项，切换到"选项"（背景）对话框，如图 1-103 所示。通过对"选项"对话框中"背景"选项栏内各选项的设置，可以对当前绘图页面的背景颜色、背景图案等进行设置。

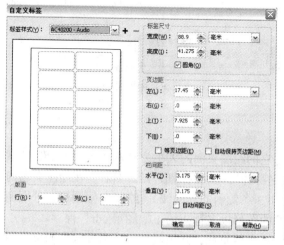

图 1-102 "自定义标签"对话框

图 1-103 "选项"（背景）对话框

如果用户要将当前绘图页面的背景设置为位图，可以单击"位图"单选按钮，再单击"浏览"按钮，调出"导入"对话框，与图 1-72 所示基本一样。利用该对话框选择背景图像文件，单击"导入"按钮，即可导入图像，作为绘图页面的背景图像。

另外，在"导入"对话框中"文件类型"下拉列表框右边的第 2 个下拉列表框中也可以选择"裁剪"或"重新取样"选项。相关内容见 1.3.1。

1.3.6　打印图像

1. 设置打印选项

选择"文件"→"打印设置"菜单命令，调出"打印设置"对话框，如图 1-104 所示。利用该对话框的"名称"下拉列表框，可以选择打印机类型。再单击"属性"按钮，调出"属性"对话框，如图 1-105 所示。利用该对话框，可以进行打印参数的设置。

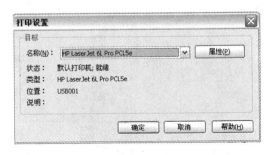

图 1-104 "打印设置"对话框

2. 打印预览与打印

选择"文件"→"打印预览"菜单命令，即可以预览打印结果。选择"文件"→"打印"菜单命令，调出"打印"对话框，如图 1-106 所示。可以利用该对话框进行打印前的设置，单击"打印预览"按钮，可以预览打印结果；单击"打印"按钮，即可打印图像。

图 1-105 "属性"对话框

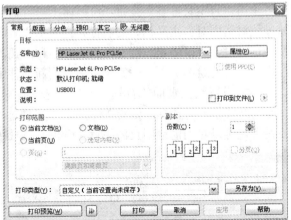

图 1-106 "打印"对话框

思考与练习 1.3

1. 创建一个 CorelDRAW X3 的文档，设置它的绘图页面的大小为 260 像素宽、180 像素高、分辨率为 96，背景颜色为黄色，绘图页面名称为"绘制的图形 1"。然后，在绘图页面内显示标尺、网格和辅助线（3 条水平、3 条垂直和 3 条倾斜的辅助线）。绘制 3 幅图形，分别调整它们的大小、旋转和倾斜角度。然后将加工好的图形以名称"第 1 幅图形.cdr"保存。

2. 在"第 1 幅图形.cdr"图形文件内添加一个绘图页面，在该绘图页面内导入一幅风景图像，使该图像刚好将整个绘图页面覆盖，再输入"风景图像"红色文字。

3. 在"第 1 幅图形.cdr"图形文件内再添加一个绘图页面，在该绘图页面内绘制一幅黄色轮廓线、填充红色的旗帜图形，如图 1-107（a）所示。然后，将该图形复制 3 份，再将复制的第 1 幅图形水平颠倒，如图 1-107（b）所示；将复制的第 2 幅图形垂直颠倒，如图 1-107（c）所示；将复制的第 3 幅图形水平且垂直颠倒，如图 1-107（d）所示。然后将 4 幅图像顶部对齐、水平等间隔排列成一排，如图 1-107 所示。

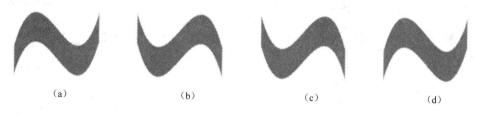

（a）　　　　　　　（b）　　　　　　　（c）　　　　　　　（d）

图 1-107　4 个图形水平等间隔排列成一排

　　4．在"第 1 幅图形.cdr"图形文件内再添加一个绘图页面，将图 1-107 所示的 4 幅旗帜图形复制后粘贴到该绘图页面内，然后给 4 幅旗帜图形填充不同的纹理或图像。

　　5．在"第 1 幅图形.cdr"图形文件内再添加一个绘图页面，将图 1-107 所示的 4 幅旗帜图形复制后粘贴到该绘图页面内，然后旋转该绘图页面第 1 幅旗帜图形，将第 2 幅旗帜图形变形，将第 3 幅旗帜图形进行倾斜处理，将第 4 幅旗帜图形进行扭曲处理。

第2章 绘制和编辑简单矢量图形

在 CorelDRAW 中，一幅复杂的图形往往是由一些基本矢量图形结合在一起形成的。基本矢量图形中有曲线、直线、矩形、椭圆与多边形等曲线和几何图形。CorelDRAW 提供了很多工具，可用来绘制和编辑这些基本图形。使用这些工具是 CorelDRAW 绘图中最基本的操作。本章通过制作 2 个实例，介绍使用"矩形工具展开工具"、"椭圆工具展开工具"和"对象展开式工具"栏内工具绘制简单图形的一些方法，利用"插入字符"对话框插入特殊图形的方法，以及调整重叠对象的排列顺序的方法，多个对象的群组与取消群组的方法。

2.1 【实例1】禁止标志

"禁止"标志图形如图 2-1 所示。该图形是交通禁止标志中的 3 个图案，这 3 个图形分别是"禁止鸣笛"、"禁止停留"和"除公共汽车外禁止停留"标志图形。"禁止鸣笛"标志图形如图 2-1（a）所示，其中有一个喇叭图案和一个代表禁止意义的十字叉符号；"禁止停留"标志图形如图 2-1（b）所示，其中有一个站立的人物和一个代表禁止意义的斜杠符号；"除公共汽车外禁止停留"标志图形如图 2-1（c）所示，其中有一辆汽车和一个代表禁止意义的斜杠符号。本案例介绍"交通禁止"标志图形中 3 幅图案的绘制方法。

(a)　　　　　　　　　　(b)　　　　　　　　　　(c)

图 2-1 "禁止鸣笛"、"禁止停留"和"除公共汽车外禁止停留"标志图形

通过本实例的学习，可以掌握绘图页面的设置方法，使用标尺和辅助线的方法，绘制圆形、梯形和直线图形，颜色的填充，对象的复制和移动等一些基本操作方法，还可初步掌握将多个对象组成一个群组对象、插入特殊的图案和调整对象前后顺序的方法等。该图形的制作方法和相关知识介绍如下。

【制作方法】

1. 页面设置

（1）选择"文件"→"新建"菜单命令，新建一个 CorelDRAW 文档。

（2）选择"版面"→"页面设置"菜单命令，调出"选项"（大小）对话框。在"单位"下拉列表框中选择"毫米"，在"宽度"和"高度"数字框内均输入 200，设置绘图页面的宽度和高度均为 200mm，如图 2-2 所示。单击数字框右边的按钮，可以使数字增大或减小，向上或向下拖曳上下两个按钮之间的水平线，也可以使数字框内的数字增大或减小。

（3）单击"添加页框"按钮，给绘图页面添加边框。单击"保存自定义页面"按钮，调出"自定义页面类型"对话框，在该对话框内的"另存自定义页面类型为" 文本框中输入"有边框 200 像素-200 像素"，如图 2-3 所示。

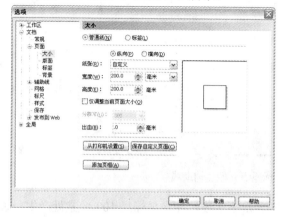

图 2-2　"选项"（大小）对话框　　　　　　图 2-3　"自定义页面类型"对话框

（4）单击"自定义页面类型"对话框内的"确定"按钮，关闭该对话框，同时将设置的页面以名字"有边框 200 像素-200 像素"保存。此时，"选项"（大小）对话框内"纸张"下拉列表框中增加了"有边框 200 像素-200 像素"选项，可供用户以后使用。

在"选项"（大小）对话框内的"纸张"下拉列表框中选中一个自定义页面选项后，"保存自定义页面"按钮会变为"删除自定义页面"按钮，单击该按钮可以删除在"纸张"下拉列表框中选中的自定义页面。在"纸张"下拉列表框中选中"自定义"选项后，"删除自定义页面"按钮会变为"保存自定义页面"按钮，单击该按钮还可以定义下一个自定义页面。

（5）单击该对话框左边列表框中的"背景"选项，切换到"选项"（背景）对话框，如图 2-4 所示。选中"纯色"单选项，单击"纯色"右边的下拉列表框的箭头按钮，调出一个颜色板，单击该颜色板中的白色色块，如图 2-5 所示，设置绘图页面背景色为白色。

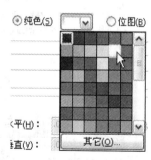

图 2-4　"选项"（背景）对话框　　　　　　图 2-5　颜色板

（6）单击对话框中的"确定"按钮，关闭该对话框，完成页面大小和背景色的设置。

2．绘制"禁止鸣笛"标志图形

（1）将鼠标指针指向水平标尺与垂直标尺交会处的坐标原点"⌖"之上，向页面中心处拖曳，即可拖曳出两条垂直相交的虚线，其交点位置就是鼠标指针的尖部，当鼠标指针处出现"中心"两个字后，松开鼠标左键，此时标尺的原点位置就移到页面的中心处，如图 2-6 所示。如果没有显示两条垂直相交的虚线，可以选择"视图"→"辅助线"菜单命令。

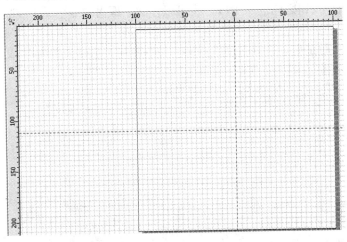

图 2-6　移动坐标原点并创建辅助线

可以看到，在垂直标尺 100 像素处产生一条水平虚线，在水平标尺 100 像素处产生一条垂直虚线，同时垂直和水平标尺的刻度都发生了变化，标尺刻度数据有正负之分，水平坐标轴从原点向右为正，反之为负，垂直坐标轴从原点向上为正，反之为负。

（2）选择"视图"→"辅助线设置"菜单命令，调出"选项"（辅助线）对话框，选中"对齐辅助线"复选框，还可以设置辅助线颜色，如图 2-7 所示。单击"确定"按钮，关闭该对话框，启用"对齐辅助线"功能，这样在绘图时，就可以将对象定义在辅助线上。

（3）使用工具箱中的"椭圆工具" ⬭。按下【Shift + Ctrl】组合键，将鼠标指针移到原点处，拖曳鼠标，绘制一个以原点为圆心的圆形图形。再单击调色板中的黄色色块，为圆形的内部填充黄色，右键单击调色板中的红色色块，将轮廓线设置为红色，如图 2-8 所示。

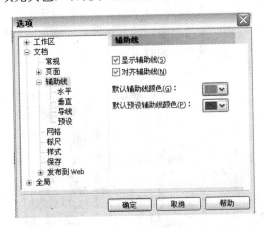

图 2-7　"选项"（辅助线）对话框

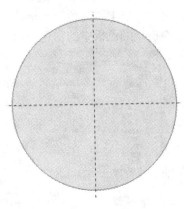

图 2-8　圆形图形

（4）选中绘制的圆形图形对象，在其"属性栏：椭圆形"属性栏中设置对象的宽度为180mm，高度为 180mm，"轮廓宽度"为 10mm，并按【Enter】键确认，此时的"属性栏：椭圆形"属性栏如图 2-9 所示。属性设置完成后的对象效果，即调整后的圆形图形如图 2-10 所示。

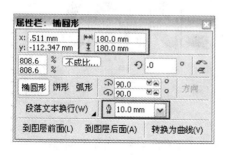

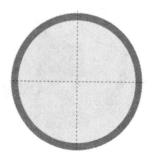

图 2-9　"属性栏：椭圆形"属性栏　　　　　　　图 2-10　调整后的圆形图形

（5）使用工具箱中的"矩形工具" ▢。在绘图页面内拖曳，绘制一幅矩形图形，再设置图形的填充色和轮廓线颜色为黑色。选中绘制的矩形图形，在其"属性栏：矩形"属性栏内设置"x"的值为-20mm，"y"的值为 0mm，宽度值为 25mm，高度值为 46mm，如图 2-11 所示。此时，矩形图形如图 2-12 所示。

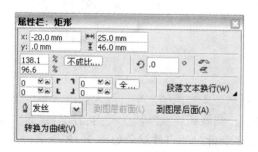

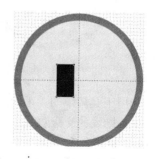

图 2-11　"属性栏：矩形"属性栏　　　　　　　　　图 2-12　矩形图形

（6）使用工具箱中的"折线工具" ▲。单击矩形右上角点，再单击梯形右上角点，再单击梯形右下角点，再单击矩形右下角点，再单击矩形右上角点，即可绘制一幅梯形图形。然后，设置图形的填充色和轮廓线颜色为黑色，绘制的梯形图形如图 2-13 所示。

（7）按住【Shift】键，选中矩形图形和梯形图形，选择"排列"→"群组"菜单命令，将选中的矩形和梯形图形两个对象群组成一个对象，构成喇叭图形。

（8）另外，还可以采用插入喇叭字符的方法创建喇叭图形。选择"文本"→"插入符号字符"菜单命令，调出"插入字符"对话框。在该对话框的"代码页"列表框中选择"所有字符"选项，在"字体"列表框中选择"Webdings"字体，在图形列表中找到喇叭符号，如图 2-14 所示。单击"插入"按钮，即可在页面内插入喇叭图形，如图 2-15 所示。将喇叭符号拖曳到绘图页面中也可以插入喇叭图形。再设置图形的填充色和轮廓线颜色为黑色。

然后，拖曳喇叭符号四周的控制柄，将其放大并移动到页面的中央，如图 2-16 所示。

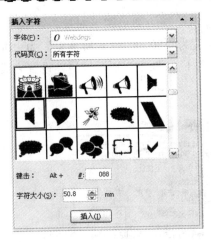

图 2-13　添加梯形图形　　　　　　　　　图 2-14　"插入字符"对话框

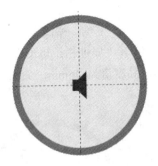

图 2-15　插入喇叭图形　　　　　　　　　图 2-16　放大并移动喇叭符号

（9）使用工具箱中的"手绘工具" ♨ 。绘制一条红色的水平直线，拖曳水平直线，将它的中点与两条辅助线的交点对齐。在其"属性栏：曲线或连线"属性栏内将此直线的轮廓宽度设置为 10mm、旋转角度为 45°，如图 2-17 所示。此时的直线对象如图 2-18 所示。

（10）按【Ctrl+D】组合键，在原位置复制一个直线对象。在其属性栏中设置其旋转的角度为 135°，将复制的直线向反方向旋转，绘制出十字交叉形状的禁止符号，如图 2-19 所示。

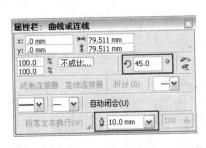

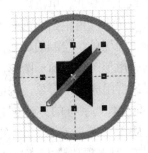

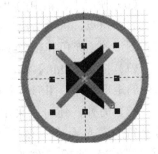

图 2-17　"属性栏：曲线或连线"属性栏　　图 2-18　直线　　图 2-19　复制并旋转直线

至此，"禁止鸣笛"标志图形绘制完毕，效果如图 2-1（a）所示。

3. 绘制"禁止停留"标志图形

（1）单击页计数器内的 ➕ 按钮，在"页 1"绘图页面之后增加一个"页 2"绘图页面，同时切换到"页 2"绘图页面。单击页计数器内的"页 1"标签，切换到"页 1"绘图页面。

（2）单击"挑选工具"按钮 ⬚，选中红色圆形图形，单击标准工具栏内的"复制"按钮 ⬚，将选中的圆形图形复制到剪贴板内。

（3）单击页计数器内的"页 2"标签，切换到"页 2"绘图页面。单击标准工具栏内的"粘贴"按钮 ⬚，将剪贴板内的圆形图形粘贴到"页 2"绘图页面内。

（4）选择"文本"→"插入符号字符"菜单命令，调出"插入字符"对话框。在该对话框的"代码页"列表框中选择"所有字符"选项，在"字体"列表框中选择"Webdings"字体，选中图形列表中的人物符号，如图 2-20 所示。单击"插入"按钮，即可在页面内插入人物图形。将人物符号拖曳到绘图页面中也可以插入人物图形。

（5）设置人物图形的填充色和轮廓线颜色为黑色。然后，拖曳人物符号四周的控制柄，将其放大并移动到页面的中央，如图 2-21 所示。

（6）使用工具箱中的"手绘工具" ✏，绘制一条与圆直径长度一样的红色水平直线，拖曳水平直线，将它的中点与两条辅助线的交点对齐。在其"属性栏：曲线或连线"属性栏内将此直线的轮廓宽度设置为 10mm、旋转角度为 135°，此时的直线对象如图 2-22 所示。

图 2-20 "插入字符"对话框   图 2-21 人物图形   图 2-22 红色直线

至此，"禁止停留"标志图形绘制完毕，效果如图 2-1（b）所示。

4. 绘制"除公共汽车外禁止停留"标志图形

（1）单击"挑选工具"按钮 ⬚，选中红色圆形图形和旋转 135°后的红色直线，单击标准工具栏内的"复制"按钮 ⬚，将选中的圆形图形和旋转 135°后的红色直线复制到剪贴板内。

（2）单击页计数器内的 ✚ 按钮，在"页 2"绘图页面之后增加一个"页 3"绘图页面，同时切换到"页 3"绘图页面。

（3）单击标准工具栏内的"粘贴"按钮 ⬚，将剪贴板内的圆形图形粘贴到"页 3"绘图页面内。

（4）选择"文本"→"插入符号字符"菜单命令，调出"插入字符"对话框。在该对话框的"代码页"列表框中选择"所有字符"选项，在"字体"列表框中选择"Webdings"字体，单击选中图形列表中的汽车符号，如图 2-23 所示。单击"插入"按钮，即可在页面内插入汽车图形。将汽车符号拖曳到绘图页面中也可以插入汽车图形。

（5）设置汽车图形的填充色为无色，设置轮廓线颜色为黑色。然后，拖曳汽车符号四周的控制柄，将其放大并移动到页面的中央，如图 2-24 所示。

（6）选中汽车图形，选择"排列"→"顺序"→"向后一层"菜单命令，将选中的汽车图形移到红色直线图形的后边，如图 2-25 所示。

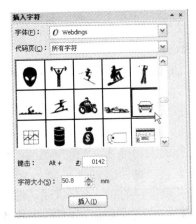

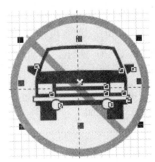

图 2-23 "插入字符"对话框　　　图 2-24 汽车图形　　图 2-25 调整汽车图形顺序

至此，"除公共汽车外禁止停留"标志图形绘制完毕，效果如图 2-1（c）所示。

选择"视图"→"辅助线"菜单选项，隐藏辅助线。选择"视图"→"网格"菜单命令，隐藏网格线，完成"交通禁止"标志图形的绘制，如图 2-1 所示。

【知识链接】

1．绘制和粗调几何图形

使用"矩形工具展开工具"、"椭圆工具展开工具"和"对象展开式工具"栏内的工具，可以绘制相应的几何图形。按住【Ctrl】键的同时拖曳鼠标，可以绘制等比例图形；按住【Shift】键的同时拖曳，绘制的图形是以单击点为中点的图形；同时按住【Shift】和【Ctrl】键拖曳，绘制的图形是以单击点为中点的等比例图形。

使用工具箱中的"选择工具" ，选中图形，拖曳图形周围的黑色控制柄，可以调整图形的形状。拖曳图形中间的 ×，可以调整图形的位置。再单击选中的图形，即可进入旋转状态，拖曳图形四角的控制柄，可以旋转图形；垂直或水平拖曳左右或上下的控制柄，可以斜切图形。使用工具箱中的"形状工具" ，将鼠标指针移到图形的节点处时，鼠标指针变为大箭头状，拖曳节点，可以改变图形的形状。

2．精确调整几何图形

通过直接改变几何图形对象属性栏中的数据，可以精确调整几何图形的位置、大小、长宽比例、缩放比例、旋转角度和顶点的弧度等，在文本框内输入数值后按【Enter】键即可按照新的设置改变几何图形。"属性栏：椭圆形"属性栏如图 2-9 所示，"属性栏：矩形"属性栏如图 2-11 所示，"属性栏：星形"属性栏如图 2-26 所示，其内各共有选项的作用如下。

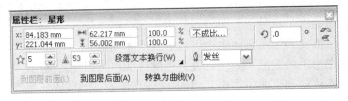

图 2-26 "属性栏：星形"属性栏

（1）"x"和"y"文本框。分别用来调整图形的水平和垂直位置。

（2）▣和▣文本框。分别用来调整图形的宽度和高度。

（3）水平和垂直"缩放因子"。分别用来按照缩放比例调整图形的宽度和高度。

（4）"旋转角度"文本框。用来调整图形的旋转角度。

（5）▣和▣"镜像"按钮。分别用来调整选中图形，产生水平和垂直镜像。

（6）"轮廓宽度"下拉列表框。用来选择或输入轮廓线的粗细数值，调整轮廓线的粗细。

（6）"到图层前面"按钮。单击该按钮，可使选中的图形移到其他层图形的前边（即上边）。

（7）"到图层后面"按钮。单击该按钮，可使选中的图形移到其他层图形的后边（即下边）。

（8）"转换为曲线"按钮。单击该按钮，可以使选中的图形转换为曲线，图形的各顶点的小圆点变为曲线节点。

3．特殊调整椭圆图形

（1）椭圆形改变为弧形或饼形的调整。单击工具箱中的"形状工具"按钮▣，将鼠标指针移到椭圆形的节点处，如图 2-27 所示。拖曳节点，可以将椭圆形改变为弧形或饼形（即派形），如图 2-28 所示。随着调整的进行，"属性栏：椭圆形"属性栏中的数据会发生相应的变化。

（2）图形转换。单击属性栏中的"饼形"按钮▣，可以将椭圆形转换为饼形；单击其"弧形"按钮▣，可以将椭圆形转换为弧形。调整两个"起始和结束角度"数字框内的数据，可以精确改变饼形或弧形的张角角度。

（3）方向转换。选中要转换的椭圆图形对象，单击其"方向"按钮，可以改变饼形或弧形张角的方向与角度（用 360°减原来的角度）。

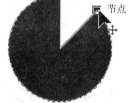

图 2-27　鼠标指针移到椭圆形的节点处　　　　图 2-28　弧形图案和饼形图案

4．特殊调整矩形图形

（1）调整矩形边角圆滑度。调整两个"左边矩形的边角圆滑度"数字框和两个"右边矩形的边角圆滑度"数字框内数字的大小，可以精确调整矩形 4 个边角的圆滑度。

如果四个数字框右边的小锁按钮▣呈"闭锁"（按下）状态时，则四个矩形边角圆滑度同时相等变化，即改变一角的参数时，其他 3 组同时改变；如果四个数字框右边的小锁按钮▣处于"开锁"（抬起）状态，则可以分别改变矩形四个边角的圆滑程度。

（2）使用工具箱中的"形状工具"▣，在 4 个节点被选中的情况下，拖曳其中任意一个节点，可以同时改变矩形 4 个边角的圆滑程度，产生圆角效果，如图 2-29 所示。

（3）使用工具箱中的"形状工具" ⒡ ，在 1 个节点被选中的情况下，对其进行任意拖曳，只对选中节点的角产生圆角效果，其他的角没有变化，如图 2-30 所示。

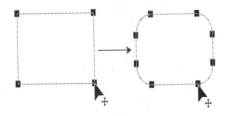

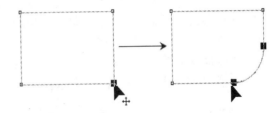

图 2-29 同时改变矩形 4 个边角的圆滑程度 　　　图 2-30 只对选中节点的角产生圆角效果

思考与练习 2.1

1．使用"椭圆工具展开工具栏"内的工具绘制一些不同填充色和轮廓线颜色的圆形和椭圆形。使用"矩形工具展开工具栏"内的工具绘制一些不同填充色和轮廓线颜色的正方形和矩形。

2．绘制一幅"网页"标志图形，如图 2-31 所示。各图依次代表家居、医院、楼房和影院。

图 2-31 "网页标志"图形

3．使用"椭圆工具展开工具栏"内的工具绘制一组 5 个不同填充颜色和不同轮廓线颜色的同心圆圆形图形。

4．绘制一幅"交通"标志图形，如图 2-32 所示。各图依次是"禁止向左转弯"、"索道"、"步行"、"机动车车道"和"驼峰桥"标志图案。

图 2-32 "交通标志"图形

2.2 【实例 2】城市星空

"城市星空"图形如图 2-33 所示。可以看到高楼大厦、体育馆、博物馆、汽车、飞机和人物，一派城市景象，繁星和月亮照亮了夜空，还有两柱探照灯照射到夜空当中。

通过本实例的学习，可以掌握插入特殊图案形状字符的方法，绘制和调整多边形、星形、复杂星形、棋盘格和螺纹图形的方法，调整多重对象前后顺序的方法，多个对象群组和取消多个对象群组的方法，初步掌握使用工具箱中"形状工具" 的方法，以及使用工具箱内的"交互式调和工具"的方法等。该图形的制作方法和相关知识介绍如下。

图 2-33　"城市星空"图形

【制作方法】

1. 绘制楼房图形

（1）设置绘图页面的宽度为 500mm，高度为 200mm，背景颜色为深灰色。

（2）调出"插入字符"对话框。在该对话框的"代码页"下拉列表框中选择"所有字符"选项，在"字体"下拉列表框中选择"Webdings"字体，如图 2-34 所示。将图形列表中的楼房图案拖曳到绘图页面内的左边，将楼房图形适当调大，如图 2-35 所示。

（3）选中楼房图形，按【Ctrl+D】组合键，复制一份选中的楼房图形，将复制的图形移到一旁。选择"排列"→"拆分 曲线"菜单命令，将选中的复制的楼房图形拆分为楼房主体图形和各窗户图形（被楼房主体图形遮挡住了）。再给楼房主体图形填充黄色，如图 2-36 所示。

图 2-34　"插入字符"对话框　　　图 2-35　楼房图形　　　图 2-36　楼房主体图形

（4）将黄色楼房主体图形移到图 2-35 所示的楼房图形之上，让两幅图形完全重合，效果如图 2-36 所示，即黄色楼房主体图形完全将楼房图形遮挡住。

（5）选择"排列"→"顺序"→"到图层后边"菜单命令，将选中的黄色楼房主体图形置于楼房图形的后边，效果如图 2-37 所示。拖曳一个矩形，选中楼房主体和楼房图形，单击"排列"→"群组"菜单命令，将选中楼房主体和楼房图形组成一个群组。拖曳一个矩形，选中所有复制的窗户图形，按【Delete】键，删除选中的窗户图形。

（6）使用工具箱中的"图纸工具"，在其"属性栏：图形纸张和螺旋工具"属性栏内的"图纸行和列数"两个数字框内分别输入 80 和 8，如图 2-38 所示。然后，在楼房内的下边拖曳，创建一个 8 行 80 列的网格，如图 2-39 所示。

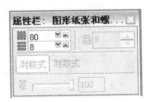

图 2-37　加工后的楼房图形　　　　　图 2-38　属性栏　　　　图 2-39　添加网格线后的楼房图形

（7）拖曳一个矩形，选中楼房图形和网格图形，选择"排列"→"群组"菜单命令，将选中楼房图形和网格图形组成一个楼房图形的群组。

（8）按【Ctrl+D】组合键，复制一份选中的楼房图形，将复制的图形水平移到页面内的右边。

2．绘制博物馆图形

（1）将"插入字符"对话框内图形列表中的博物馆图案拖曳到绘图页面内的中间，拖曳博物馆图形四周的控制柄，将图形适当调大，再给图形填充黄色，如图 2-40 所示。

（2）选中博物馆图形，按【Ctrl+D】组合键，复制一份选中的图形，将复制的图形移到一旁。选择"排列"→"拆分 曲线"菜单命令，将选中的复制的博物馆图形拆分为博物馆主体、支架和顶盖图形。将各部分图形分别移开，给博物馆支架图形填充红色，如图 2-41 所示。

图 2-40　博物馆图形　　　　　　　图 2-41　博物馆各部分图形

（3）拖曳一个矩形，选中所有博物馆支架图形，将选中的图形组成一个群组。然后，将红色博物馆支架图形移到图 2-40 所示的博物馆图形之上，如图 2-42 所示。

（4）拖曳一个矩形，选中所有博物馆和博物馆支架图形，选择"排列"→"群组"菜单命令，将选中的图形组成一个博物馆群组。

（5）拖曳一个矩形，选中所有复制的其他图形，按【Delete】键，删除选中的图形。

（6）将图形列表中的几种不同形式的人物图案拖曳到绘图页面内，分别拖曳各人物图形四周的控制柄，将各人物图形适当调大，再给各人物图形填充不同颜色，将各人物图形移到不同的位置，如图 2-43 所示。

图 2-42　博物馆图形　　　　　　　　　　　图 2-43　添加人物图形

3．绘制体育馆和汽车图形

（1）将"插入字符"对话框内图形列表中的体育馆图案拖曳到绘图页面内，拖曳体育馆图形四周的控制柄，将图形适当调大，再给图形填充绿色，如图 2-44 所示。

（2）选中体育馆图形，按【Ctrl+D】组合键，复制一份选中的图形，将复制的图形移到一旁，并填充黄色。选择"排列"→"拆分 曲线"菜单命令，将选中的复制图形拆分为三部分图形。再将各部分图形分别移开，如图 2-45 所示。

图 2-44　体育馆图形　　　　　　　　　　　图 2-45　体育馆各部分图形

（3）拖曳图 2-45 内左边的图形，按住【Shift】键，依次单击图 2-45 内左边图形中下边的图形，取消选中这些图形，再将选中的图形移到一旁，如图 2-46 所示。将选中的图形移到绿色体育馆图形之上，如图 2-47 所示。然后，删除剩余的复制图形。

（4）绘制一幅填充棕色的矩形图形，移到图 2-47 所示图形内体育馆大门之上。选择"排列"→"顺序"→"置于此对象后"菜单命令。此时，鼠标指针呈大黑箭头状，将鼠标指针移到图 2-47 所示位置，如图 2-48 所示。

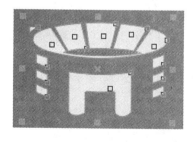

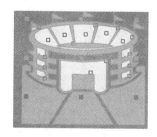

图 2-46　选中部分图形　　　　　图 2-47　选中图形移到体育馆图形之上　　　　　图 2-48　调整顺序

（5）单击鼠标左键，即可将选中的棕色矩形图形移到单击的体育馆图形的后边。拖曳一个矩形，选中所有的体育馆图形，选择"排列"→"群组"菜单命令，将选中的图形组成一个群组，如图 2-49 所示。

（6）将体育馆图形群组移到左边楼房图形的右边，效果如图 2-50 所示。可以看到体育馆图形在人物图形之上。按照上述方法，将体育馆图形群组移到人物图形的后边，如图 2-51 所示。

图 2-49　选中部分图形

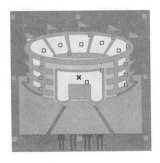
图 2-50　体育馆在人物之上

图 2-51　调整顺序后的效果

（7）将"插入字符"对话框内图形列表中的汽车图案拖曳到绘图页面内，将汽车图形调大一些，再给图形填充蓝色，如图 2-52 所示。

（8）选中汽车图形，按【Ctrl+D】组合键，复制一份选中的图形，将复制的图形移到一旁。选择"排列"→"拆分　曲线"菜单命令，将复制图形拆分为几部分图形。将车头填充棕色，将车厢填充红色，如图 2-53 所示。

（9）将复制的汽车图形移到图 2-52 所示的蓝色汽车图形之上，再将该图形移到蓝色汽车图形的后边，然后将它们组成群组，如图 2-54 所示。

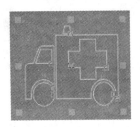
图 2-52　汽车图形

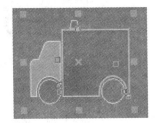
图 2-53　改变颜色

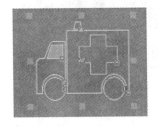
图 2-54　调整顺序后的效果

4．绘制小房屋

（1）将"插入字符"对话框内图形列表中的小房屋图案拖曳到绘图页面内，将小房屋图形调大。然后给小房屋图形填充绿色颜色，轮廓线为棕色，如图 2-55 所示。

（2）将小房屋图形复制一份，选中复制的小房屋图形，选择"排列"→"拆分　曲线"菜单命令，将选中的小房屋图案中的各部分图形分离。单击工具箱内的"选择工具"按钮，将各部分图形分开，如图 2-56 所示（还没有更改颜色）。

（3）将图 2-56 中间的图形填充棕色，将图 2-56 右边的图形填充黄色，如图 2-56 所示。然后将图 2-56 左边的图形删除。

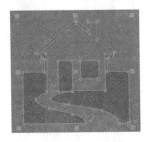
图 2-55　小房屋图形

图 2-56　分离的小房屋图案

（4）将图 2-56 中间的图形移到图 2-55 所示的小房屋图形之上，再将图 2-56 右边的窗户图形移到小房屋图形之上，如图 2-57 所示。在精细调整对象位置时，可以选中要调整的对象，再在它的属性栏内的"x"和"y"数字框内微调数字大小。

（5）按照上述方法，将黄色窗户图形的顺序调整到小房屋图形的最上边，如图 2-58 所示。拖曳一个矩形，选中所有小房屋图形，选择"排列"→"群组"菜单命令，将选中的图形组成一个小房屋图形群组。

（6）将小房屋图形群组移到体育馆图形的右边，它会将两个人物图像遮挡住。采用上面介绍过的方法，将小房屋图形群组置于两个人物图形的后边，如图 2-59 所示。

图 2-57　移动图形　　　　　图 2-58　调整窗户图形顺序　　　图 2-59　调整图形位置和顺序

5．绘制月亮、星星和飞机图形

（1）将"插入字符"对话框内图形列表中的月亮图案拖曳到绘图页面左上方，适当调整月亮图形的大小。再单击月亮图形，适当旋转月亮图形，效果如图 2-60 所示。

（2）选中月亮图形，按【Ctrl+D】组合键，复制一份选中的月亮图形，将复制的图形移到一旁。选择"排列"→"拆分 曲线"菜单命令，将复制的月亮图形拆分，再给复制的月亮图形填充黄色，如图 2-61 所示。

（3）拖曳黄色月亮图形，将选中的图形组成一个群组。然后，将黄色月亮图形群组移到图 2-60 所示的月亮图形之上。黄色月亮图形群组会遮挡住图 2-60 所示的月亮图形。

（4）选中黄色月亮图形群组，选择"排列"→"顺序"→"到图层后面"菜单命令，将黄色月亮图形群组置于图 2-60 所示的月亮图形的后面，如图 2-62 所示。

（5）拖曳一个矩形，选中所有月亮图形，选择"排列"→"群组"菜单命令，将选中的图形组成 个月亮图形群组。

图 2-60　月亮图形　　　　图 2-61　复制的黄色月亮图形　　　图 2-62　调整图形顺序

（6）使用工具箱中的"星形工具" ☆，在其"属性栏：星形"属性栏内的"多边形、星形和复杂星形的点数或边数"数字框内输入 5，按住【Ctrl】键，同时在绘图页内拖曳绘制一个正五角星图形，调整该图形的大小，如图 2-63 所示。

（7）将正五角星图形的填充色和轮廓线颜色设置为黄色，如图 2-64 所示。选中五角星，按【Ctrl+D】组合键，将其复制一个。使用工具箱中的"挑选工具" ，将复制的五角星图形缩小并填充白色，将其移动到黄色五角星的中心，完成后的效果如图 2-65 所示。

图 2-63　五角星　　　　　图 2-64　填充黄色　　　　　图 2-65　两个五角星

（8）单击工具箱内的"交互式调和工具"按钮 ，从中心白色的五角星向上拖曳到黄色五角星上，制作出白色到黄色的混合效果。再在其"属性栏：交互式调和工具"属性栏内设置调和的步长数为 20，如图 2-66 所示。完成后的图形效果如图 2-67 所示。

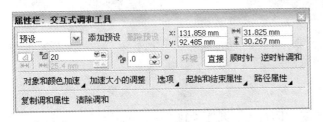

图 2-66　"属性栏：交互式调和工具"属性栏　　　　　图 2-67　调和后的图形

（9）将图 2-67 所示的星形图形组成群组，将该图形调小一些，然后复制多份，分别移到页面内上边的不同位置，如图 2-33 所示。

（10）绘制飞机图形是利用"插入字符"对话框内的飞机图案制作的，留给读者完成。

6．绘制探照灯和礼花等图形

（1）使用工具箱内的"椭圆工具" ，拖曳绘制一幅椭圆图形，设置该图形的填充色和轮廓线颜色为黄色。将该图形复制一份，适当等比例地调大一些，再将图形的填充色和轮廓线颜色设置为白色，如图 2-68 所示。

（2）单击工具箱内的"交互式调和工具"按钮 ，从黄色椭圆图形向上拖曳到白色椭圆图形上，制作出黄色到白色的混合效果，如图 2-69 所示。

（3）在其"属性栏：交互式调和工具"属性栏中设置调和的步长数为 500，如图 2-70 所示。然后，调整两个椭圆的大小和位置，形成探照灯效果，如图 2-33 所示。

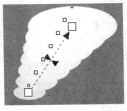
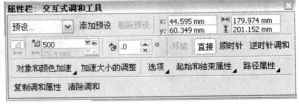

图 2-68　两个椭圆　　　图 2-69　混合后图形　　　图 2-70　"属性栏：交互式调和工具"属性栏

（4）将整个探照灯图形组合。再将该图形复制一份，适当调整复制图形的旋转角度和大小，将它移到绘图页面内的右边，如图 2-33 所示。

（5）使用工具箱内的"复杂星形工具" 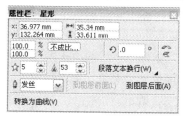，在其"属性栏：复杂星形"属性栏内"多边形、星形和复杂星形的点数或边数"数字框内输入 9，按住【Ctrl】键，在体育馆图形之上拖曳，绘制一个九角星形图形，将该图形的填充色设置为黄色，轮廓线颜色设置为棕色。

（6）调整九角星形图形大小，复制 3 份，再将它们移到不同的位置，如图 2-33 所示。

（7）使用工具箱中的"矩形工具"，在绘图页面内下边拖曳，绘制一幅宽度为 500mm、高度为 50mm 的矩形图形，再设置图形的填充色和轮廓线颜色为金黄色。

（8）选中金黄色矩形图形，选择"排列"→"顺序"→"到页面后边"菜单命令，将选中的金黄色矩形图形置于其他图形的后边，如图 2-33 所示。

【知识链接】

1. 绘制和调整多边形与星形

（1）绘制星形图形。单击工具箱中"对象展开式工具"栏内的"星形工具"按钮，在其"属性栏：星形"属性栏内的"多边形、星形和复杂星形的点数或边数"数字框内设置角数（在 3 与 500 之间）；在"星形和复杂星形的锐度"数字框内设置星形角的锐度（数值在 1 与 99 之间），如图 2-71 所示。在页面内拖曳，即可绘制一个星形图形。

在角数或边数为 5，"星形和复杂星形的锐度"数字框内的数值为 1 时，星形图形变为多边形，如图 2-72 所示；该数字框内的数值为 99 时，星形图形如图 2-73 所示。

（2）绘制多边形图形。单击工具箱中"对象展开式工具"栏内的"多边形工具"按钮，调整其"属性栏：多边形"属性栏内的"多边形、星形和复杂星形的点数或边数"数字框内的数据，可以改多边形图形的边数（数值在 3 与 500 之间）。

（3）绘制复杂星形图形。单击工具箱中"对象展开式工具"栏内的"复杂星形工具"按钮，在其"属性栏：多边形"属性栏内的"多边形、星形和复杂星形的多边形点数或边数"数字框内设置点数或边数，再在页面内拖曳，即可绘制一个复杂星形。

当复杂星形图形的边数等于或大于 7 时，"星形和复杂星形的锐度"数字框变为有效；当复杂星形图形的点数为 7 时，锐度可在 1 与 2 之间调节，每增加两个边，锐度最大值增加 1，最大数值为 248。复杂星形的点数为 10，锐度为 3 的图形如图 2-74 所示。

图 2-71　"属性栏：星形"属性栏　　图 2-72　多边形　　图 2-73　星形　　图 2-74　复杂星形

2. 绘制和调整网格和螺纹线图形

（1）绘制网格图形。单击工具箱中的"图纸工具"按钮，再在其"属性栏：图形纸张和螺旋工具"属性栏内的"行数"和"列数"两个数字框内分别输入网格的行数和列数（如 8 和 6），如图 2-75 所示。然后在页面内拖曳，即可绘制出网格图形，如图 2-76 所示。

（2）绘制螺纹线图形。螺纹线有两种类型，一种是"对称式"型，即每圈的螺纹间距不变；另一种是"对数式"型，即螺纹间距向外逐渐增加。

单击工具箱中的"螺纹工具"按钮 ⊚，再单击其"属性栏：图形纸张和螺旋工具"属性栏内的"对称式"按钮，在"螺纹回圈"数字框内输入圈数，如图 2-77 所示。在页面内拖曳，即可绘制对称式螺纹线，如图 2-78 所示。

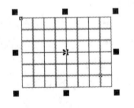

图 2-75　图形纸张属性　　　　图 2-76　网格图形　　　　图 2-77　对称式螺纹线属性

单击其"属性栏：图形纸张和螺旋工具"属性栏内的"对数式"按钮，再调整"螺纹扩展参数"数字框内的数值（可以拖曳滑块来调整其数值），如图 2-79 所示，再拖曳鼠标，即可绘制对数式螺纹线，如图 2-80 所示。

使用工具箱中的"形状工具" ♤，选中螺纹线，因为螺纹线是曲线，所以曲线上的小圆点即为节点，将鼠标指针移到图形的节点处时，鼠标指针变为大箭头状，如图 2-80 所示。拖曳节点，可以调整螺纹线图形的形状。

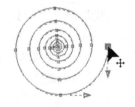

图 2-78　对称式螺纹线　　　图 2-79　对数式螺纹线属性栏　　　图 2-80　对数式螺纹线

3．调整重叠对象的排列顺序

当多个对象相互重叠时，存在着前后顺序，如图 2-81 所示，矩形图形在最上边，其次是圆形图形，最下边是五角星图形。堆叠的顺序由绘图的过程来决定，最后绘制的图形堆叠的顺序最高（即在最上边）。对象的堆叠顺序也叫对象排列顺序，对象排列顺序的调整可以通过执行菜单命令来完成。常用的几种方法简介如下。

（1）选中一个对象（如圆形图形），选择"排列"→"顺序"菜单命令，调出"顺序"的子菜单，如图 2-82 所示。再单击"到图层前面"菜单命令，即可使选中对象（如圆形图形）的堆叠顺序最高，即在所有对象的最上面（或叫最前面），如图 2-83 所示。

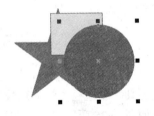

图 2-81　多个对象相互堆叠　　　图 2-82　"顺序"子菜单　　　图 2-83　调整顺序后的效果

（2）选中一个对象，选择"排列"→"顺序"→"到图层后面"菜单命令，即可使选中对象的堆叠顺序最低，即在所有对象的最下面（或叫最后面）。

（3）选中一个对象，选择"排列"→"顺序"→"向前一层"菜单命令，即可使选中对象的堆叠顺序向上一层。

（4）选中一个对象，选择"排列"→"顺序"→"向后一层"菜单命令，即可使选中对象的堆叠顺序向下一层。

（5）选中一个对象，选择"排列"→"顺序"→"置于此对象前"菜单命令，则鼠标指针会变为黑色的大箭头状，单击某一个对象，即可将选中的对象移到单击对象的上面。

（6）选中一个对象，选择"排列"→"顺序"→"置于此对象后"菜单命令，则鼠标指针会变为黑色的大箭头状，单击某一个对象，即可将选中的对象移到单击对象的下面。

（7）如果选中两个或两个以上的对象，则选择"排列"→"顺序"→"反转顺序"菜单命令，即可将选中的对象的堆叠顺序颠倒。

4．群组多个对象和取消群组

多个对象群组或结合后，可以同时对多个对象进行一些统一的操作，如调整大小、移动位置、改变填充颜色、改变轮廓线颜色和进行顺序的排列等。

对于群组后的对象，只能对合成的对象进行整体操作，要对群组中每个对象的各个节点进行调整，需要首先选中群组中的一个对象，其方法是按住【Ctrl】键的同时单击该对象。可以拖曳节点来调整群组中单个对象的形状。

（1）多个对象的群组。选中多个图形后，单击其属性栏中的"群组"按钮，或选择"排列"→"群组"菜单命令（或按【Ctrl+G】组合键），即可将选中的多个对象组成一个群组。例如，选中四个对象，将这四个对象组成群组后的效果如图 2-84 所示（4 个对象的颜色没有改变），其属性栏改为"属性栏：群组"，如图 2-85 所示。

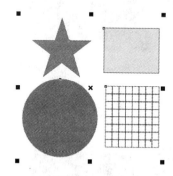

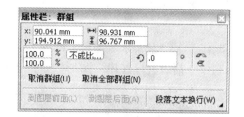

图 2-84　多个对象群组后的效果　　　　　图 2-85　"属性栏：群组"属性栏

将非群组的对象组成的群组叫第一层群组，将多个第一层群组对象与其他对象组成的群组叫第二层群组，将多个第二层群组对象与其他对象组成的群组叫第三层群组……

（2）取消群组。单击"属性栏：群组"属性栏中的"取消群组"按钮，选择"排列"→"取消群组"菜单命令或按【Ctrl+U】组合键，都可以取消多个对象的一层群组。如果单击属性栏中的"取消全部群组"按钮，可以取消多个对象的所有层次的群组。

思考与练习2.2

1．使用"对象展开式工具"栏内的工具，绘制一幅边数为 16 的蓝色多边形图形，一幅角数为 11 的红色星形图形，一幅角数为 9 的绿色复杂星形图形。

2．使用"对象展开式工具"栏内的网格工具，绘制一幅"棋盘格"图形，要求棋盘格有 20 行和 40 列，颜色为深蓝色。

3．使用"对象展开式工具"栏内的螺纹工具，绘制一幅"对称式"型螺纹图形，要求螺纹圈数为 10，颜色为绿色；绘制一幅"对数式"型螺纹图形，要求螺纹圈数为 15，颜色为蓝色。

4．利用"插入字符"对话框，制作 16 幅如图 2-86 所示的图形。

图 2-86　16 幅图形

5．绘制一幅"运动之墙"图形，墙壁之上绘有 6 种不同的体育运动的图形，如图 2-87 所示。

图 2-87　"运动之墙"图形

6．制作一幅"农家乐"图形，如图 2-88 所示。该图形是"农家乐"网页内的 LOGO。

7．制作一幅"五星红旗"图形，如图 2-89 所示。

图 2-88　"农家乐"图形

图 2-89　"五星红旗"图形

第3章 绘制和编辑矢量曲线

连续的线条可称为曲线，它是由一条或多条线段组成的，包括直线、折线和弧线等。线段是保持同一矢量特性的曲线。一条线段的起点、终点和转折点叫节点，节点有直线节点、曲线节点、尖角节点、平滑节点和对称节点五类。从起点到终点所经过的节点与线段组成了路径，路径分闭合路径和开路路径，闭合路径的起点与终点重合。只有闭合路径才允许填充。本章通过3个实例，介绍了使用"曲线展开工具栏"内的工具绘制简单图形的一些方法。

3.1 【实例3】家园庆典

"家园庆典"图形如图 3-1 所示，它展示了一幅由彩色小屋、青草、蘑菇、小花、气球、月亮、五彩星星和礼花等构成的美丽家园的节日庆典画面。

通过本实例的学习，可以进一步掌握利用"插入字符"对话框插入特殊字符图形的方法，可以掌握使用艺术笔工具绘制各种图形的方法等。该图形的制作方法和相关知识介绍如下。

图 3-1 "家园庆典"图形

【制作方法】

1. 绘制房屋图形

（1）设置绘图页面的宽度为 300mm，高度为 150mm，背景色为浅褐色。

（2）选择"文本"→"插入字符"菜单命令，调出"插入字符"对话框。在该对话框的"代码页"下拉列表框中选择"所有字符"选项，在"字体"下拉列表框中选择"Webdings"

字体。将图形列表中的小房屋图案拖曳到绘图页面的右边，拖曳小房屋图案四周的控制柄，将场馆图案适当放大，不填充任何颜色，如图 3-2 所示。

（3）选中小房屋图形，选择"排列"→"拆分曲线"菜单命令，将选中的小房屋图形中的各部分图形分离。将各部分轮廓线图形分开。给各轮廓线内填充不同的颜色，给背景图形填充绿色，再将黄色窗户图形移到小房屋原来的位置，如图 3-3 所示。

图 3-2　小房屋图形　　　　　　　　图 3-3　给分离的小房屋图形填充颜色

（4）将图 3-3 中间的黄色窗户和小房屋图形移回原来的位置，调整各部分图形的前后顺序，效果如图 3-4 左图所示。拖曳出一个矩形，选中图 3-4 左图所示的所有房屋图形，再选择"排列"→"群组"菜单命令，将选中的所有图形组成一个群组。

（5）将房屋图形群组移到图 3-4 右图所示的绿色背景图形之上原来的位置处，效果如图 3-5 所示。

（6）绘制一幅用黄色填充的正方形图形，移到相应的位置，调整它的前后顺序，形成后边房屋的窗户。再绘制两幅填充深棕色的矩形图形，作为房屋的门。

（8）选中所有房屋图形，选择"排列"→"群组"菜单命令，将选中的所有图形组成一个群组，如图 3-6 所示。然后，将该群组对象移到图 3-1 所示的位置。

图 3-4　小房屋图形和背景图形　　　　图 3-5　合成的图形　　　　图 3-6　群组后的图形

（9）按照【实例 2】中介绍的方法，制作如图 2-58 所示的房屋图形，道路的颜色设置为浅橙色，由读者自行完成。另外，在房屋的走道上添加一些人物图形。也可以将【实例 2】中的房屋图形和人物图形复制后粘贴到【实例 3】中。

2．绘制小草图形

（1）单击工具箱中"曲线展开工具栏"内的"艺术笔工具"按钮 ，再单击其属性栏中的"喷罐"按钮，此时"属性栏：艺术笔对象喷涂"属性栏如图 3-7 所示。

图 3-7　"属性栏：艺术笔对象喷涂"属性栏

（2）在"浏览"下拉列表框（即"喷涂列表"下拉列表框）中选择一种小草图案，再单击"喷涂列表设置"按钮，调出"创建播放列表"对话框（一），如图 3-8 所示。单击该对话框内的"清除"按钮，将"播放列表"列表框内的所有对象删除。

（3）按住【Shift】或【Ctrl】键，同时选中"喷涂列表"列表框内的"图像 1"和"图像 2"选项，再单击"添加"按钮，在"播放列表"列表框内便添加了"图像 1"和"图像 2"选项，设置这两个对象为喷罐艺术笔样式，如图 3-9 所示。然后单击"确定"按钮，关闭"创建播放列表"对话框（二），完成艺术笔样式的设置。

图 3-8　"创建播放列表"对话框（一）　　　　图 3-9　"创建播放列表"对话框（二）

（4）在"属性栏：艺术笔对象喷涂"属性栏内的"要喷涂的对象大小"数值框中输入 20，设置绘制图形的百分数为 20%；在"选择喷涂顺序"下拉列表框中选择"顺序"选项；在"⬛"数字框内输入 1，在"⬛"数字框内输入 .111，如图 3-7 所示。

（5）在浅褐色背景的绘图页面内水平拖曳鼠标，绘制一条水平直线，即可得到相应的小草图形，如图 3-10 所示。如果绘制的水平直线较长，则会产生较多的小草图形；如果绘制的水平直线较短，则会产生较少的小草图形。

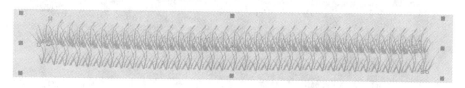

图 3-10　艺术笔绘制的小草图形

（6）单击工具箱中的"选择工具"按钮，选中小草图形，拖曳小草图形四周的控制柄，调整图形的大小；再拖曳小草图形，调整它的位置。

（7）选中小草图形，选择"排列"→"拆分艺术笔群组"菜单命令，将选中的小草图形和一条水平直线分离。此时选中的是多个小草的图形，再选择"排列"→"取消群组"菜单命令，将多个小草图形再分离，使小草图形独立。

（8）选中水平直线，按【Delete】键，删除选中的水平直线。然后，复制几幅小草图形，分别调整各幅小草图形的大小和位置。

3．绘制小花和蘑菇图形

（1）在"属性栏：艺术笔对象喷涂"属性栏内的"浏览"下拉列表框中选择一种小花图案，再单击"喷涂列表设置"按钮，调出"创建播放列表"对话框（三），如图 3-11 所示。单击该对话框内的"清除"按钮，将"播放列表"列表框内的所有对象删除。

（2）按住【Shift】或【Ctrl】键，同时选中"喷涂列表"列表框内的"图像 1"和"图像 10"选项，再单击"添加"按钮，在"播放列表"列表框内添加"图像 1"和"图像 10"选项，如图 3-12 所示。然后，单击"确定"按钮，关闭"创建播放列表"对话框（四）。

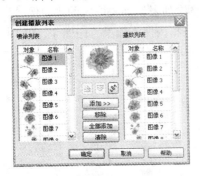
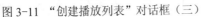
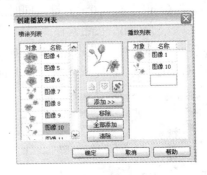

图 3-11　"创建播放列表"对话框（三）　　　　图 3-12　"创建播放列表"对话框（四）

（3）在"属性栏：艺术笔对象喷涂"属性栏内的"要喷涂的对象大小"数值框中输入 30，设置绘制图形的百分数为 30%；在"选择喷涂顺序"下拉列表框中选择"顺序"选项；在"🎴"数字框内输入 1，在"🎴"数字框内输入.892。

（4）在浅褐色背景的绘图页面内拖曳，绘制一些小花图形，再调整图形的大小和位置。然后继续绘制多幅小花图形。

（5）在"属性栏：艺术笔对象喷涂"属性栏内的"浏览"下拉列表框中选择一种蘑菇图形，在绘图页面内的下边拖曳绘制一些蘑菇图形。然后调整它们的大小和位置。

（6）还可以按照上述方法再添加一些其他的小花和小草图形，如图 3-13 所示。

图 3-13　绘制一些小草、蘑菇和小花图形

4．绘制礼花和气球等图形

（1）在"属性栏：艺术笔对象喷涂"属性栏内的"浏览"下拉列表框中选择一种气球图案，然后在小房屋图形两边水平拖曳绘制一些气球图形。

（2）在"属性栏：艺术笔对象喷涂"属性栏内的"浏览"下拉列表框中选择一种礼花图形，然后在小房屋图形上边拖曳绘制一些礼花图形。

（3）单击工具箱中"曲线展开工具栏"内的"艺术笔工具"按钮 ℓ，单击其属性栏中的"笔刷"按钮，在其"属性栏：艺术笔刷"属性栏内的"浏览"下拉列表框中选择一种星星笔触图形，此时的"属性栏：艺术笔刷"属性栏如图 3-14 所示。

（4）在绘图页面内的上边拖曳鼠标，绘制两条短线，绘制出两个星星图形。

（5）单击"属性栏：艺术笔刷"属性栏内的"喷灌"按钮，在其"浏览"下拉列表框中选择月亮图案。单击"喷涂列表设置"按钮，调出"创建播放列表"对话框。单击该对话框内的"清除"按钮，将"播放列表"列表框内的所有对象删除。

（6）选中"喷涂列表"下拉列表框内的"图像 5"对象，再单击"添加"按钮，在"播放列表"列表框内添加"图像 5"对象，设置"图像 5"对象图案为喷罐艺术笔样式，如图 3-15 所示。然后单击"确定"按钮，关闭"创建播放列表"对话框（五）。

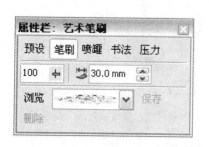

图 3-14　"属性栏：艺术笔刷"属性栏

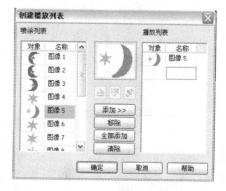

图 3-15　"创建播放列表"对话框（五）

（7）在绘图页面外水平拖曳，绘制一个蓝色月亮和灰色星星图形，再调整它的大小和位置，并旋转一定角度，如图 3-16 所示。

（8）选择"排列"→"拆分艺术笔群组"菜单命令，将选中的蓝色月亮图形中的线条与月亮和星星图形分离。选中分离出的线条，按【Delete】键，将线条对象删除，如图 3-17 所示。

（9）将月亮和星星图形移到绘图页面内的左上角，选择"排列"→"取消全部群组"菜单命令，将月亮和星星图形分离。给月亮图形填充黄色，给星星图形填充白色，分别调整它们的大小和位置，效果如图 3-18 所示。

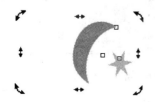
图 3-16　月亮和星星图形

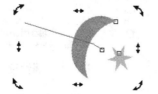
图 3-17　拆分艺术笔群组

图 3-18　着色，调整大小和位置

（10）使用工具箱内"形状编辑展开式工具栏"中的形状工具，调整月亮图形的形状。然后复制多幅星星图形，将它们移到绘图页面内的不同位置（见图 3-1）。

（11）绘制一幅蓝色矩形，它的宽度为 300mm，高度为 90mm，移到绘图页面的上半部分，再选择"排列"→"顺序"→"到页面后面"菜单命令，将选中的蓝色矩形图形移到其他图形的后面。最后效果如图 3-1 所示。

【知识链接】

1．"曲线展开工具栏"工具

绘制曲线主要使用工具箱内"曲线展开工具栏"中的工具，下面重点介绍手绘工具、多点曲线工具、3 点曲线展开工具和交互式连线工具的使用方法。

（1）手绘工具 ✎：单击"手绘工具"按钮后，在页面内可以像使用笔一样拖曳绘制一条曲线，如图 3-19（a）图所示；单击直线起点后再单击直线终点，可以绘制一条直线，如图 3-19（b）图所示。

绘制完线条后的"属性栏：曲线或连线"属性栏如图 3-20 所示。其内许多选项的作用与"属性栏：矩形"属性栏内选项的作用一样。前面没有介绍过的选项作用介绍如下。

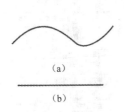
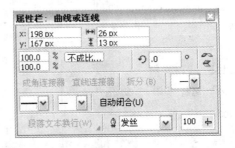

图 3-19　曲线和直线　　　　　　图 3-20　"属性栏：曲线或连线"属性栏

◎ "自动闭合"按钮：使不闭合的曲线闭合，即起始端和终止端用直线相连接。
◎ "起始箭头选择器"下拉列表框：用来选择线的起始端箭头的状态。
◎ "轮廓样式选择器"下拉列表框：用来选择线的状态（实线还是各种虚线）。
◎ "终止箭头选择器"下拉列表框：用来选择线的终止端箭头的状态。

（2）折线工具 ⟍：它的用法与手绘工具绘制直线的方法类似，单击折线起始端，再依次单击各端点，最后双击终点，即可绘制出一条折线，如图 3-21 所示。

"属性栏：折线工具"属性栏如图 3-22 所示，其中各选项的作用均在前面介绍过了。

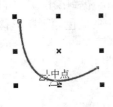

图 3-21　折线　　　　　　　　图 3-22　"属性栏：折线工具"属性栏

（3）3 点曲线展开工具 ⌢：由三个点确定一条曲线，即先确定曲线的起点和终点，用第 3 点确定曲线的弯曲度及形状。在绘图页面内拖曳，绘制一条直线，松开鼠标左键后移动鼠标（不按下鼠标左键）绘制出曲线，单击鼠标左键即可完成曲线的绘制，如图 3-23 所示。

"属性栏：3 点曲线工具"属性栏如图 3-24 所示，其中各选项的作用均已介绍过了。

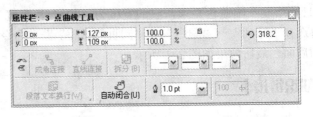

图 3-23　曲线　　　　　　　　图 3-24　"属性栏：3 点曲线工具"属性栏

（4）连接器工具 ⬡：也称为交互式连线工具。使用该工具可以绘制折线和用折线将两个对象连成一体，如图 3-25 所示。单击工具箱中的"交互式连线工具"按钮 🗝，单击其属性栏中的"成角连接器"按钮，如图 3-26 所示。然后向斜方向拖曳，即可绘制一条折线。如果单击其属性栏中的"直线连接器"按钮，则拖曳鼠标即可以绘制一条直线。

图 3-25 折线

图 3-26 "属性栏：交互式连线"属性栏

绘制出来的折线上带有若干个节点，可以使用工具箱中的"形状工具" ⚒ 调节。

2. 艺术笔工具

单击"艺术笔工具"按钮 ✐，调出"属性栏：艺术笔预设"属性栏，艺术笔工具的使用方法如下。

（1）预设方式：单击"预设"按钮，此时"属性栏：艺术笔预设"属性栏如图 3-27 所示。在"手绘平滑"数字框内输入平滑度，在"艺术媒体工具宽度"数字框内设置笔宽，在"预设笔触列表"下拉列表框内选择一种艺术笔触样式，再在绘图页面内拖曳鼠标，即可绘制图形。

（2）笔刷方式：单击"笔刷"按钮，此时的"属性栏：艺术笔刷"属性栏如图 3-28 所示。在其内设置"手绘平滑"、"艺术媒体工具宽度"，在"笔触列表"下拉列表框内选择一种笔触样式，再在绘图页面内拖曳鼠标，即可绘制图形。

图 3-27 "属性栏：艺术笔预设"属性栏

图 3-28 "属性栏：艺术笔刷"属性栏

单击"浏览"按钮，可以调出"浏览文件夹"对话框，用来选择保存笔触样式文件的文件夹。在绘制图形并选中该图形后，"保存"按钮变为有效，单击"保存"按钮，可以调出"另存为"对话框，用来保存 CMX 格式的笔触样式文件。在"笔触列表"下拉列表框内选择一种自定义的笔触样式，则"删除"按钮变为有效，单击"删除"按钮，即可删除在"笔触列表"下拉列表框内选择的自定义笔触样式。

（3）喷罐方式：单击"喷罐"按钮，此时的"属性栏：艺术笔对象喷涂"属性栏如图 3-29 所示。在"喷涂列表文件列表"下拉列表框内选择一种喷涂对象形状。设置"手绘平滑"、喷涂对象的大小和间距，选择喷涂对象顺序、要喷涂对象的小块颜料和间距等参数。单击"喷涂列表设置"按钮，调出"创建播放列表"对话框，如图 3-15 所示，利用它可以设置喷涂图像的种类。然后，再在绘图页面内拖曳鼠标，即可绘制图形。

图 3-29 "属性栏：艺术笔对象喷涂"属性栏

（4）书法方式：也叫书写方式。单击"书法"按钮，此时的"属性栏：艺术笔书法"属性栏如图 3-30 所示。在其内设置"手绘平滑"、"艺术媒体工具宽度"，在"书法的角度"数值框内设置书写的角度。然后，再在绘图页面内拖曳，即可绘制图形。

（5）压力方式：单击"压力"按钮，此时的"属性栏：艺术笔压感笔"属性栏如图 3-31 所示。在属性栏内设置"手绘平滑"、"艺术媒体工具宽度"。然后在绘图页面内拖曳绘制图形。在绘图中，按键盘上的【↑】或【↓】方向键，可以增大或减小笔的压力。

图 3-30 "属性栏：艺术笔书法"属性栏　　　　图 3-31 "属性栏：艺术笔压感笔"属性栏

思考与练习 3.1

1. 绘制一幅"春节礼物"图形，其中有气球、小花、珍珠、宝石等，如图 3-32 所示。
2. 绘制一幅"飞鸟"图形，其中有飞鸟和雪花图形，以及用艺术笔绘制的文字"鸟"，如图 3-33 所示。

图 3-32 "春节礼物"图形　　　　　　　图 3-33 "飞鸟"图形

3.2 【实例 4】天鹅湖

"天鹅湖"图形如图 3-34 所示。背景图形的上半部分是蓝色，下半部分是从上到下由浅蓝色到深蓝色的渐变色，画面的四角有一些由心形曲线组成的图案，左下角和右下角还有两束小花。图形中央展示了一对由简单的线条构成的白天鹅，相对浮在湖面上，还有倒影。

图 3-34 "天鹅湖"图形

　　通过本实例的学习，可以进一步掌握手绘工具和艺术笔工具的使用方法，初步掌握贝塞尔工具、钢笔工具、形状工具和渐变工具的使用方法。该"天鹅湖"图形的制作方法和相关知识介绍如下。

【制作方法】

1．绘制天鹅轮廓线

（1）设置绘图页面的宽度为 220mm，高度为 160mm，无背景色。

（2）使用工具箱中"曲线展开工具栏"内的"贝塞尔工具" ，按照本节"知识链接"介绍的方法绘制一条如图 3-35 所示的曲线。使用"手绘工具"按钮 ，也可以绘制这条曲线。

（3）使用工具箱中"形状编辑展开式工具栏"内的"形状工具" ，单击曲线上边的节点，拖曳节点或者拖曳节点处的蓝色箭头状的切线，修改所绘制的曲线，如图 3-36 所示。修改好的曲线像天鹅的头部与颈部，如图 3-37 所示。

图 3-35　绘制曲线　　　　　图 3-36　调整曲线　　　　　图 3-37　天鹅的头部与颈部曲线

（4）选中该曲线，使用工具箱中"曲线展开工具栏"内的"艺术笔工具" ，单击其属性栏内的"预设"按钮，在"预设笔触列表"中选择倒数第 5 种笔触，在"手绘平滑"数字框中输入数值 100，在"艺术笔工具宽度"文本框中选择 1.9mm，如图 3-38 所示。

（5）沿着图 3-37 所示的曲线，从左上角端点到右下角端点拖曳，然后使用工具箱中的"形状工具" 调整该曲线，如图 3-39 左图所示。调整完后，将原曲线删除，效果如图 3-39 右图所示。

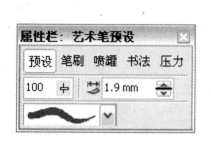

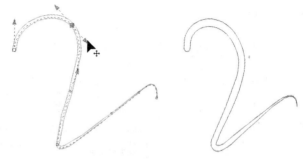

图 3-38　"属性栏：艺术笔预设"属性栏　　　图 3-39　使用艺术笔后的效果及调整后的效果

（6）采用同样的方法，使用工具箱中的"贝塞尔工具" 或"手绘工具" 绘制天鹅的背部，再使用工具箱中的"形状工具" 进行修改。使用"艺术笔工具" ，单击其属性栏内的"预设"按钮，在其"预设笔触列表"列表框中选择倒数第 6 种笔触，沿着曲线绘制新的曲线，再使用工具箱中的"形状工具" ⚫ 进行修改。完成后的效果如图 3-40 所示。

（7）采用同样的方法，绘制其他曲线，再根据不同的需要，选择不同设置的"艺术笔工具" ⚫ 进行绘制，使用"形状工具" ⚫ 修改。绘制完的天鹅轮廓线图形如图 3-41 所示。

图 3-40　天鹅的背部曲线　　　　图 3-41　天鹅的轮廓线

（8）使用"贝塞尔工具" ⚫ 或"手绘工具" ⚫ 绘制出一条曲线，作为天鹅的嘴。

2.　制作天鹅轮廓线的镜像图形

（1）单击工具箱中的"选择工具"按钮 ⚫，拖曳出一个矩形，将图形全部选中，再单击"排列"→"群组"菜单命令，将选中的图形组成一个群组。

（2）按【Ctrl+D】组合键，复制一份天鹅轮廓线，选中复制的天鹅轮廓线，再单击其"属性栏：群组"属性栏内的"镜像"按钮 ⚫，将复制的天鹅轮廓线水平镜像。然后调整两幅天鹅轮廓线的位置，最后效果如图 3-42 所示。然后，将它们组成一个群组图形。

（3）选中群组图形，复制一份该图形，单击其"属性栏：群组"属性栏内的"镜像"按钮 ⚫，将复制的天鹅轮廓线垂直镜像。然后调整其位置，使它位于图 3-42 所示图形的下边。

（4）单击工具箱内"交互式展开式工具栏"中的"交互式变形工具"按钮 ⚫，再单击其属性栏内的"推拉"按钮，在"推拉失真振幅"文本框内输入 3，"属性栏：交互式变形-推拉效果"属性栏如图 3-43 所示。此时，垂直镜像后的图形会发生一点变形。

图 3-42　两幅天鹅轮廓线　　　　图 3-43　"属性栏：交互式变形-推拉效果"属性栏

（5）调整两个群组图形的位置，如图 3-44 所示。将两个群组图形组成一个群组。

3.　创建背景

（1）使用工具箱内的"矩形工具" ⚫，绘制一个矩形，矩形的大小与绘图页面的大小完全一样，刚好将整个绘图页面覆盖。给矩形填充蓝色，取消轮廓线。

（2）在蓝色矩形的下半部分再绘制一个矩形，作为湖面。单击工具箱内"填充展开工具栏"中的"渐变填充对话框"按钮 ⚫，调出"渐变填充"对话框。

（3）在"渐变填充"对话框内的"类型"下拉列表框中选择"线性"选项，设置填充的颜色为线性渐变类型。单击"颜色调和"栏内的"双色"按钮。单击"从"右边的下拉按钮，调出它的颜色面板，如图 3-45 所示。单击该颜色面板内的海绿色色块，设置起始填充色。

（4）单击"到"按钮，调出它的颜色面板，单击该面板内的朦胧绿色块，设置终止填充色，其他设置如图 3-46 所示。单击"确定"按钮，关闭该对话框。图形如图 3-47 所示。

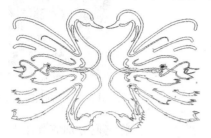

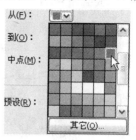

图 3-44　变形后天鹅轮廓线和原天鹅轮廓线图形　　　　图 3-45　"从"按钮的颜色面板

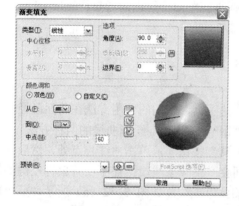

图 3-46　"渐变填充"对话框　　　　　　　　　图 3-47　设置矩形背景

（5）使用工具箱内的"选择工具" ，选中天鹅轮廓线图形，然后将它们移到背景图形上，再将天鹅图形填充为白色，如图 3-48 所示。

（6）使用工具箱内的"矩形工具" ，绘制一个矩形，作为边框，给矩形边框填充冰蓝色。效果如图 3-49 所示。

图 3-48　移动后的图形　　　　　　　　　图 3-49　绘制矩形边框

（7）单击工具箱内"完美形状展开工具栏"中的"基本形状"按钮 ，然后单击其"属性栏：完美形状"属性栏内的"完美形状"按钮，调出它的下拉面板，单击该面板内的心脏形图样，选择心脏图形，然后在页面内拖曳绘制一个心脏图形。

（8）在心脏图形的"属性栏：完美形状"属性栏内，设置心脏图形的"轮廓宽度"为 1.0mm，如图 3-50 所示。然后将心脏图形的轮廓线颜色调整为冰蓝色，如图 3-51 所示。

（9）复制多个心脏图形，调整它们的大小和位置，组成一个图案，再将它们组成一个群组，如图 3-51 所示。

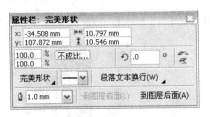

图 3-50 "属性栏: 完美形状"属性栏　　　　　　图 3-51 多个心脏图形组成的图案

然后，将该群组图形复制一份，将它进行水平镜像调整，将它们分别放置在矩形边框的左上角和右上角处，如图 3-34 所示。

（10）再在绘图页面内左下角和右下角各创建一幅小花图形，这由读者自行完成。

【知识链接】

1. 使用贝塞尔工具和钢笔工具绘制线

绘制线主要使用工具箱内"曲线展开工具栏"中的工具，它们的使用方法在前面已经做过一些介绍。下面重点介绍使用"贝塞尔工具" 和"钢笔工具" 绘制曲线的两种方法。

（1）先绘制曲线再定切线方法：单击"贝塞尔工具"按钮 ，单击曲线起点处，然后松开鼠标左键，再单击下一个节点处，则在两个节点之间会产生一条线段；在不松开鼠标左键的情况下拖曳鼠标，会出现两个控制点和两个控制点间的蓝色虚线，如图 3-52（a）所示，蓝色虚线是曲线的切线，再拖曳鼠标，可以改变切线的方向，以确定曲线的形状。

如果曲线有多个节点，则应依次单击下一个节点，并在不松开鼠标左键的情况下拖曳鼠标以产生两个节点之间的曲线，如图 3-52（b）所示。曲线绘制完后，按空格键或双击鼠标，即可结束该曲线的绘制。绘制完的曲线如图 3-52（c）所示。

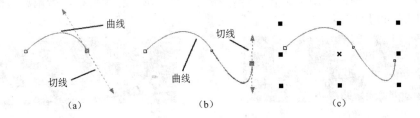

图 3-52 贝赛尔绘图方法之一

（2）先定切线再绘制曲线方法：单击"贝塞尔工具"按钮 ，在绘图页面内单击要绘制曲线的起点处，不松开鼠标左键，拖曳鼠标以形成方向合适的蓝色虚线的切线，然后松开鼠标左键，此时会产生一条直线切线，如图 3-53（a）所示。再用鼠标单击下一个节点处，则该节点与起点节点之间会产生一条曲线。如果曲线有多个节点，则应依次单击下一个节点，并在不松开鼠标左键的情况下拖曳鼠标以产生两个节点之间的曲线，如图 3-53（b）所示。曲线绘制完后，按空格键或双击鼠标结束，即可绘制一条曲线，如图 3-53（c）所示。

使用贝塞尔工具确定节点后，如果没有松开鼠标左键，则按下【Alt】键的同时拖曳鼠标，可以改变节点的位置和两节点之间曲线的形状。

使用"钢笔工具" 绘制曲线的方法与使用"贝塞尔工具" 绘制曲线的方法基本一样，只是在使用"钢笔工具"拖曳鼠标时会显示出一条直线或曲线，而使用"贝塞尔工具"

拖曳鼠标时，不显示直线或曲线，只是在再次单击后才显示一条直线或曲线。

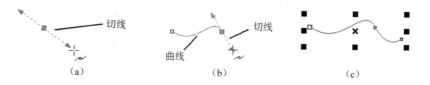

图 3-53　贝塞尔绘图方法之二

2．手绘工具与贝塞尔工具属性的设置

绘制完线后，"选择工具"按钮会自动呈按下状态，同时绘制的线会被选中，此时的"属性栏：曲线或连线"属性栏如图 3-54 所示。利用该属性栏可以精确调整曲线的位置与大小，以及设定曲线两端是否带箭头、带什么样的箭头、曲线的粗细和形状等。

选择"工具"→"选项"菜单命令，调出"选项"对话框，再选择该对话框内左边目录栏中的"工具箱"→"手绘/贝塞尔工具"选项，这时的"选项"对话框如图 3-55 所示。利用该对话框可以进行"手绘工具"与"贝塞尔工具"属性的设置。

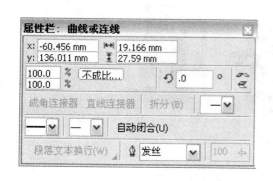

图 3-54　"属性栏：曲线或连线"属性栏

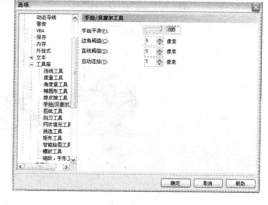

图 3-55　"选项"（手绘/贝塞尔工具）对话框

（1）手绘平滑：决定手绘曲线与鼠标拖曳的匹配程度，数字越小，匹配的准确度越高。

（2）边角阈值：决定边角突变节点的尖突程度，数字越小节点的尖突程度越高。

（3）直线阈值：决定一条线相对于直线路径的偏移量，该线在直线阈值内视为直线。

（4）自动连结：决定两个节点自动结合所必需的接近程度。

3．节点基本操作

（1）选中节点：在对节点进行操作以前，应首先选中节点。要选中节点，应先单击工具箱中的"形状工具"按钮。选中节点的方法很多，现简介如下。

◎　曲线起始和终止节点：按【Home】键，可以选中曲线起始点节点；按【End】键，可以选中曲线终止点节点。

◎　选中一个或多个节点：单击节点，可以选中该节点。按住【Shift】键，单击各个节点，可以选中多个节点。也可以拖曳鼠标框选要选择的所有节点，来选中多个节点。

◎　选中所有节点：按住【Shift+Ctrl】组合键，同时单击任何一个节点，即可选中所有节点。

（2）取消节点选中：按住【Shift】键，同时单击选中的节点，可以取消节点的选中。

（3）添加节点：单击曲线上非节点处的一点，再单击属性栏中的"添加"按钮，可以添加一个节点。双击曲线上非节点处的一点，也可以在双击点处添加一个节点。

（4）删除节点：单击选中曲线上一个节点，再单击属性栏中的"删除"按钮或按【Delete】键，可以删除选中的节点。双击曲线上的一个节点，也可以删除该节点。

思考与练习 3.2

1. 使用"手绘"、"贝塞尔"、"钢笔"和"形状"等工具绘制如图 3-56 所示的图形。

图 3-56 "网页生活黄页内标志"图形

2. 绘制一幅"卡通动物"图形，其内有 3 幅卡通动物图形，如图 3-57 所示。

图 3-57 "卡通动物"图形

3.3 【实例 5】海岛风情

"海岛风情"图形如图 3-58 所示。这是一张海边小岛的旅游宣传海报。海报中蓝色的海洋中有一个小岛，岛上有椰子树、海水、草丛和山丘，还有太阳悄悄地从山丘的后面伸出头来，显示出环境的自然美感，充分地体现了阳光、沙滩、海水和绿色植物的宣传主题。

图 3-58 "海岛风情"图形

　　通过本实例的学习，可以进一步掌握手绘工具和艺术笔工具的使用方法，掌握使用形状工具调整矢量图形的方法。该图形的制作方法和相关知识介绍如下。

【制作方法】

1．绘制海岛和太阳

　　（1）设置绘图页面的宽度为 90mm，高度为 50mm。设置背景颜色为白色。

　　（2）使用工具箱中的"手绘工具" ，在其属性栏内的"手绘平滑"数字框中输入平滑度为 68，在"轮廓宽度"下拉列表框中选择"发丝"选项。然后在绘图页面的中间绘制一条不规则的封闭曲线，作为山丘的原始轮廓线。

　　（3）使用工具箱中的"形状工具" ，选中多余的节点，单击其属性栏内的"删除"按钮，将多余节点删除，并修改曲线形状，形成更平滑的山丘轮廓图。然后，将封闭的曲线内填充灰蓝色，取消轮廓线，完成后的山丘效果如图 3-59 所示。

　　（4）使用工具箱中的"贝塞尔工具" 绘制出 11 条曲线。再使用工具箱中的"艺术笔工具" ，单击其属性栏内的"预设"按钮，在其"自然笔触列表"下拉列表框中选择第 4 种笔触，在"手绘平滑"数字框中输入平滑度数值 0，沿着曲线拖曳鼠标，将画布上的曲线变成一头粗，另一头细的折线。单击调色板中的"白色"，将所画的折线填充成白色，取消轮廓线，形成山峰，效果如图 3-60 所示。

　　（5）使用工具箱中的"手绘工具" ，在其属性栏的"手绘平滑"数字框中输入平滑度数值 50，在"轮廓宽度"下拉列表框中选择"发丝"选项。然后在绘图页面的中间绘制一条不规则的封闭曲线。再为其内部填充黄色，取消轮廓线，作为太阳图形，如图 3-61 所示。

图 3-59　绘制山丘　　　　　　　图 3-60　绘制山峰　　　　　　　图 3-61　绘制太阳

　　（6）使用工具箱中的"艺术笔工具" ，单击其属性栏内的"预设"按钮，在其"预设笔触列表"下拉列表框中选择第 5 种笔触，在其属性栏的"手绘平滑"数字框中输入平滑度为 100，在"艺术笔工具宽度"文本框中输入 2，此时的属性栏如图 3-62 所示。

　　（7）在太阳的周围绘制出 5 条长短不一的线段。再为其内部填充黄色，取消轮廓线，作为太阳光芒图形，完成后的效果如图 3-63 所示。

图 3-62　"属性栏：艺术笔预设"属性栏　　　　　图 3-63　绘制太阳光芒

　　（8）使用工具箱中的"手绘工具" ，在其属性栏的"手绘平滑"数字框中输入平滑度为 50，在"轮廓宽度"下拉列表框中选择"发丝"选项。然后在山丘下面绘制一条不规则的封闭曲线，为其内部填充浅蓝色，取消轮廓线，作为海水图形，效果如图 3-64 所示。

（9）使用工具箱中的"手绘工具" ，在其属性栏的"手绘平滑"数字框中输入平滑度为 50，在"轮廓宽度"下拉列表框中选择"发丝"选项。在河水的下面绘制一条不规则的封闭曲线，为其内部填充绿色，取消轮廓线，作为草丛图形，效果如图 3-65 所示。

2．绘制沙滩和椰树

（1）使用工具箱中的"手绘工具" ，在其属性栏的"手绘平滑"数字框中输入平滑度数值 50，在"轮廓宽度"下拉列表框中选择"发丝"选项。在河水右侧绘制一条不规则的封闭曲线，为其内部填充棕黄色，取消轮廓线，作为沙滩图形。

（2）选中沙滩图形，选择"排列"→"顺序"→"到图层后边"菜单命令，将沙滩图形移到所有图形对象的后面，效果如图 3-66 所示。

图 3-64　绘制海水图形　　　　图 3-65　绘制草丛图形　　　　图 3-66　绘制沙滩图形

（3）使用工具箱中的"手绘工具" ，在其属性栏的"手绘平滑"数字框中输入平滑度数值 50，在"轮廓宽度"下拉列表框中选择"发丝"选项。在沙滩上绘制 3 条不规则的封闭曲线，分别为其内部填充土橙黄色，取消轮廓线，作为石头图形，效果如图 3-67 所示。

（4）使用工具箱中的"手绘工具" ，在其属性栏的"手绘平滑"数字框中输入数值 50，在"轮廓宽度"下拉列表框中选择"发丝"选项。在沙滩上绘制 2 条对称的不规则封闭曲线，分别为其内部填充土黄色和橙红色，取消轮廓线，作为椰树图形，效果如图 3-68 所示。

图 3-67　绘制石头图形　　　　　　　　图 3-68　绘制椰树图形

（5）使用工具箱中的"椭圆工具" ，绘制 3 个椭圆图形。再为其内部填充桃黄色，轮廓线填充橙红色，作为椰果图形，效果如图 3-69 所示。

（6）使用工具箱中的"手绘工具" ，在其属性栏的"手绘平滑"数字框中输入数值 50，在"轮廓宽度"下拉列表框中选择"发丝"选项。在椰树上绘制 1 条不规则的封闭曲线。再分别为其内部填充嫩绿色，取消轮廓线，作为椰树的叶子图形。然后，选择"排列"→"顺序"→"到图层后边"菜单命令，将椰树叶图形移到其他图形的后面，如图 3-70 所示。

图 3-69　绘制椰果图形　　　　　　　　图 3-70　绘制椰树叶图形

（7）将椰树叶图形复制 3 个。再对其进行缩放和旋转操作，并移动到适当的位置。这样就完成了海岛风情图形的绘制，其效果如图 3-58 所示。

【知识链接】

1. 使用形状工具调整曲线

在绘图页面内绘制一个图形，再单击其属性栏内的"转换为曲线"按钮，使几何图形转换为曲线图形。单击工具箱中的"形状工具"按钮 ↖，此时的"属性栏：编辑曲线、多边形和封套"属性栏如图 3-71 所示。利用该属性栏可以对节点进行操作。

（1）选中节点：使用工具箱中的"形状工具" ↖，单击节点，即可选中节点，选中的节点以蓝色小方块显示，如图 3-72 所示。按住【Shift】键，依次单击要选中的节点，可以同时选中多个节点。

（2）调整节点位置：使用工具箱中的"形状工具" ↖，单击选中节点，用鼠标拖曳节点，可以调整节点的位置，同时也改变了曲线的形状。

（3）调整节点处的切线：对于一些曲线图形，选中的节点处有切线，切线两端有蓝色箭头，可以拖曳切线的箭头，调整曲线的形状，如图 3-72 所示。如果节点处没有切线，可单击其属性栏内的"到曲线"按钮，将选中的节点转换为曲线节点，曲线节点处会产生切线。

图 3-71　"属性栏：编辑曲线、多边形和封套"属性栏

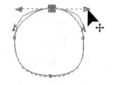

图 3-72　选中的节点

（4）缩放曲线图形：使用工具箱中的"形状工具" ↖，选中两个或两个以上的节点。此时属性栏中的"缩放"按钮与"旋转和倾斜"按钮变为可以使用。

单击"缩放"按钮，则选中的节点与它们之间的曲线周围出现 8 个黑色矩形句柄，如图 3-73 所示。此时用鼠标拖曳句柄即可以缩放选中的图形。

（5）旋转曲线图形：单击"旋转和倾斜"按钮，则选中的节点与它们之间的曲线周围出现 8 个双箭头句柄，如图 3-74 所示。此时用鼠标拖曳句柄即可旋转和倾斜选中的图形。

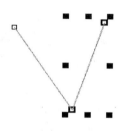

图 3-73　缩放图形

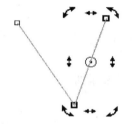

图 3-74　旋转和倾斜图形

2. 合并节点与拆分节点

可以将一个图形中的起点和终点节点合并，还可以将合并后的节点进行拆分。另外，还可

以将不同图形的起点和终点节点合并，但是在合并前，需要先将两个图形进行结合，方法是：选中两幅图形，再按【Ctrl+L】组合键。

（1）合并节点：单击工具箱中的"形状工具"按钮 ，按住【Shift】键并单击，选中两个节点，此时"属性栏：编辑曲线、多边形和封套"属性栏中的"连接"按钮变为可以使用，再单击"连接"按钮，即可合并节点，如图 3-75 所示。

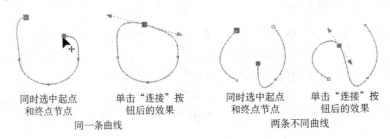

同时选中起点　　　单击"连接"按　　　同时选中起点　　　单击"连接"按
和终点节点　　　钮后的效果　　　和终点节点　　　钮后的效果

　　　　同一条曲线　　　　　　　　　　　　两条不同曲线

图 3-75　合并节点

（2）拆分节点：使用工具箱中的"形状工具" ，选中一个节点（不是起点或终点节点），此时"属性栏：编辑曲线、多边形和封套"属性栏中的"拆分"按钮变为可以使用，再单击"拆分"按钮，即可拆分该节点。拖曳拆分的节点，可以将两个节点分开。

3. 反转曲线方向和曲线封闭

（1）反转曲线方向：一条非封闭的曲线，有起始节点与终止节点之分，可以通过按【Home】键或【End】键来选择判断。单击工具箱中的"形状工具" ，再单击"属性栏：编辑曲线、多边形和封套"属性栏中的"反转曲线"按钮，即可将起始节点与终止节点互换。

（2）曲线闭合：绘制两条直线，将它们结合成一体。使用工具箱中的"形状工具" ，分别选中两条直线的一个节点，如图 3-76 所示。再单击"属性栏：编辑曲线、多边形和封套"属性栏中的"闭合"按钮，即可产生一条连接两个节点的直线，如图 3-77 所示。

（3）曲线封闭：选中曲线的起始与终止节点，单击其属性栏中的"自动闭合"按钮，即可产生一条连接起始节点与终止节点的直线，将曲线封闭，如图 3-78 所示。

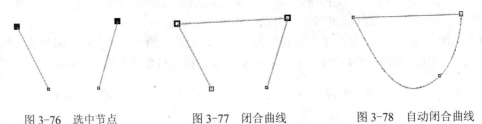

图 3-76　选中节点　　　　图 3-77　闭合曲线　　　　图 3-78　自动闭合曲线

4. 改变节点的属性

节点有直线节点和曲线节点两类，曲线节点又可分为尖突节点（也叫尖角节点）、平滑节点（也叫缓变节点）和对称节点。各种节点可以通过如图 3-71 所示的"属性栏：编辑曲线、多边形和封套"属性栏进行相互转换。转换方法如下。

（1）直线节点和曲线节点的相互转换：使用工具箱中的"形状工具" ，选中图 3-79 所示折线中间的节点，拖曳中间的节点，会发现随着节点位置的变化，两边直线的长短也会随之变化，但仍为直线。这说明该节点是一个直线节点。

此时，属性栏中的"到曲线"按钮变为可用，单击"到曲线"按钮，即可将直线节点转换为曲线节点。拖曳中间的节点，会发现随着节点位置的变化，该节点与上一个节点（即本例中的起始节点）间的直线会变为曲线，如图 3-80 所示，这说明该节点是曲线节点。

选中中间的节点，此时属性栏中的"到直线"按钮变为可用，单击该按钮即可将曲线节点转换为直线节点，该节点与上一个节点间的曲线会变为直线，如图 3-79 所示。

（2）尖突节点和平滑节点的相互转换：尖突节点和平滑节点都属于曲线节点。拖曳尖突节点时，节点两边的路径会完全不同，节点处呈尖突状，如图 3-80 所示。用鼠标拖曳平滑节点时，节点两边的路径在节点处呈平滑过渡，如图 3-81 所示。

使用工具箱中的"形状工具" ⚲ 选中节点。此时，如果选中的节点是尖突节点，则属性栏中的"平滑"按钮变为可以使用，单击"平滑"按钮，即可将尖突节点转换为平滑节点；如果选中的节点是平滑节点，则属性栏中的"尖突"按钮变为可以使用，单击"尖突"按钮，即可将平滑节点转换为尖突节点。

（3）对称节点：使用工具箱中的"形状工具" ⚲，选中图 3-79 所示图形中中间的节点，再单击属性栏中的"平滑"按钮，使该节点变为曲线节点，则中间的曲线节点两边的线均变为曲线。如果选中终点或起始节点，则"平滑"按钮无效。选中中间的曲线节点时属性栏中的"对称"按钮变为可使用，单击"对称"按钮，即可将该节点变为对称节点。

拖曳对称节点时，对称节点两边的路径的幅度会有相同的变化，变化的方向相反，而且在同一条直线上，如图 3-82 所示。拖曳平滑节点时，平滑节点一边的路径幅度会有变化。

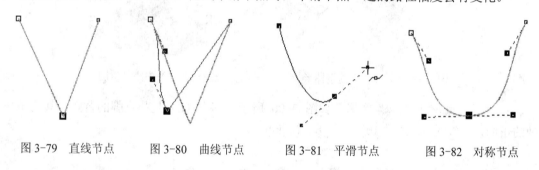

图 3-79　直线节点　　　图 3-80　曲线节点　　　图 3-81　平滑节点　　　图 3-82　对称节点

5．对齐节点与弹性模式设定

（1）对齐节点：将几条曲线进行结合，选中两个或两个以上的节点，例如，选中两个节点，如图 3-83 所示。此时"属性栏：编辑曲线、多边形和封套"属性栏中的"对齐"按钮变为可用，单击"对齐"按钮，调出"节点对齐"对话框，如图 3-84 所示。选择对齐方式后（如只选中"垂直对齐"复选框），单击"确定"按钮，即可将选中的节点按要求（此处为垂直对齐）对齐，如图 3-85 所示。

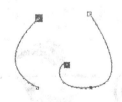

图 3-83　选中两个节点

图 3-84　"节点对齐"对话框

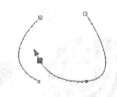

图 3-85　将选中的节点对齐

（2）弹性模式设定：使用工具箱中的"形状工具" ，单击其属性栏中的"节点"按钮，选中图 3-85 所示图形中的 4 个节点，然后拖曳一个节点，会发现整个图形会随之移动，如图 3-86 所示。此时单击属性栏中的"弹性模式"按钮，再拖曳一个节点（如终止节点），会发现起始节点位置不变，其他节点与曲线随之移动，如图 3-87 所示。

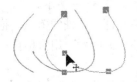

图 3-86　整个图形会随之移动　　　　　　图 3-87　其他节点与曲线随之移动

思考与练习 3.3

1. 制作一幅"丘比特之箭"图形，如图 3-88 所示。该图形是一幅丘比特之箭图形，一支绿色的箭射穿红色的心脏，它表示思恋着心中的人。

2. 绘制一幅如图 3-89 所示的"海中小岛"图形，图形中绘制的是海洋中的小岛，岛上长着一棵椰子树，有一个小孩在岛上坐着，海面上有白色的波浪。

图 3-88　"丘比特之箭"图形　　　　　　图 3-89　"海中小岛"图形

3. 绘制一幅"扑克牌"图形，如图 3-90 所示。其中（a）是扑克牌的背面，其他是扑克牌的正面，有红桃 6、黑桃 10、方片 8、梅花 9。

（a）　　　　　（b）　　　　　（c）　　　　　（d）　　　　　（e）

图 3-90　"扑克牌"图形内 5 个页面中的图形

4. 绘制一幅"商标"图形，如图 3-91 所示，其内有 5 幅商标图形。

图 3-91　"商标"图形

第4章 绘制完美形状图形和编辑文本

本章通过 4 个实例介绍绘制完美形状图形的方法，以及文本的输入和编辑方法。绘制完美形状图形主要使用"完美形状展开工具栏"内的 5 个工具，这 5 个工具的使用方法比较简单，有许多共性。另外，本章还介绍了使用"度量工具"和"连接器工具"的方法，插入条形码、外部对象和因特网对象的方法等。

4.1 【实例6】网站设计流程

"网站设计流程"图形如图 4-1 所示，它是设计一个普通网站的流程简图。通过制作该图形，可以掌握"完美形状展开工具栏"内一些工具的使用方法。该图形的制作方法和相关知识介绍如下。

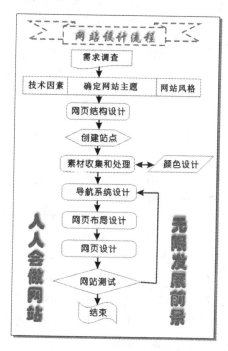

图4-1 "网站设计流程"图形

【制作方法】

1. 绘制标题旗帜图形

（1）设置绘图页面的宽度为 260mm，高度为 400mm。

（2）单击工具箱中"完美形状展开工具栏"内的"标题形状"按钮，单击其"属性栏：完美形状"属性栏内的"完美形状"按钮，调出一个图形列表，选中该图形列表中的"标题旗帜"图案。然后，在绘图页内拖曳绘制出一个标题旗帜图形，设置其轮廓线为蓝色，效果如图 4-2 所示。

（3）使用工具箱中的"选择工具"，选中标题旗帜图形，单击其"属性栏：完美形状"属性栏中"轮廓样式选择器"下拉列表框中的"其它"按钮，调出"编

图 4-2　绘制标题旗帜图形

辑线条样式"对话框，如图 4-3 所示。拖曳三角滑块，可以调整虚线的间隔量，设置一种点状线后单击"添加"按钮，即可将设计的线条样式添加到"轮廓样式选择器"下拉列表框中。

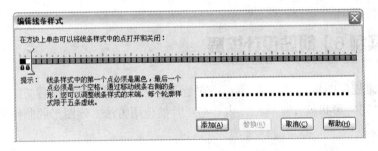

图 4-3　"编辑线条样式"对话框

（4）单击"属性栏：完美形状"属性栏中的"轮廓宽度"下拉列表框内的"1.4mm"选项，设置线条宽度为 1.4mm。更改星形图形轮廓线后的效果如图 4-4 所示。

2. 绘制流程图图形

（1）单击工具箱中"完美形状展开工具栏"内的"流程图形状"按钮，单击其"属性栏：完美形状"属性栏内的"完美形状"按钮，调出一个图形列表，单击该图形列表中的图标。

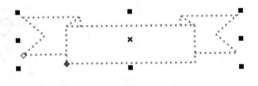

图 4-4　更改星形图形轮廓线

然后在绘图页内拖曳，绘制出一个流程图图形。在其属性栏中设置流程图图形的"轮廓宽度"为 1.0mm，设置轮廓线颜色为蓝色，制作的图形如图 4-5（a）所示。

（2）单击其属性栏内的"完美形状"按钮，调出一个图形列表，单击该图形列表中的图标。然后在绘图页内拖曳，绘制出一个流程图图形。再在其属性栏中选择流程图图形的"轮廓宽度"为 1.0mm，轮廓线颜色为蓝色，完成后的图形如图 4-5（b）所示。

（3）单击其属性栏内的"完美形状"按钮，调出一个图形列表，单击该图形列表中的图标。然后在绘图页内拖曳，绘制出一个流程图图形。再在其属性栏中选择流程图图形的"轮廓宽度"为 1.0mm，轮廓线颜色为蓝色，完成后的图形如图 4-5（c）所示。

（4）单击其属性栏内的"完美形状"按钮，调出一个图形列表，单击该图形列表中的图标。然后在绘图页内拖曳，绘制出一个流程图图形。再在其属性栏中选择流程图图形的"轮廓

宽度"为 1.0mm，轮廓线颜色为蓝色，完成后的图形如图 4-5（d）所示。

（a）　　　　　　（b）　　　　　　　　（c）　　　　　　（d）

图 4-5　绘制流程图图形（一）

（5）使用工具箱中的"矩形工具" ▢，在页面中绘制一个矩形。在其属性栏中设置矩形 4 个角的"边角圆滑度"都为一定值、"轮廓宽度"为 1.0mm，轮廓线为蓝色，完成后的图形如图 4-6（a）所示。再复制 3 份放在一边。

（6）使用工具箱中的"多边形工具" ⬠，在其属性栏内设置多边形的边数为 4。然后，在绘图页面内拖曳，绘制出一个菱形，再在其属性栏中选择"轮廓宽度"为 1.0mm，轮廓线为蓝色，如图 4-6（b）所示。

（7）单击工具箱中"完美形状展开工具栏"内的"标题形状"按钮 ♨，单击其"属性栏：完美形状"属性栏内的"完美形状"按钮，调出一个图形列表，选中该图形列表中的"旗帜"图案 ∿。然后，在绘图页内拖曳绘制出一个旗帜图形，再在其属性栏中选择"轮廓宽度"为 1.0mm，轮廓线为蓝色，如图 4-6（c）所示。

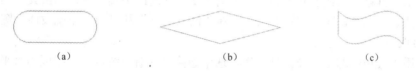

（a）　　　　　　　　　（b）　　　　　　　　　（c）

图 4-6　绘制流程图图形（二）

（8）同时选中上面绘制的垂直排列的 11 个对象（不包括图 4-5（c）所示图形），单击属性栏中的"对齐和分布"按钮 昌，调出"对齐与分布"（对齐）对话框。在该对话框中选中垂直"中"复选框，如图 4-7 所示。然后单击"应用"按钮，将所有的对象以垂直居中的方式对齐。其他图形也调至相应位置，如图 4-8 所示。

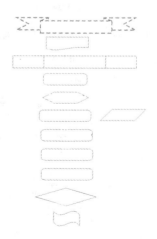

图 4-7　"对齐与分布"（对齐）对话框　　　　图 4-8　图形对齐后的效果

3．输入文字与绘制连线

（1）单击工具箱内的"文本工具"按钮 字，在其"属性栏：文本"属性栏内，设置字体为华文行楷，大小为 48pt，单击"水平文本"按钮。然后在标题旗帜内输入"网站设计流程"6 个红色文字。

（2）使用工具箱中"交互式展开式工具栏"内的"交互式阴影工具" ⬛ ，在文字之上向右上方微微拖曳，即可产生阴影，效果如 4-9 所示。

图 4-9　"网站设计流程"标题文字

（3）使用工具箱内的"文本工具"按钮 字 ，在属性栏中设置文字的字体为宋体、字大小为 30pt，在页面输入"需求调查"文字。然后，将"需求调查"文字再复制 12 份，将复制的文字分别更改为"技术因素"、"确定网站主题"、"网站风格"、"网页结构设计"等文字，再将它们分别移到相应的图框中，如图 4-10 所示。

（4）在"颜色设计"与"素材收集和处理"图框之间绘制一条水平直线，选中该直线，在其"属性栏：曲线或连线"属性栏内的"起始箭头选择器"下拉列表框中选中一种起始箭头，在"终止箭头选择器"下拉列表框中选中一种终止箭头，设置"轮廓宽度"为 1.4mm。

（5）使用工具箱"曲线展开工具栏"内的"交互式连线工具" ，单击其"属性栏：交互式连线"属性栏中的"直线连接器"按钮，在"网站测试"和"导航系统设计"图框之间拖曳绘制一条折线。

（6）使用工具箱中的"选择工具" ，选中连接"导航系统设计"图框的水平短直线，在其"属性栏：曲线或连线"属性栏内的"起始箭头选择器"下拉列表框中选中一种起始箭头，设置"轮廓宽度"为 1.4mm。

（7）采用相同的方法，在"网站测试"和"结束"图框之间绘制一条带箭头的垂直直线。产生的效果如图 4-11 所示。再将该直线复制多份，分别移到相应的位置，并调整它们的"轮廓宽度"为 1.4mm，最后效果如图 4-1 所示。

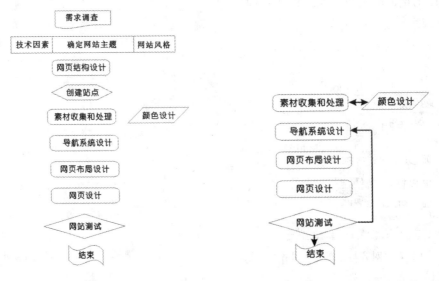

图 4-10　输入文字并移动　　　　　　　　图 4-11　绘制的连接线

（8）另外，"颜色设计"与"素材收集和处理"图框之间绘制一条水平直线可以用完美形状图形来替代，方法是：使用工具箱中的"箭头形状"工具🖼，单击其属性栏中的🔀按钮。然后在绘图页内拖曳，绘制出一个箭头图形，并为其内部填充"红色"。再在属性栏中设置箭头图形的"轮廓宽度"为"发丝"，如图 4-12 所示。

图 4-12　绘制箭头完美形状图形

（9）单击工具箱内的"文本工具"按钮🔤，在其"属性栏：文本"属性栏内，设置字体为华文琥珀，大小为 60pt，单击"垂直文本"按钮。然后在标题旗帜内输入"无限发展前景"红色文字，再输入"人人会做网站"红色文字。

（10）使用工具箱中"交互式展开式工具栏"内的"交互式阴影工具"🖳，分别在两竖行文字之上向右上方微微拖曳，即可产生阴影，效果如图 4-1 所示。

【知识链接】

使用工具箱中"完美形状展开工具栏"内的工具，可以在绘图页面内绘制各种形状的自选图形。单击工具箱中该栏内的"基本形状"按钮🔲，其属性栏如图 4-13 所示。

图 4-13　"属性栏：完美形状"属性栏

1. 绘制基本形状图形

选择"完美形状工具栏"内的其他工具，则属性栏中"完美形状"按钮的图标会发生变化，单击该按钮后调出的图形列表也会随之变化。如果单击"完美形状工具栏"内的"基本形状"按钮🔲，再单击属性栏内的"完美形状"按钮，调出的图形列表如图 4-14 所示。

单击其中的一种图案后，在绘图页面中拖曳，即可绘出相应的图形，如图 4-15 所示。将鼠标指针移到红色菱形控制柄（有的图形还有黄色控制柄）处，当鼠标指针变为黑色箭头状时，拖曳图形中的菱形控制柄，可以调整图形的形状，如图 4-16 所示。

 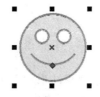 

图 4-14　形状图形列表　　　图 4-15　绘制图形　　　图 4-16　调整图形的形状

2. 绘制箭头形状图形

选择了"形状展开工具栏"内的"箭头形状"工具🖼后，单击其属性栏内的"完美形状"按钮，调出的图形列表如图 4-17 所示。选中一种图案后，用鼠标在绘图页面中拖曳，即可绘制出相应的图形，如图 4-18 所示。拖曳图形中的各种彩色菱形控制柄，可以调整图形的形状，如图 4-19 所示。

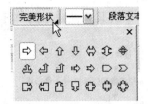
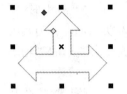
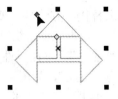

图 4-17　箭头形状图形列表　　　图 4-18　绘制十字箭头　　　图 4-19　调整图形形状

3．绘制流程图形状图形

选择了"完美形状展开工具栏"内的"流程图形状"工具 后，单击"完美形状"按钮 ，调出的图形列表如图 4-20 所示。单击其中的一种图案后，用鼠标在绘图页面中拖曳，即可绘制出相应的图形，如图 4-21 所示。

图 4-20　流程图形状图形列表　　　　图 4-21　绘制的流程图形状

4．绘制星形图形

选择了"完美形状展开工具栏"内的"星形"工具 后，单击"完美形状"按钮 ，调出的图形列表如图 4-22 所示。单击其中一种图案后，在绘图页面中拖曳，可绘制出相应的图形，如图 4-23 所示。拖曳图形中的各种菱形控制柄，可以调整图形的形状。

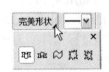
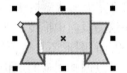

图 4-22　星形图形列表　　　　　　图 4-23　绘制星形图形

5．绘制标注形状图形

选择了"完美形状展开工具栏"内的"标注形状"工具 后，单击"完美形状"按钮 ，调出的图形列表如图 4-24 所示。单击其中一种图案后，在绘图页面中拖曳，可绘制出相应的图形，如图 4-25 所示。拖曳图形中的菱形控制柄，可以调整图形的形状，如图 4-26 所示。

图 4-24　标注形状图形列表　　　图 4-25　绘制标注图形　　　图 4-26　调整标注图形

思考与练习 4.1

1. 参考【实例 6】"网站设计流程"图形的绘制方法，绘制一幅"就诊流程图"图形，如图 4-27 所示。该图形是表达医院就诊流程的简图。

2. 绘制一幅"学校行政结构图"图形，如图 4-28 所示。

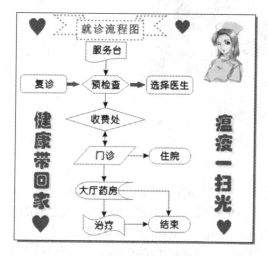

图 4-27　"就诊流程图"图形

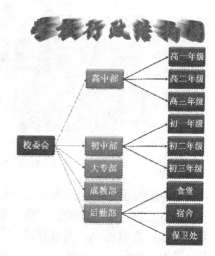

图 4-28　"学校行政结构图"图形

3. 绘制一幅"公司结构图"图形，如图 4-29 所示。公司结构图中形象地标出了"国凯东方电子有限公司"的组织结构，使人一目了然地了解该公司各部门的结构特点。

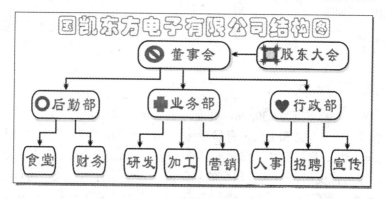

图 4-29　"公司结构图"图形

4.2 【实例 7】世界名胜光盘盘面

"世界名胜光盘盘面"图形如图 4-30 所示。它是介绍世界名胜光盘的盘面，可以看到，在填充蓝色颗粒状底纹的正方形图形之上，有一幅圆形光盘盘面图形。在圆形图形内镶嵌着一幅美丽的世界名胜风景画面，圆形图形的中间有一个灰色半透明的小圆环。在风景画面之上有按照弧形曲线分布的红色文字"世界名胜美景"、蓝色文字"SHI JIE MING SHENG"和红色文字"介绍全世界 100 个著名的世界名胜，有中国长城、颐和园、九寨沟等。"

图 4-30   "世界名胜光盘盘面"图形

　　光盘盘面应与主题贴近，例如，为书制作光盘，光盘的风格最好与书的封面风格一致。除了要与主题贴近外，设计盘面还需要考虑光盘本身的形状。目前市场上标准光盘盘面的外直径一般为 117mm 或 118mm，内直径范围一般为 15～35mm。有时会把图像铺满整个光盘盘面，即内直径设为 15mm。对于盘面的内、外径的设置，可以在以上的范围内，根据设计需求自行调整。通过制作该图形，可以进一步掌握"完美形状展开工具栏"内的一些工具的使用方法，输入文字的方法等。初步掌握导入图像、图像精确剪裁、在图形内镶嵌图像、在图形内填充底纹的方法。掌握使文字环绕路径分布的方法，以及插入条形码和对象的方法等。该图形的制作方法和相关知识介绍如下。

【制作方法】

1．制作光盘盘面背景图

　　（1）设置绘图页面的宽度为 130mm，高度为 130mm，背景色为白色。

　　（2）如果绘图页面内左边和上边没有显示标尺，可以选择"视图"→"标尺"菜单选项，在绘图页面内显示标尺。将鼠标指针指向水平标尺与垂直标尺交会处的坐标原点 之上，向页面中心处拖曳，即可拖曳出两条垂直相交的辅助线。如果没有辅助线，可以选择"视图"→"辅助线"菜单选项。垂直辅助线位于标尺 65mm 处，水平辅助线位于标尺 65mm 处。

　　（3）使用工具箱中的"矩形工具" ，在绘图页面内拖曳绘制一幅与绘图页面一样大的矩形图形，中心点在 x=65mm、y=65mm。单击工具箱中"填充展开工具栏"内的"底纹填充"按钮 ，调出"底纹填充"对话框，在"底纹库"下拉列表框中选择"样品"选项，在"底纹列表"列表框内选中"砖红"选项，色调颜色设置为浅蓝色，按照图 4-31 所示对话框进行设置。单击"确定"按钮，给矩形填充"砖红"底纹，如图 4-32 所示。

　　（4）使用工具箱中的"椭圆工具" ，按住【Shift+Ctrl】组合键的同时从两条辅助线交点处向外拖曳绘制一幅圆形图形。在其"属性栏：椭圆形"属性栏内的"x"和"y"数字框内均输入 65mm，"对象大小"栏内"宽"和"高"数字框内均输入 118mm，效果如图 4-33 所示。

　　（5）选择"文件"→"导入"菜单命令，调出"导入"对话框，选中"风景 10.jpg"图像

（宽和高均为 215mm）文件。单击"导入"按钮，关闭"导入"对话框。然后，单击绘图页面外部，导入一幅风景图像，如图 4-34 所示。

图 4-31　"底纹填充"对话框

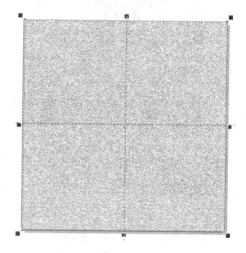

图 4-32　矩形内填充底纹

（6）选择"效果"→"图框精确剪裁"→"放置在容器中"菜单命令，这时鼠标指针呈黑色大箭头状，将它移到圆形图形轮廓线处，单击鼠标左键，则将选中的风景图像镶嵌到圆形图形内，如图 4-35 所示。

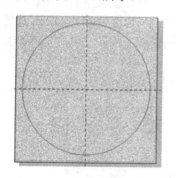

图 4-33　圆形图形

图 4-34　导入图像

图 4-35　镶嵌风景图像

（7）再绘制一幅圆形图形，在其"属性栏：椭圆形"属性栏内的"x"和"y"数字框内均输入 65mm，"对象大小"栏内"宽"和"高"数字框内均输入 27mm，填充浅灰色。

（8）单击工具箱中的"交互式展开式工具栏"内的"交互式透明工具"按钮，在圆形图形之上拖曳，添加透明效果。然后，在"属性栏：交互式渐变透明"属性栏内的"透明度类型"下拉列表框中选择"射线"选项，效果如图 4-36 所示。

（9）使用工具箱中的"挑选工具"，拖曳以选中镶嵌的图像和交互式透明效果的圆形图形，将它们组成一个群组。

（10）绘制一幅圆形图形，在其"属性栏：椭圆形"属性栏内的"x"和"y"数字框内均输入 65mm，"对象大小"栏内的"宽"和"高"数字框内均输入 15mm。

（11）选中刚刚绘制的圆形图形，选择"窗口"→"泊坞窗"→"造形"菜单命令，调出"造形"（修剪）泊坞窗，不选中任何复选框，单击"应用"按钮，鼠标指针呈　状，单击群组图形，将圆形图形内的群组图形删除，效果如图 4-37 所示。

图 4-36　交互式渐变透明

图 4-37　删除圆形内的图形

2. 制作环绕文字

（1）使用工具箱中的"文本工具" 字，在绘图页中输入"字体"为隶书、"字号"为 30pt 的"世界名胜美景"美工字。选中它，再单击调色板内的白色色块，给"世界名胜美景"美工字填充红色，如图 4-38 所示。

（2）使用工具箱中的"椭圆工具" ○，绘制一个圆形图形，作为文字旋绕的路径，在其"属性栏：椭圆形"属性栏内的"x"和"y"数字框内均输入 65mm，"对象大小"栏内的"宽"和"高"数字框内均输入 65mm。

（3）使用工具箱中的"挑选工具" ↘，选中文字。选择"文字"→"使文本适合路径"菜单命令，这时鼠标指针呈黑色大箭头状，将它移到刚刚绘制的圆形上半边路径线处，即在路径线处出现沿路径线分布的文字，可以拖曳以调整文字的位置，单击鼠标左键，则将美工字沿圆形路径环绕，如图 4-39 所示。

如果美工字沿圆形图形路径环绕的效果不理想，可以重新进行上述操作。

图 4-38　输入文字

图 4-39　美工字沿圆形路径环绕

（4）使用工具箱中的"文本工具" 字，输入字体为 Rosewood Std Regular、字号为 16pt 的美工字"SHI JIE MING SHENG"，设置文字颜色为紫色，如图 4-40 所示。

（5）使用工具箱中的"挑选工具" ↘，选中圆形路径，选择"排列"→"在一路径上的文本"菜单命令，将圆形路径与环绕它的美工字分离。

（6）选中紫色美工字"SHI JIE MING SHENG"，选择"文字"→"使文本适合路径"

图 4-40　美工字"SHI JIE MING SHENG"

菜单命令，这时鼠标指针呈黑色大箭头状，将它移到刚刚绘制的圆形的上半边路径线的下边
处，在路径线下边处出现沿路径线分布的文字，拖曳
鼠标调整文字的位置，单击鼠标左键，则将"SHI JIE
MING SHENG"美工字沿圆形路径环绕，如图 4-41
所示。

（7）使用工具箱中的"文本工具" ，输入字
体为 Rosewood Std Regular、字号为 16pt 的美工字
"介绍全世界 100 个著名的世界名胜，有中国长城、
颐和园、九寨沟等。"设置文字颜色为红色，如图 4-42
所示。

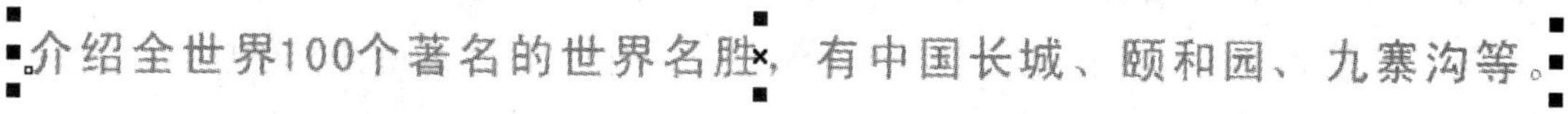

图 4-41　美工字沿圆形路径环绕

介绍全世界100个著名的世界名胜，有中国长城、颐和园、九寨沟等。

图 4-42　美工字

（8）使用工具箱中的"挑选工具" ，选中圆形路径，选择"排列"→"在一路径上的文
本"菜单命令，将圆形路径与环绕它的美工字分离。单击绘图页外边，再单击圆形路径，在其
"属性栏：椭圆形"属性栏内将"宽"和"高"均设置为85mm，将圆形路径调大一些。

（9）单击选中红色美工字，选择"文字"→"使文本适合路径"菜单命令，将鼠标指针移
到圆形路径下半边路径线的下边处，在圆形路径线下边处出现文字，拖曳鼠标以调整文字的位
置，单击鼠标左键，则将选中的美工字沿圆形路径环绕，如图 4-43 所示。

图 4-43　美工字沿圆形路径环绕

（10）使用工具箱中的"挑选工具" ，选中圆形路径线，右击调色板的⊠，隐藏路径。

3．制作条形码

（1）选择"编辑"→"插入条形码"菜单命令，调出"条码向导"对话框（一）。根据要
求，在该对话框中的"从下列行业标准格式中选择一个"列表框中选择"EAN-13"（中国标
准）选项。再在"输入 12 个数字"文本框中输入条形码的编码，如图 4-44 所示。

（2）单击"下一步"按钮，调出"条码向导"对话框（二）。在该对话框中，根据需要对
分辨率进行设置，如图 4-45 所示。

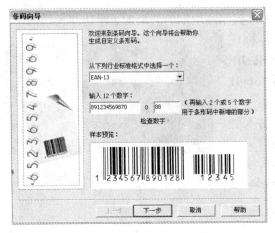
图 4-44　"条码向导"对话框（一）

图 4-45　"条码向导"对话框（二）

（3）单击"下一步"按钮，调出"条码向导"对话框（三）。在该对话框中，根据需要对属性进行设置，如图 4-46 所示。然后单击"完成"按钮，制作出标准的条形码图形，如图 4-47 所示。

图 4-46　"条码向导"对话框（三）

图 4-47　制作出标准的条形码图形

（4）使用工具箱中的"挑选工具" ，将条形码缩小并移动到光盘内适当的位置，完成整个光盘的制作，如图 4-30 所示。

【知识链接】

1．图形的标注

CorelDRAW X3 虽然不像 CAD 软件那样可以绘制复杂的技术图纸，但它能在保证一定精度的情况下，绘制带有尺寸线和比例尺的图表。CorelDRAW X3 提供了一个用于为对象添加标注和尺寸线的"度量工具" 。尺寸线的长度和位置都是动态更新的，度量单位也可以更改。标注和尺寸线还可以附着到图形对象，当对象移动时，尺寸线和标注也跟着移动。

单击工具箱中的"度量工具"按钮 ，此时的"属性栏：尺度或标注"属性栏如图 4-48 所示。在该属性栏中有 6 种标准度量工具，它们分别是"自动"、"垂直"、"水平"、"倾斜"、"标注"和"角度"尺度工具。这几种度量工具的设置和使用方法都很相似，一般都是依次单击需要测量的起点，拖曳鼠标后单击终点，再拖曳到合适的位置单击，即可完成尺寸的标注。单击"属性栏：尺度或标注"属性栏内的"动态的"按钮，可以自动给出尺度数值。下面通过为五边形图形标注尺寸的实例来熟悉它们。

图 4-48　"属性栏：尺度或标注"属性栏

（1）"自动"尺度工具：可以制作水平或垂直尺度的标注。首先利用绘图工具绘制一个五边形图形，使用工具箱中的"度量工具"，单击其"属性栏：尺度或标注"属性栏中的"自动"按钮，然后，单击五边形左顶点，再单击五边形右顶点，再垂直向上拖曳鼠标到合适的位置单击，即可完成对五边形水平尺寸的标注，如图 4-49 所示。

（2）"垂直"尺度工具：只可以制作垂直尺度的标注。单击"属性栏：尺度或标注"属性栏中的"垂直"按钮以后，可以完成对五边形垂直尺寸的标注，如图 4-50 所示。

（3）"水平"尺度工具：只可以制作水平尺度的标注。单击"属性栏：尺度或标注"属性栏中的"水平"按钮以后，可以完成对五边形水平尺寸的标注，如图 4-51 所示。

图 4-49　自动尺寸的标注　　　　图 4-50　垂直尺寸的标注　　　　图 4-51　水平尺寸的标注

（4）"倾斜"尺度工具：可以制作倾斜尺度的标注。单击"属性栏：尺度或标注"属性栏中的"倾斜"按钮以后，可以完成倾斜尺寸的标注，如图 4-52 所示。

（5）"标注"工具：可以对文字进行标注。单击"属性栏：尺度或标注"属性栏中的"标注"按钮以后，可以完成对文字的标注，如图 4-53 所示。

（6）"角度"尺度工具：可以制作角度尺度的标注。单击"属性栏：尺度或标注"属性栏中的"角度"按钮以后，可以完成对五边形角度的标注，如图 4-54 所示。

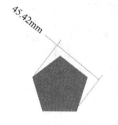

图 4-52　倾斜尺寸的标注　　　　图 4-53　文字标注　　　　图 4-54　角度的标注

2．插入对象

（1）选择"编辑"→"插入对象"菜单命令，调出"插入新对象"对话框，如图 4-55 所示。该对话框是选择了"新建"单选项后的"插入新对象"对话框。

（2）单击"对象类型"列表框中的一个选项，如单击"Adobe Photoshop Image"选项。然

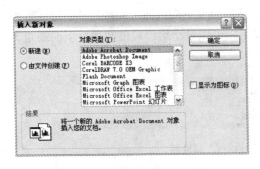

图 4-55 "插入新对象"对话框

后单击"确定"按钮，即可调出相应的软件窗口，此处调出了"Adobe Photoshop"窗口，如图 4-56 所示。

Photoshop 绘图窗口的大小由 CorelDRAW X3 的绘图页面大小来决定。此时，可以在 Photoshop 窗口之中绘制一幅图像，也可以打开一个以前设计好的图像，例如，绘制一个填充有五彩颜色的图形，如图 4-57 所示。

单击"Adobe Photoshop"窗口的☒按钮，关闭 Photoshop 并回到 CorelDRAW X3。可以看到 CorelDRAW X3 的绘图页面中已经有了在 Photoshop 中绘制的图形，如图 4-58 所示。

图 4-56 "Adobe Photoshop"窗口

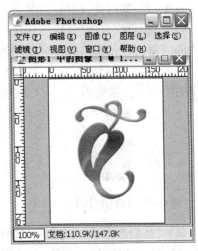

图 4-57 绘制的图案

（3）如果在出现如图 4-55 所示的"插入新对象"对话框时，选择该对话框中的"由文件创建"单选按钮，则"插入新对象"对话框如图 4-59 所示。

图 4-58 绘图页面中的图形

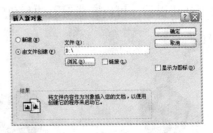

图 4-59 "插入新对象"对话框

利用该对话框可以导入选择的图像，而且还可以与指定的图像处理软件建立链接。所谓与指定的图像处理软件建立链接，就是当在 CorelDRAW X3 中用鼠标双击导入的图像对象时，会自动打开相应链接的图像处理软件，并在该软件中打开相应的图像。

3．插入因特网对象

选择"编辑"→"插入因特网对象"菜单命令，调出它的下一级子菜单，如图 4-60 所示。再单击该子菜单中的菜单命令，然后单击绘图页面，即可在绘图页面内插入相应的网页对象。网页对象有简单按钮、提交按钮、重置按钮、单选按钮、复选框、文本编辑区、文本编辑框、弹出式菜单（即下拉列表框）和选项列表等对象。

　　在绘图页面内创建的部分网页对象如图 4-61 上图所示。插入不同的网页对象时，其属性栏也会随之改变。例如，插入"简单按钮"对象后的属性栏如图 4-61 下图所示。

图 4-60　"插入因特网对象"菜单

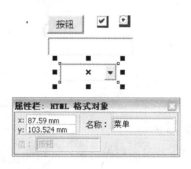

图 4-61　插入相应的网页对象

4．将文字填入路径

　　（1）输入一段美术字，如"山水映照优雅恬静雕梁画栋精彩无比"。然后再绘制一个轮廓线或曲线图形，此处为椭圆图形，选中这段美术字，如图 4-62 所示。

　　（2）选择"文字"→"使文本适合路径"菜单命令，这时鼠标指针呈浮动光标形状，将鼠标指针移到图形路径处，可以随意调节文本排列的形状和位置，图中会出现美术字的蓝色虚线，调节好之后，单击鼠标左键，即可将选定的美术字沿路径排列，如图 4-63 所示。

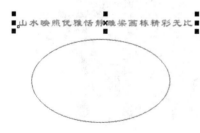

图 4-62　输入文字与绘制图形

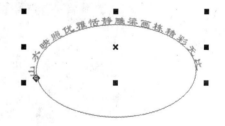

图 4-63　将选定的美术字沿路径排列

　　（3）使用工具箱中的"选择工具"按钮，选中美术字，调出"属性栏：曲线/对象上的文字"属性栏，如图 4-64 所示。

图 4-64　"属性栏：曲线/对象上的文字"属性栏

　　（4）在该属性栏的"文字方向"列表框中选择 **ABC** ，向内拖曳文字左边的红色菱形控制柄，此时的环绕文字如图 4-65 所示。利用该属性栏还可以调整美术字的环绕形状和与路径的间距等。

（5）单击工具箱中的"形状工具"按钮，再单击选中路径图形，然后单击常用工具栏的"剪切"按钮，删除路径图形。经调整和删除路径图形后的美术字如图 4-66 所示。

图 4-65　调整环绕文字　　　　　　　　　图 4-66　调整和删除路径后的美术字

思考与练习 4.2

1．绘制一幅有所有互联网对象的网页图像。

2．绘制一幅"牙膏盒展开图"图形，如图 4-67 所示。它是一幅牙膏盒包装设计图形，分为盒身和两边的盒盖，盒身共有 4 片主片和 1 片连接片，盒盖共有 6 片。

图 4-67　"牙膏盒展开图"图形

4.3　【实例 8】数码摄影手册

"数码摄影手册"图像如图 4-68 所示。它是"数码摄影手册"图书的封底画面，画面以黑色为背景，其内有一些白色轮廓线的六边形图案，各六边形内有一些摄影图像，还有本图书的特色文字描述，有图书名、责任编辑名、封面设计人名、书号、条形码、照相机镜头图像、出版社名称和地址文字等。通过制作该图形，可以进一步掌握绘制正六边形图形的方法，插入条形码、导入图像、图像精确剪裁、在图形内镶嵌图像、多个对象的分布与对齐的方法等。初步掌握交互式调和、拆分的方法。掌握输入美术字和段落文字、选择文字和编辑文本的方法等。该图形的制作方法和相关知识介绍如下。

图 4-68　"数码摄影手册"图像

【制作方法】

1. 制作立体文字

（1）设置绘图页面的宽度为 168mm，高度为 240mm，背景色为黑色。

（2）单击工具箱中的"文本工具"按钮 字，在绘图页单击，在其"属性栏：文本"属性栏内的"字体"下拉列表框中选择"Palace Script MT"字体，在"字大小"下拉列表框中选择"25pt"，单击"水平文本"按钮。然后，输入艺术字"DIGITAL　PHOTOGRAPHY HANDBOOK"。

（3）使用工具箱中的"挑选工具" ，选中刚刚输入的文字，单击调色板内的黄色色块，给输入的文字着黄色。按【Ctrl+D】组合键，复制一份文字，将原文字的颜色改为白色。按住【Alt】键，同时拖曳复制的黄色文字，使该文字与白色文字接近重叠（稍微错开一些），如图 4-69 所示。

图 4-69　黄色和白色文字稍微错开一些

　　（4）使用工具箱中的"文本工具"，在图 4-70 所示文字的下边单击，在其"属性栏：文本"属性栏内的"字体"下拉列表框中选择"华文行楷"字体，在"字大小"下拉列表框中选择"55pt"。然后输入艺术字"数码摄影手册"。

　　（5）使用工具箱中的"挑选工具"，单击调色板内的紫色色块，右击调色板内的黄色色块，将文字轮廓线的颜色改为黄色，文字填充色改为紫色，如图 4-70 所示。

图 4-70　输入"数码摄影手册"艺术字

　　（6）单击工具箱"交互式展开式工具栏"内的"交互式立体化"工具，在"数码摄影手册"艺术字上垂直向上拖曳一点距离，形成立体文字，如图 4-71 所示。

　　或者单击其"属性栏：交互式立体化"属性栏中"预设列表"下拉列表框按钮，调出它的面板，单击该面板内第 1 个图案，选中一种预设的立体样式。然后，拖曳消失点控制柄 到文字的正上方，也可以获得如图 4-71 所示的效果。

图 4-71　形成立体文字

　　（7）单击"属性栏：交互式立体化"属性栏中的"照明"按钮，调出一个"照明"面板，可以看到，预设的第 1 种立体样式已经添加了一个"光源 1"。单击其中的"光源 2"按钮，产生第 2 个光源，将第 2 个光源移到左上角处，并在"强度"输入框中输入光源的强度为 70，单击滑块，使输入有效；再单击"光源 1"按钮，并在"强度"输入框中输入光源的强度为 70，再单击滑块，使输入有效。选中"使用全色范围"复选框。此时的"照明"面板如图 4-72 所示。最后按【Enter】键，给文字添加灯光效果。

　　（8）微微拖曳调整消失点控制柄 ，可以改变立体文字的方向；拖曳调整控制柄 ，可以改变立体效果。添加光源和微调立体形状后的立体文字如图 4-73 所示。

图 4-72　"照明"面板　　　　　图 4-73　添加光源和微调立体形状后的立体文字

（9）单击"属性栏：交互式立体化"属性栏中的"颜色"按钮，调出一个"颜色"面板，单击"颜色"面板中的"使用递减的颜色"按钮。然后单击"到"按钮，调出它的颜色面板，单击其中的白色色块，将"到"的颜色改为白色；再将"从"的颜色改为蓝色，如图 4-74 所示。此时的立体文字如图 4-75 所示。

图 4-74　"颜色"面板　　　　　　　　　图 4-75　改变立体文字的颜色

（10）使用工具箱中的"选择工具"，选中文字，选择"排列"→"拆分立体化群组"菜单命令，将原文字与其立体部分分离。

（11）选中紫色原文字。单击工具箱内"填充展开工具栏"内的"底纹填充"按钮，调出"底纹填充"对话框，在"底纹库"下拉列表框中选择"样品"选项，在"底纹列表"列表框内选中"砖红"选项，"色调"颜色设置为紫色，"亮度"颜色设置为白色，可参照图 4-31。单击"确定"按钮，给文字填充"砖红"底纹，如图 4-76 所示。

图 4-76　给立体文字填充底纹

（12）使用工具箱中的"选择工具"，拖曳以选中全部立体文字，选择"排列"→"群组"菜单命令，将立体文字组成一个群组。

2．绘制六边形图案

（1）单击工具箱中"对象展开式工具栏"内的"多边形工具"按钮，在其属性栏内的"星形及复杂星形的多边形点数或边数"数字框内输入 6。按下【Ctrl】键，同时在绘图页面内拖曳，绘制一幅六边形图形。设置该六边形没有填充，轮廓线宽 1.4pt，颜色为白色。

（2）按【Ctrl+D】组合键，复制一幅六边形图形，并将它们分别移到绘图页面内文字的下边。使用工具箱中的"选择工具"，拖曳出一个矩形，选中两个六边形图形。选择"排列"→"对齐和分布"→"底端对齐"菜单命令，将两个六边形图形水平排列，如图 4-77 所示。

（3）使用工具箱中"交互式展开式工具栏"内的"交互式调和工具"，在两个六边形图形之间拖曳，创建调和，再将其"属性栏：交互式调和工具"属性栏中"步数或调和形状之间的偏移量"数值框内的数据改为 3，单击"直接"按钮。

（4）选择"排列"→"拆分"菜单命令或按【Ctrl+K】组合键，再选择"排列"→"取消全部群组"菜单命令，将 5 个六边形图形分离。

图 4-77　两个六边形图形水平排列

另外，也可以在绘制一幅六边形图形后，按 4 次【Ctrl+D】组合键，复制 4 份。使用工具箱中的"选择工具" ，拖曳出一个矩形，选中 5 个六边形图形。选择"排列"→"对齐和分布"→"底端对齐"菜单命令，将 5 个六边形图形水平排列，如图 4-78 所示。

图 4-78　5 个六边形图形水平排列

（5）使用工具箱中的"选择工具" ，拖曳出一个矩形，选中 5 个六边形图形。按【Ctrl+D】组合键，复制一份，移到合适的位置，如图 4-79 所示。

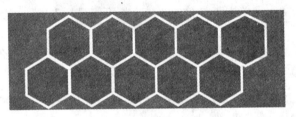

图 4-79　10 个六边形图形的位置

3．导入图像和填充图像

（1）选择"文件"→"导入"菜单命令，调出"导入"对话框，按住【Ctrl】键单击，选中 10 幅图像。再单击"导入"按钮，关闭"导入"对话框。

（2）在绘图页面外拖曳一个矩形，导入第 1 幅图像，接着依次拖曳 9 个矩形，再导入选中的其他 9 幅图像，如图 4-80 所示。

图 4-80　导入的 10 幅图像

（3）选中第 1 幅图像，选择"效果"→"图框精确剪裁"→"放置在容器中"菜单命令，此时鼠标指针呈黑色大箭头状，单击一个白色轮廓线的六边形，即可将导入的图像填充到该白色轮廓线的六边形内，如图 4-81 所示。

（4）使用工具箱中的"选择工具" ![箭头] ，选中填充了图像的白色轮廓线六边形，再选择"效果"→"图框精确剪裁"→"编辑内容"菜单命令，进入图像剪裁的编辑状态，如图 4-82 所示。此时可以调整六边形内填充的图像的大小和位置等。调整好后，选择"效果"→"图框精确剪裁"→"结束编辑"菜单命令，效果如图 4-83 所示。

图 4-81　六边形内填充图像

图 4-82　编辑内容

图 4-83　编辑后的效果

（5）按照上述方法，将其他 9 幅图像分别填充到不同的白色六边形内。最后效果如图 4-84 所示。

4．输入文字

（1）使用工具箱中的"文本工具" ![字] ，在填充图像的六边形下边拖曳出一个输入段落文字的矩形框，如图 4-85 所示。然后在其"属性栏：文本"属性栏内的"字体"下拉列表框中选择"黑体"选项，在"字大小"下拉列表框中选择"18pt"。

图 4-84　六边形填充图像

图 4-85　输入段落文字的矩形框

（2）输入字体为黑体，字大小为 18pt，填充颜色为金黄色，轮廓颜色为金黄色的一段段落文字。适当调整文字的大小和位置。

（3）使用工具箱中的"文本工具" ![字] ，在绘图页内段落文字的下边拖曳出一个输入段落文字的矩形框，在其属性栏内设置字体为黑体、字大小为 16pt。设置填充颜色为金黄色、轮廓颜色为金黄色。然后输入一行文字"责任编辑：关亚丽　封面设计：杨波"。

（4）使用工具箱中的"文本工具" ![字] ，在上述文字的下边单击，接着输入一行美工字"电子工业出版社"，按【Enter】键，将光标移到下一行，再输入第二行美工字"地址：海淀新华大街 206 号"。

（5）按照上述方法，输入白色的美工字"ISBN787-1-130-82949-5"和金黄色的美工字"定价：50.00 元"。最后效果如图 4-86 所示。

5．插入条形码和插入图像

（1）选择"编辑"→"插入条形码"菜单命令，调出"条码向导"对话框，如图 4-87 所示。在"从下列行业标准格式中选择一个"下拉列表框中选择"EAN-13"选项，再在"输入 12 个数字"文本框中输入条形码的编码，如图 4-87 所示。以后按照【实例 7】中介绍的方法继续操作，最后制作出的条形码如图 4-88 所示。

图 4-86　输入和编辑文字

图 4-87　"条码向导"对话框

（2）选择"文件"→"导入"菜单命令，调出"导入"对话框，选中"镜头 1.jpg"图像文件，选择"导入"按钮，关闭"导入"对话框。然后在段落文字的右边拖曳出一个矩形，导入镜头图像，如图 4-89 所示。

（3）选择"窗口"→"泊坞窗"→"位图颜色遮罩"菜单命令，调出"位图颜色遮罩"泊坞窗，如图 4-90 左图所示。在该泊坞窗内，选中"隐藏颜色"单选按钮，单击"颜色选择"按钮 ，再单击图像的白色背景，选中第 1 个复选框，在"容限"文本框内

图 4-88　条形码

输入 30，如图 4-90 右图所示。然后，单击"应用"按钮，即可隐藏图像的白色背景，如图 4-68 所示。

【知识链接】

1．输入文字

文本有两种类型，一种是美术字（或叫美工字），另外一种是段落文字。美术字可以加工成醒目的艺术效果，段落文字方便编排。

图 4-89　导入的图像　　　　　　　　图 4-90　"位图颜色遮罩"泊坞窗

（1）输入美术字。单击工具箱中的"文本工具"按钮**字**，再单击绘图页面，进入美术字输入状态，绘图页面出现一条竖线光标，同时调出"属性栏：文本"属性栏，如图 4-91 所示。在该属性栏中的下拉列表框中选择字体与字号等，然后即可输入美术字。

图 4-91　"属性栏：文本"属性栏

如果要改变美术字的颜色，可以在单击工具箱内的"选择工具"按钮后，单击选中美术字，再单击调色板内的一个色块。如果要改变美术字轮廓线的颜色，可以在选中美术字的情况下，右击调色板内的一个色块。

（2）输入段落文字。文本框有两种，一种是大小固定的文本框，另一种是大小可以自动调整的文本框。默认的状态是大小固定的文本框。如果要使默认的状态是大小可以自动调整的文本框，可选择"工具"→"选项"菜单命令，调出"选项"对话框，在该对话框内左边的显示框中选择"文本"→"段落"目录，打开的"选项"（段落）如图 4-92 所示。在该对话框内选中"按文本缩放段落文本框"复选框。然后，单击"确定"按钮即可完成设置。

添加段落文字的方法是：单击工具箱中的"文本工具"按钮**字**，调出相应的"属性栏：文本"属性栏。然后，在绘图页内拖曳出一个矩形，即可产生一个段落文本框。在文本框内可以像输入美术字那样输入段落文字，如图 4-93 所示。

（3）用其他方法输入文字。使用工具箱中的"文本工具"**字**，在绘图页内单击或拖曳出一个文本框，再选择"文件"→"导入"菜单命令，调出"导入"对话框。利用该对话框选择文本文件，单击"导入"按钮，关闭该对话框。然后，在绘图页面内拖曳，即可导入文本。如果文字量较多，在一个绘图页面内放不下，会自动增加绘图页面，放置剩余的文字。

另外，选择"编辑"→"粘贴"菜单命令，即可将剪贴板内的文字粘贴到绘图页面内。

2．选中文本

（1）使用"选择工具"。使用工具箱内的"选择工具"，单击文本对象，可以选中文本；按住【Shift】键，同时单击文本，或者拖曳一个矩形圈住所有要选中的文本，可以选择一个或多个美术字或段落文本对象。

选中文本后，可以像对图形一样，对选择的文本进行剪切、复制、移动、调整大小、旋转、倾斜、镜像、封套和格式化等操作。还可以对美术字进行透视、阴影、立体化、调和、透镜和轮廓线等操作。选中文本的方法与选中图形、图像的方法一样。

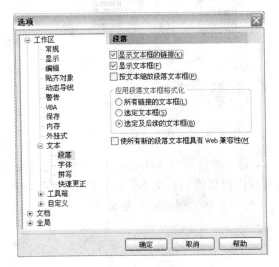

图 4-92 "选项"（段落）对话框

图 4-93 段落文字

（2）使用"文本工具"字。使用工具箱内的"文本工具"字，可以拖曳来选中一部分文本，如图 4-94 所示。选中文本后，也可以对文本进行上述操作。

（3）使用"形状工具"。单击工具箱中的"形状工具"按钮，再选中美术字或段落文本，如图 4-95 所示。可以看出，每个文字的左下角都有一个小正方形句柄，整个文字段的左下角与右下角各有一个特殊形状的句柄。如果要选择一段文本，可以用鼠标双击这段文字。

图 4-94 选择一部分文本

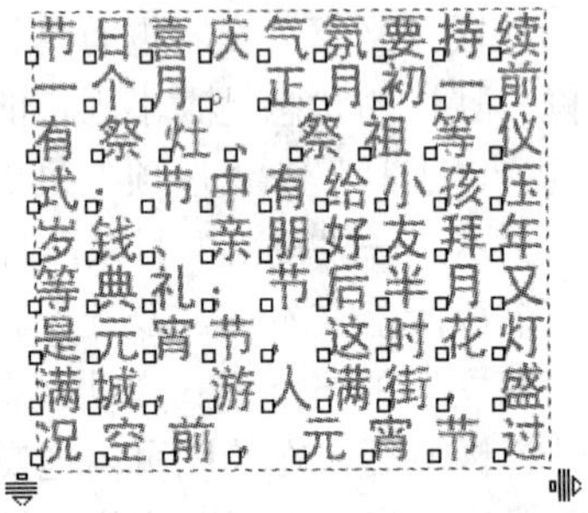

图 4-95 利用"形状工具"选择文本

单击某个文字左下角的小正方形句柄，可以选中这个文字。如果要选中多个文字，可以在按住【Shift】键的同时，单击各个文字左下角的小正方形句柄，如图 4-96 所示。

在选中一个或多个文字时，其属性栏变为"属性栏：调整文字间距"属性栏，如图 4-97 所示。利用该属性栏可以对选定文字的字体、大小和格式等进行调整。用鼠标拖曳选中的句柄，可以移动选中的单个文字。

3．美术字与段落文本的相互转换

（1）美术字转换成段落文本。单击工具箱中的"选择工具"按钮，再选中美术字，然后选择"文本"→"转换到段落文本"菜单命令即可。

（2）段落文本转换成美术字。单击工具箱中的"选择工具"按钮，再选中段落文本，然后选择"文本"→"转换到美术字"菜单命令即可。

图 4-96　选中多个文字　　　　　　　　　图 4-97　"属性栏：调整文字间距"属性栏

思考与练习 4.3

1．绘制一幅"学生成绩表"图形，如图 4-98 所示。"学生成绩表"五个标题字是红色、黄色轮廓线的立体文字。表格的底色为黄色。

2．制作一幅"用镜头探索大自然"图书的封底画面，如图 4-99 所示。

图 4-98　"学生成绩表"图形　　　　　　图 4-99　"用镜头探索大自然"图书封底画面

3．制作"中文 CorelDRAW X3 设计 100 例"图书的封面、封底和书脊画面。

4.4 【实例 9】欢庆春节

"欢庆春节"图像如图 4-100 所示。这是一幅宣传和欢庆春节的小板报，它的背景是一幅半透明的喜庆节日的图像，有水印效果，标题文字"欢庆春节"是立体字，椭圆形图形内填充有经裁剪的欢庆春节的图像，文字有分栏和首字放大，还有按椭圆状分布的文字。通过制作该图形，可以进一步掌握文字编辑、裁切图像、文字环绕等方法，初步掌握创建交互式透明的方法等，掌握段落文字的编辑方法，以及段落文字首字下沉和分栏等技术。现将该图形的制作方法和相关知识介绍如下。

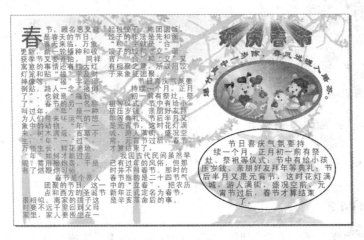

图 4-100 "欢庆春节"图像

【制作方法】

1. 制作背景与标题

（1）设置页面的宽度为 300mm，高度为 180mm，背景色为白色。

（2）选择"文件"→"导入"菜单命令，调出"导入"对话框，选择一幅节日图像文件，单击"确定"按钮。然后在绘图页面内拖曳出一个与页面一样大小的矩形，即可导入一幅节日图像，如图 4-101 所示。然后，将该图像移到绘图页面的外边。

（3）使用工具箱中的"选择工具" ，选中节日图像，单击工具箱中的"交互式展开式工具栏"内的"交互式透明工具"按钮 ，在节日图像之上从左向右水平拖曳，添加透明效果，如图 4-102 所示。

图 4-101 导入一幅节日图像

图 4-102 添加透明效果

（4）可以看到，节日图像右边的控制柄颜色为黑色，右边图像完全透明；节日图像左边的控制柄颜色为白色，左边图像完全不透明。将调色板内的灰色色块拖曳到左边和右边的控制柄处，改变两个控制柄的颜色为灰色，使整幅图像呈半透明状。

（5）在其"属性栏：交互式渐变透明"属性栏内，在"透明度类型"下拉列表框中选择"线性"选项，在"透明度操作"下拉列表框中选择"正常"选项，在"透明中心点"文本框内输入 50，其他设置如图 4-103 所示。此时的图像如图 4-104 所示。

图 4-103　"属性栏：交互式渐变透明"属性栏

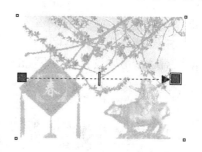

图 4-104　呈半透明状的图像

（6）使用工具箱中的"文本工具" ，在绘图页中输入字体为华文琥珀，字大小为 43pt 的"欢庆春节"美术字。选中它，再单击调色板内的红色色块，给"欢庆春节"美术字填充红色；右击调色板内的黄色色块，给"欢庆春节"美术字轮廓着黄色。

（7）使用工具箱中"交互式展开式工具栏"内的"交互式立体化工具" ，在美术字上向上拖曳，产生立体字，如图 4-105 所示。再单击其"属性栏：交互式立体化"属性栏内的"颜色"按钮，调出"颜色"面板，如图 4-106 所示。在该面板内，单击"使用递减颜色"按钮，调出"颜色"面板，设置"从"颜色为红色，"到"颜色为黄色，立体文字效果如图 4-107 所示。

图 4-105　产生立体字

图 4-106　"颜色"面板

图 4-107　立体文字

（8）使用工具箱中的"选择工具" ，适当调整立体美术字的大小，将它移到绘图页面内的右上角。

2．制作段落文字

（1）使用工具箱中的"文本工具" ，设定文字的字体为黑体，字大小为 18pt，颜色为绿色，然后输入左边的段落文字。另外，也可以在 Word 文档或文本文件中选取一段文字，再将文字复制到剪贴板中。回到 CorelDRAW X3，然后选择"编辑"→"粘贴"菜单命令，将剪贴板内的文字粘贴到段落文本框内。注意：第一个文字左边没有空格。

（2）使用工具箱中的"选择工具" ，选中该段落文字。然后，单击其属性栏内的"编辑文本"按钮或选择"文本"→"编辑文本"菜单命令，调出"编辑文本"对话框，如图 4-108 所示。利用该对话框可以编辑段落文字。

（3）使用工具箱中的"文本工具" ，拖曳选中第 1 个字"春"，将其颜色设置为红色。再拖曳选中其他段落文字。单击"属性栏：文本"属性栏内的"文本格式化"按钮，调出"格式化文本"对话框。利用该对话框可以调整字体、大小等。

（4）选中所有段落文字，单击"属性栏：文本"属性栏内的"使用首字下沉"按钮，使选中的文字段内的第 1 个字"春"首字放大并下沉。

（5）选择"文本"→"首字下沉"菜单命令，调出"首字下沉"对话框，如图 4-109 所示。利用该对话框可以设置首字下沉的行数、首字下沉后的空格大小等特性。

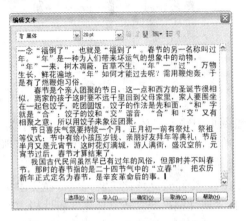

图 4-108　"编辑文本"对话框

图 4-109　"首字下沉"对话框

（6）选择"文本"→"栏"菜单命令，调出"栏设置"对话框，利用"栏设置"对话框可以调整段落文字的分栏个数、栏宽和栏间宽度等。在该对话框内的"宽度"数字框内输入 74.994mm，在"栏间宽度"数字框内输入 3.287mm，选中"保持当前图文框宽度"单选按钮，选中"栏宽相等"复选框，如图 4-110 所示。最后，单击"确定"按钮，退出"栏设置"对话框，完成分栏工作。分栏后的效果图如图 4-111 所示。

图 4-110　"栏设置"对话框

图 4-111　分栏效果

3．制作椭圆内文字和环绕文字

（1）使用工具箱中的"椭圆工具" ，绘制一幅椭圆图形。再使用工具箱中的"文本工具" ，按住【Shift】键，单击椭圆顶部的外缘边线处，这时鼠标指针变为"I"字形。然后单击鼠标左键，则椭圆内部会出现一个虚线椭圆，如图 4-112 所示。

（2）单击椭圆顶部中间处，然后输入文字，如图 4-113 所示。可以看出文字自动在椭圆内分布。然后单击工具箱内的"选择工具"按钮 ，结束椭圆形内文字的制作。适当调整按椭圆分布的美术字，将它移到背景图像之上的右下方。

（3）选择"文件"→"导入"菜单命令，调出"导入"对话框，选中一幅节日图像，单击

"确定"按钮。然后在绘图页面内拖曳，导入选中的图像，如图 4-114 所示。

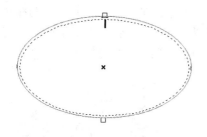

图 4-112　出现一个虚线椭圆

图 4-113　输入文字

（4）使用工具箱中的"选择工具"，选中节日图像。再使用工具箱中的"椭圆工具"，绘制一个椭圆图形，设置轮廓线颜色为黄色，轮廓宽度为 1.4mm。

（5）选择"效果"→"图框精确剪裁"→"放置在容器中"菜单命令，这时鼠标指针呈黑色大箭头状，单击椭圆的边线，将节日图像镶嵌到椭圆内，如图 4-115 所示。

图 4-114　节日图像

图 4-115　节日图像镶嵌到椭圆内

（6）选择"效果"→"图框精确剪裁"→"编辑内容"菜单命令，这时整个图像会在椭圆处出现，椭圆的线条仍存在。用鼠标拖曳图像，可以调整椭圆内的图像内容。

（7）再选择"效果"→"图框精确剪裁"→"结束编辑"菜单命令，可以使画面回到如图 4-116 所示状态，只是椭圆内的图像已改为调整后的内容。

（8）选中椭圆的节日图像，单击工具箱中"轮廓展开工具栏"内的"8 点轮廓"按钮，将椭圆线的宽度改为 8 个点。右击调色板内的绿色色块，使椭圆线颜色为绿色。

（9）使用工具箱中的"文本工具"，输入字体为隶书、字号为 24pt、颜色为红色的美术字"爆竹声中一岁除，春风送暖入屠苏。"美术字。

（10）使用工具箱中的"选择工具"，选中美术字。然后选择"文字"→"使文本适合路径"菜单命令，这时鼠标指针呈黑色大箭头状，将它移到刚刚画的同心椭圆的边线处，单击鼠标左键，则美术字沿椭圆上半边的外部呈弧形分布，如图 4-117 所示。

图 4-116　编辑内容状态

图 4-117　美术字沿椭圆上半边外部呈弧形分布

（11）选中如图 4-117 所示的文字对象，在其"属性栏：曲线/对象上的文字"属性栏中，选择"文字方向"下拉列表框（在该对话框内的左上角）中的第 2 个选项；在"与路径距离"数字框内输入 5mm，表示环绕的文字与椭圆的间距为 5mm；调整"水平偏移"数字框内的数字，可以改变环绕文字的起始和终止位置。此时"属性栏：曲线/对象上的文字"属性栏如图 4-118 所示，调整后的美术字效果如图 4-119 所示。

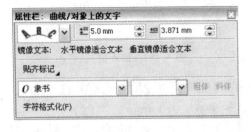

图 4-118 "属性栏：曲线/对象上的文字"属性栏

图 4-119 调整后的美术字效果

（12）调整图 4-100 中各个对象的大小与相对位置。再按住【Shift】键，单击选中所有对象，然后选择"排列"→"群组"菜单命令，将它们组成一个对象，如图 4-100 所示。

（13）使用工具箱中的"选择工具" ，将绘图页面外部的图像移到绘图页面内。再选择"排列"→"顺序"→"到图层后面"菜单命令，将它置于其他对象的下边，如图 4-100 所示。

【知识链接】

1．将美术字转换为曲线

（1）单击工具箱中的"选择工具"按钮 ，再选中美术字，如图 4-120 所示。单击鼠标右键，调出它的快捷菜单，再单击该菜单中的"转换为曲线"菜单命令，即可将美术字转换成曲线，如图 4-121 所示。

图 4-120 选中美术字

图 4-121 将美术字转换成曲线

（2）单击工具箱中的"形状工具"按钮 ，则美术字曲线如图 4-122 示，可以看出它有许多曲线节点。

（3）拖曳一些节点，可以改变美术字曲线的形状。再单击工具箱中的"选择工具"按钮 ，单击绘图页面空白处，取消文字的选取。此时的文字如图 4-123 所示。

图 4-122 美术字曲线

图 4-123 改变美术字曲线的形状

2．段落文本分栏

选中输入的段落文字，选择"文本"→"栏"菜单命令，调出"栏设置"对话框，利用"栏设置"对话框可以调整段落文字的栏数、栏宽度和栏间宽度等，如图 4-110 所示。进行设置后的文字分栏情况如图 4-111 所示。

3．编辑文本

（1）字符格式化。选中段落文本，再单击其"属性栏：文本"属性栏中的"字符格式化"按钮，或选择"文本"→"字符格式化"菜单命令，调出"字符格式化"泊坞窗，如图 4-124 所示。利用该泊坞窗可调整字体、大小、字符效果、对齐方式和字符位移等操作。

单击"字符格式化"泊坞窗内的"字符效果"后的按钮 后，"字符格式化"泊坞窗如图 4-125 左图所示。拖曳选中段落文本，单击"字符格式化"泊坞窗内的"字符位移"按钮后，"字符格式化"泊坞窗如图 4-125 右图所示。

图 4-124 "字符格式化"泊坞窗

图 4-125 "格式化文本"泊坞窗

（2）段落格式化。选择"文本"→"段落格式化"菜单命令，调出"段落格式化"泊坞窗口，如图 4-126 所示。利用该泊坞窗口，可以调整段落文字的参数。

（3）编辑文本。可利用"编辑文本"对话框编辑文本。选中要编辑的文本对象，单击"属性栏：文本"属性栏的"编辑文本"按钮或选择"文本"→"编辑文本"菜单命令，可调出"编辑文本"对话框，如图 4-127 所示。利用该对话框可以进行导入文本、格式化文本和检查文本等操作。

图 4-126 "段落格式化"泊坞窗口

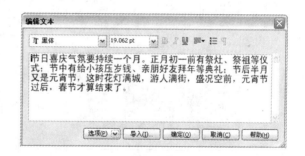

图 4-127 "编辑文本"对话框

（4）文本替换、查询、校对与统计。单击如图 4-128 所示的"编辑文本"对话框内的"选项"按钮，调出一个菜单，如图 4-128 所示。利用该菜单可以进行文字的大小写转换、查找与替换、拼写检查等操作。

例如，单击该菜单的"替换文本"菜单命令，会调出"替换文本"对话框，如图 4-129 所示。在该对话框内的"查找"文本框内输入要查找的内容，在"替换为"文本框内输入要替换的内容，确定是否要区分大小写，然后单击"替换"或"全部替换"按钮。如果单击的是"替换"按钮，则只替换第一个要替换的文字，要替换下一个文字还需单击"查找下一个"按钮。

（5）统计文本。单击工具箱中的"选择工具"按钮，再选中要统计的文字，然后选择"文本"→"文本统计信息"菜单命令，调出"统计"对话框，如图 4-130 所示。

图 4-128 "选项"菜单

图 4-129 "替换文本"对话框

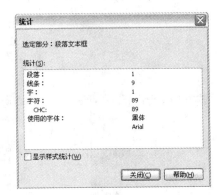

图 4-130 "统计"对话框

思考与练习 4.4

1．制作一幅"月历"图形。该图形中有 2010 年 12 月的月历，还有装饰的图像。

2．参考【实例 9】图像的制作方法，制作一幅"北京旅游"宣传画图像。

3．制作一幅"北京颐和园"图像，如图 4-131 所示。这是一个宣传北京颐和园的图像。

图 4-131 "北京颐和园"图像

第5章 对象的组织与变换

对象的组织是指利用多重对象属性栏来加工多个对象，对多个对象进行群组、变换、对齐、分布、结合、拆分、锁定、造形和管理等操作。对象的变换是指对对象进行移动定位、旋转、等比例缩放、大小调整、倾斜、镜像、变形和套封等操作。本章通过 5 个实例，介绍了对象的组织和变换，并特别介绍了"变换"和"造形"泊坞窗的使用方法。

5.1 【实例 10】宝宝睡醒了

"宝宝睡醒了"图形如图 5-1 所示。在图形中，小闹钟响了；3 个小动物睡醒了，可爱动人；主题画面周围是一些装饰图案。通过制作该实例，可以掌握多个对象的组合、前后顺序调整、对齐和分布调整的方法，以及初步掌握"变换"（旋转）泊坞窗的使用方法，初步了解"填充展开工具栏"内"渐变填充"工具的使用方法等。该图形的制作方法和相关知识介绍如下。

图 5-1 "宝宝睡醒了"图形

【制作方法】

1. 绘制表盘

（1）设置绘图页面的宽度为 230mm，高度为 180mm。

（2）使用工具箱中的"椭圆工具" ◎，绘制 3 个圆形图形，并取消这 3 个圆形图形的轮廓线，作为闹钟底盘的轮廓。其中，左侧圆形图形的直径为 35mm，内部填充为砖红色；中间圆形图形的直径为 32mm，内部填充为天蓝色；右侧圆形图形的直径为 29mm，内部填充为黄色，如图 5-2 所示。

（3）将 3 个圆形图形全部选中，单击其属性栏内的"对齐和分布"按钮，调出"对齐与分布"（对齐）对话框。选中该对话框内水平和垂直方向的"中"复选项，如图 5-3 所示。然后单击"应用"按钮，即可以将圆形图形在水平和垂直方向上居中对齐，如图 5-4 所示。

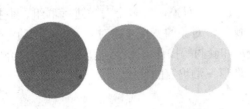

图 5-2   绘制 3 个圆形图形   图 5-3   "对齐与分布"（对齐）对话框

（4）选择"排列"→"群组"菜单命令，将三个圆形图形组成一组，在"属性栏：群组"属性栏内的"宽"和"高"文本框内均输入 35mm，将群组图形调大，形成表盘图形，如图 5-5 所示。在页面标尺 处向内拖曳出一条水平辅助线和一条垂直辅助线，使辅助线交点（即坐标原点）位于表盘图形的中心处，如图 5-6 所示。

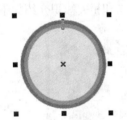 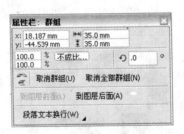 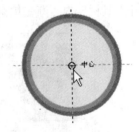

图 5-4   对齐对象后的效果   图 5-5   "属性栏：群组"属性栏   图 5-6   水平与垂直辅助线

（5）使用工具箱中的"椭圆工具" ，绘制一个直径为 4mm 的圆形图形，为其内部填充绿色，取消轮廓线。选中深绿色圆形图形和表盘图形，单击其属性栏中的"对齐和分布"按钮，调出"对齐与分布"（对齐）对话框，选中垂直"中"复选项，单击"应用"按钮，将绿色圆形图形和表盘图形垂直居中对齐。

（6）选中绿色圆形图形，在其属性栏内的"y"数字框内调整数值，使绿色圆形图形位于表盘图形内框底部的中间位置，如图 5-7 所示。

（7）选择"窗口"→"泊坞窗"→"变换"→"旋转"菜单命令，调出"变换"（旋转）泊坞窗。在该泊坞窗中设置旋转角度为 20°，"水平"和"垂直"数字框内的数字均设为 0，即表盘中心的位置，如图 5-8 所示。然后，连续单击"应用到再制"按钮，直到绿色圆形图形旋转并复制一周为止，如图 5-9 所示。然后，将它们组成群组。

（8）使用工具箱中的"文本工具" ，在其属性栏中的"字体列表"下拉列表框内选择"华文琥珀"选项，设置文字的字体为华文琥珀，再设置"字号"为 16pt，输入数字"3"，为其填充黑色。

（9）将数字"3"复制 3 份，分别将复制的数字改为"12"、"6"和"9"。再使用工具箱中的"挑选工具" 将每个数字移到表盘内相应的位置处。

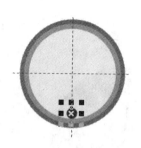

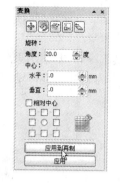

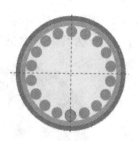

图 5-7 深绿色圆形位置　　　　图 5-8 "变换"（旋转）泊坞窗　　　图 5-9 最后绘制的表盘图形

（10）使用工具箱中的"挑选工具" ，拖曳出一个矩形，将原表盘和数字全部选中，再选择"排列"→"群组"菜单命令，将选中的原表盘和数字组成一个群组图形，获得新的表盘图形。然后，适当调整新表盘的大小和位置，如图 5-10 所示。

2．绘制表针

（1）使用工具箱中的"手绘工具" 或"贝塞尔工具" ，绘制 3 条直线，将 3 条直线的颜色分别设置为黑色、绿色和红色。

（2）选中左边的黑色直线，在它的"属性栏：曲线或连线"属性栏内的"起始箭头选择器"下拉列表框内选择第 9 种箭头，在"轮廓宽度"数值框内选择"1.0mm"选项，在"高" 文本框内输入"15.0mm"。

（3）使用工具箱中的"椭圆工具" ，绘制一个直径为 3.5mm 的圆形图形，填充黑色，不要轮廓线。然后，将该圆形图形移到黑色直线的下边，再将它们组成一个群组图形。在该群组图形的"属性栏：多个对象"属性栏内的"高" 文本框内输入"18.0mm"。

（4）选中中间的绿色直线，在它的"属性栏：曲线或连线"属性栏内的"轮廓宽度"数值框内选择"0.7mm"选项，在"高" 文本框内输入"19.0mm"。

（5）选中右边的红色直线，在它的"属性栏：曲线或连线"属性栏内的"轮廓宽度"数值框内选择"0.5mm"选项，在"高" 文本框内输入"20.0mm"。

三条直线分别表示时针、分针和秒针，如图 5-11 所示。

（6）双击左边的黑色直线，进入旋转状态，拖曳中心点标记到直线的底部，再在其"属性栏：多个对象"属性栏内的"旋转角度"文本框内输入"6.0"，表示逆时针旋转6°。

（7）双击中间的绿色直线，进入旋转状态，拖曳中心点标记到直线的底端，再在其"属性栏：多个对象"属性栏内的"旋转角度"文本框内输入"45"，表示逆时针旋转45°。

（8）双击右边的红色直线，进入旋转状态，拖曳中心点标记到直线的底部，再在其"属性栏：多个对象"属性栏内的"旋转角度"文本框内输入"30"，表示逆时针旋转30°。

旋转后的表针图形如图 5-12 所示。

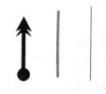

图 5-10 添加数字的表盘　　　图 5-11 绘制表针　　　　　图 5-12 旋转表针

（9）使用工具箱中的"挑选工具" ，将刚绘制好的 3 个表针移到表盘中，表针的底端与辅助线的交叉点对齐，如图 5-13 所示。

（10）使用工具箱中的"椭圆工具" ，以辅助线的交点为中心，绘制一个宽度和高度为 1.2mm 的圆，为其内部填充金黄色，作为表针的旋转轴，如图 5-14 所示。

图 5-13　表针和表盘　　　　　　　　　图 5-14　绘制表针的旋转轴

3．绘制闹铃盖和钟锤

（1）使用工具箱中的"椭圆工具" ，绘制一个椭圆图形，单击属性栏中的"转换为曲线"按钮，将图形转换为曲线，作为闹铃盖的轮廓线。使用工具箱中的"形状工具" ，对椭圆曲线的节点进行调整，制作出闹铃盖的轮廓，如图 5-15 所示。

（2）选中闹铃盖的轮廓，单击工具箱中"交互式填充展开工具栏"内的"交互式填充工具" ，此时选中的闹铃盖轮廓线内出现如图 5-16 所示的控制柄和箭头线。将调色板内的橘红色色块拖曳到左边的方形控制柄 内，将白色色块拖曳到右边的方形控制柄 内，为闹铃填充"橘红色到白色"的渐变色，如图 5-17 所示。

如果将调色板内的色块拖曳到交互填充的线条之上，可以在起始颜色和终止颜色之间添加一种新颜色。拖曳方形控制柄和条状控制柄，都可以调整渐变填充效果。

（3）选中闹铃盖图形并将其复制一个。单击属性栏中的 按钮，将复制的闹铃盖进行水平镜像，完成后的效果如图 5-18 所示。再将其移动到闹钟的顶部。

图 5-15　闹铃盖轮廓线　　图 5-16　交互式填充　　图 5-17　填充渐变色　　图 5-18　将闹铃盖水平镜像

（4）使用工具箱中的"矩形工具" ，绘制一个矩形。使用工具箱中的"交互式填充工具" ，为矩形图形填充"黑色到白色"的线性渐变色，效果如图 5-19 所示。

（5）使用工具箱中的"挑选工具" ，选中矩形图形并将其复制一个。在其属性栏中设置"旋转角度"为 90°，将复制的矩形图形旋转 90°。然后将两个图形组成一个 T 形，调整其大小后移到两个铃盖中间的位置，形成闹铃的小锤，如图 5-20 所示。

（6）绘制一个矩形，单击属性栏中的"转换为曲线"按钮，将其转换为曲线。再使用工具箱中的"形状工具" ，将矩形调整为闹钟的支脚形状，如图 5-21 所示。

（7）使用工具箱中的"交互式填充工具" ，依次将调色板内的黑色、白色到黑色色块拖曳到交互式填充产生的控制线上，并从左到右排列方形控制柄，为闹钟的支脚填充"黑色、白色到黑色"的线性渐变颜色，效果如图 5-22 所示。

（8）使用工具箱中的"挑选工具" ，调整支脚图形大小和旋转角度。再将其复制一个，单击其属性栏中的"镜像"按钮 ，将复制的支脚水平镜像。然后，分别将两个支架图形移到表盘的下边，形成闹钟的支架，如图 5-23 所示。

图 5-19　矩形填充　　　图 5-20　闹铃小锤 　　　图 5-21　支脚轮廓　　　图 5-22　闹钟支脚

4．绘制装饰图

（1）选择"文件"→"导入"菜单命令，调出"导入"对话框，在右下角的下拉列表框中选择"全图像"默认选项，按住【Ctrl】键，依次选中"睡醒了 1.jpg"、"睡醒了 2.jpg"和"睡醒了 3.jpg"三幅图像文件。然后单击"导入"按钮，关闭"导入"对话框。

（2）在绘图页拖曳出一个矩形，导入选中的"睡醒了 1.jpg"图像；再在绘图页拖曳出一个矩形，导入选中的"睡醒了 2.jpg"图像；再在绘图页拖曳出一个矩形，导入选中的"睡醒了 3.jpg"图像。调整三幅图像的大小和位置，如图 5-1 所示。

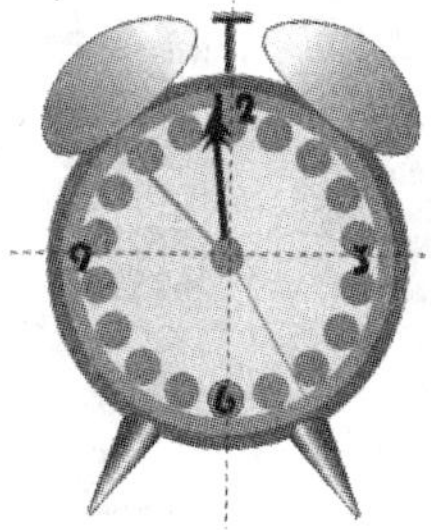

（3）使用工具箱中的"艺术笔工具" ，单击其属性栏中的"喷罐"按钮。

图 5-23　闹表图形

（4）在"属性栏：艺术笔对象喷涂"属性栏内的"浏览"下拉列表框中选择一种蘑菇图案，在"要喷涂的对象大小"数值框中输入 80，设置绘制图形的百分数为 80%；在"选择喷涂顺序"下拉列表框中选择"顺序"选项；在 数字框内输入 1，在 数字框内输入 1.0。

（5）在页面内水平拖曳，绘制出一行蘑菇图形（蘑菇图形不一）。选择"排列"→"拆分艺术笔群组"菜单命令，将选中的蘑菇图形和一条水平直线分离。再选择"排列"→"取消群组"菜单命令，将多个蘑菇图形分离，使蘑菇图形独立。

（6）选中水平直线，按【Delete】键，删除选中的水平直线。然后，分别将各种蘑菇图形移到绘图页面内的左边和左下角，调整各幅蘑菇图形的大小和位置。

（7）按照上述方法，再绘制金鱼、小树叶和小花图形，如图 5-1 所示。

【知识链接】

1．多重对象的对齐和分布

（1）多重对象的对齐。选中多个图形对象，如图 5-24 所示。调出如图 5-25 所示的"属性栏：多个对象"属性栏。单击该属性栏内的"对齐和分布"按钮，调出"对齐与分布"（对齐）对话框，如图 5-26 所示。

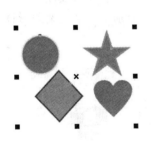 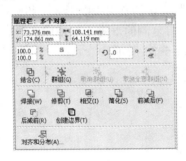 

图 5-24　选中多个对象　图 5-25　"属性栏：多个对象"属性栏　图 5-26　"对齐与分布"（对齐）对话框

　　选中该对话框内的一种或多种对齐方式复选框，然后单击"应用"按钮，即可按选择的方式对齐对象。

　　（2）多重对象的分布。选中多个图形后，单击属性栏中的"对齐和分布"按钮，再单击"对齐与分布"对话框中的"分布"标签，切换到"对齐与分布"（分布）对话框，如图 5-27 所示。选中该对话框内的一种分布方式，再单击"应用"按钮，即可按选择的方式分布对象。

　　设置完对齐和分布方式后，再单击"应用"按钮，可以同时进行对齐和分布调整。顶部对齐和水平等间距分布后的效果如图 5-28 所示。

图 5-27　"对齐与分布"（分布）对话框　　　图 5-28　顶部对齐和水平等间距分布效果

2．对象的锁定和解锁

　　（1）对象的锁定。使一个或多个对象不能被鼠标移动，这样可以防止对象被意外地修改。

首先选中要锁定的对象，如图 5-28 所示，选择"排列"→"锁定对象"菜单命令，可将选定的对象锁定，如图 5-29 所示。

　　（2）对象的解锁。选中锁定的对象，如图 5-29 所示，选择"排列"→"解除对象锁定"菜单命令，即可将锁定的对象解锁，如图 5-28 所示。选择"排列"→"解除全部对象锁定"菜单命令，即可将多层次的锁定对象解锁。

图 5-29　对象已被锁定

思考与练习5.1

　　1．参考本案例的制作方法，绘制另外一幅"闹钟"图形。
　　2．绘制一幅"学贵心悟"图形，如图 5-30 所示。
　　3．绘制一幅"甜蜜蜜"图形，如图 5-31 所示。

图 5-30 “学贵心悟”图形

图 5-31 “甜蜜蜜”图形

5.2 【实例 11】小雨伞

“小雨伞”图形如图 5-32 所示。可以看到，背景是白色，其上左边是一幅蓝色小雨伞图形，右边是一幅红色小雨伞图形，下面是一些蘑菇和小草图形。通过本案例的学习，可以进一步掌握多个对象结合的方法，初步掌握多重对象的修整方法，初步了解“填充展开工具栏”内“渐变填充”工具的使用方法等。该图形的制作方法和相关知识介绍如下。

图 5-32 “小雨伞”图形

【制作方法】

1. 绘制伞面图形

（1）设置绘图页面的宽度为 400 像素，高度为 300 像素。

（2）使用工具箱中的“椭圆工具”，绘制 4 个椭圆轮廓线图形，先绘制最大的椭圆轮廓线图形，再绘制其他椭圆轮廓线图形，最大的椭圆图形在最后面，如图 5-33 所示。

（3）使用工具箱中的“挑选工具”，同时选中 4 个椭圆图形。选择“排列”→“造形”→“后减前”菜单命令，用后面的椭圆图形减去前面的椭圆图形，如图 5-34 所示。

（4）选中造形后的图形，选择“排列”→“拆分”菜单命令，将其拆分为 2 个图形。再选中下半部分无用的图形，按【Delete】键，将其删除，剩余的图形如图 5-35 所示。使用工具箱中的"形状工具" ，分别将图形两侧的节点向外移动一些，形成伞形图形。

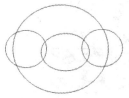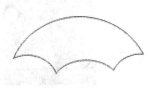

图 5-33　4 个椭圆图形　　　　图 5-34　"后减前"命令效果　　　图 5-35　拆分后的剩余图形

（5）单击工具箱中"填充展开工具栏"内的"渐变填充对话框"按钮（也可以简称"渐变填充"按钮），调出"渐变填充"对话框。在该对话框中设置"类型"为射线、"水平"位置为 37%、"垂直"位置为-37%；在"颜色调和"栏中选中"双色"单选按钮，单击"从"按钮，调出它的颜色板，单击该颜色板内的"天蓝"色块，设置"从"为天蓝色，再设置"到"为白色，"边界"数字框内输入 0，其他设置保持不变，如图 5-36 所示。然后单击"确定"按钮，完成对图形的渐变填充，形成小伞图形，如图 5-37 所示。

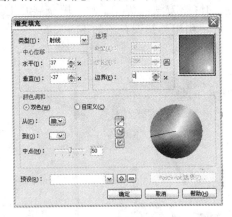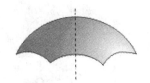

图 5-36　"渐变填充"对话框　　　　　　　　　图 5-37　对图形的渐变填充

（6）使用工具箱中的"贝塞尔工具" ，在小伞的中间绘制一个三角形图形，为其填充 5%的灰色，形成小伞图形的一个面。采用相同的方法再绘制 2 个三角形图形，分别填充蓝色和蓝色到白色的渐变色，形成小伞图形的其他 2 个面，如图 5-38 所示。

（7）使用工具箱中的"椭圆工具" ，绘制 4 个椭圆图形，放置在 4 个角点的下面，作为伞骨露出的部分，如图 5-39 所示。使用工具箱中的"钢笔工具" ，绘制 2 个封闭的图形。再为其填充海军蓝色，放置在伞的上面，作为伞把顶部的部分，如图 5-40 所示。

图 5-38　绘制三角形　　　　图 5-39　绘制伞骨　　　　图 5-40　绘制伞把顶部的部分

2．绘制小雨伞图形和其他图形

（1）使用工具箱中的"矩形工具" ，绘制一个矩形图形，为其填充海军蓝色。再选择

"排列"→"顺序"→"到图层后边"菜单命令，将其放置在小雨伞图形的后面，作为伞把，如图 5-41 所示。

（2）使用工具箱中的"贝塞尔工具" ，绘制 1 个封闭的把手图形。单击工具箱中"填充展开工具栏"内的"渐变填充"按钮，调出"渐变填充"对话框。在该对话框中的"类型"下拉列表框中选中"线性"选项；在"颜色调和"栏中选中"双色"单选按钮，设置"从"为海军蓝色、"到"为冰蓝色，其他设置保持不变，如图 5-42 所示。然后单击"确定"按钮，完成对把手图形的渐变填充，如图 5-43 所示。

图 5-41　伞把

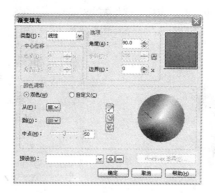
图 5-42　"渐变填充"对话框

图 5-43　把手渐变填充

（3）使用工具箱中的"挑选工具" ，将把手图形移动到伞把的下面。然后选中所有的图形，将所有的图形组合成一个组合，如图 5-44 所示。选中组合的小雨伞图形，在其属性栏中设置"旋转角度"为 330°，完成旋转后的小雨伞图形如图 5-45 所示。

（4）将小雨伞图形复制一个。再将其移动到原图形的右边，如图 5-46 所示。

图 5-44　小雨伞

图 5-45　旋转小雨伞

图 5-46　复制小雨伞图形

（5）选中右侧的小雨伞图形，选择"排列"→"取消组合"菜单命令，将右侧的小雨伞图形分解成单个的图形对象。再调整其颜色为紫色。然后，再将小雨伞图形的各部分组成群组。

（6）按照前面介绍过的方法，在小雨伞图形的下边绘制一些蘑菇和小草图形。至此便完成整幅图形的绘制了，如图 5-32 所示。

【知识链接】

1. 结合与群组的特点

选中多个对象后，"排列"菜单内有"群组"和"结合"菜单命令，利用它们可以对多个对象进行结合和群组。

多个对象结合或群组后，可以同时对多个对象进行一些统一的操作，例如，调整大小、移动位置、改变填充颜色、改变轮廓线颜色和进行顺序的排列等。它们的区别主要如下。

（1）结合后对象的颜色会变为一样，结合的各个对象仍保持每个对象各个节点的可编辑性，可以使用工具箱内的"形状工具" ，调整各个对象的节点，改变每一个对象的形状。

（2）群组后的对象只能对合成的对象进行整体操作，要对每个对象的各个节点进行调整。改变单个对象的形状，需要首先选中群组中的一个对象，其方法是，按住【Ctrl】键的同时，单击该对象。

2．多个对象的结合与取消结合

选中多个图形后，单击属性栏中的"结合"按钮，或选择"排列"→"结合"菜单命令（或按【Ctrl+L】组合键），即可完成多个对象的结合，如图 5-47 所示（注意 4 个对象的颜色均变为红色），其属性栏改为"属性栏：曲线或连线"属性栏，如图 5-48 所示。

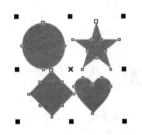

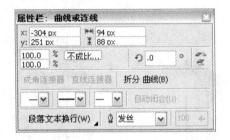

图 5-47　多个对象结合后的效果　　　　图 5-48　"属性栏：曲线或连线"属性栏

再单击"属性栏：曲线或连线"属性栏中的"拆分曲线"按钮，或选择"排列"→"拆分曲线"菜单命令或按【Ctrl+K】组合键，也可以取消多个对象的结合。

3．多重对象造形处理

绘制两个相互重叠一部分的图形，如图 5-49 所示（下边的图形是绿色的，上边的图形是红色的）。选中它们，此时的"属性栏：多个对象"属性栏如图 5-50 所示。

图 5-49　相互重叠一部分　　　　图 5-50　"属性栏：多个对象"属性栏

（1）多重对象的焊接。单击"属性栏：多个对象"属性栏中的"焊接"按钮，或选择"排列"→"造形"→"焊接"菜单命令，两个重叠一部分的对象变为一个只有单一轮廓的对象，如图 5-51 所示（两幅图形的颜色均变为绿色）。

（2）多重对象的修剪。单击"属性栏：多个对象"属性栏中的"修剪"按钮，则下边的对象与上边对象重叠的部分被修剪掉，同时选中被修剪的对象。移开左边的图形，如图 5-52 所示。如果在挑选对象时，是按住【Shift】键进行多个对象的选择的，则最后被选中的对象是被修剪的对象。

（3）多重对象的相交。单击"属性栏：多个对象"属性栏中的"相交"按钮，或选择"排列"→"造形"→"相交"菜单命令，两个对象重叠部分的图形会形成一个新的对象，而且处于被选中状态，用鼠标拖曳它，将它单独移出来，如图 5-53 所示。

（4）多重对象的简化。单击"属性栏：多个对象"属性栏中的"简化"按钮，或选择"排列"→"造形"→"简化"菜单命令，则下边图形对象中被上边图形对象遮挡的部分被简化掉，效果与"修剪"效果基本一样，如图 5-52 所示，只是简化后仍选中所有对象。

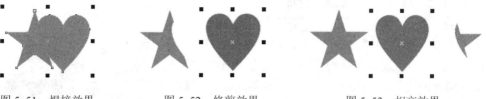

图 5-51　焊接效果　　　　　　　图 5-52　修剪效果　　　　　　　图 5-53　相交效果

（5）多重对象的前减后。单击"属性栏：多个对象"属性栏中的"前减后"按钮，或选择"排列"→"造形"→"前减后"菜单命令，则下边的图形对象（包括图形重叠部分）被上边的图形对象修剪掉，并只保留上边图形对象不重叠的部分，如图 5-54 所示。

（6）多重对象的后减前。单击"属性栏：多个对象"属性栏中的"后减前"按钮，或选择"排列"→"造形"→"后减前"菜单命令，则上边的图形对象及图形重叠的部分被下边的图形对象修剪掉，只保留下边图形对象不重叠的部分，如图 5-55 所示。

（7）多重对象的创建边界。单击"属性栏：多个对象"属性栏中的"创建边界"按钮，则会创建一个多重对象的轮廓线，如图 5-56 所示。原来的多个对象不变。

图 5-54　前减后效果　　　　　　图 5-55　后减前效果　　　　　　图 5-56　创建边界

思考与练习 5.2

1. 绘制一幅"商标"图形，其内有 5 幅商标图形，如图 5-57 所示。

图 5-57　"商标"图形

2. 绘制一幅"卡通人物"图形，如图 5-58 所示。

图 5-58　"卡通人物"图形

5.3 【实例 12】红绿彩球

"红绿彩球"图形如图 5-59 所示。可以看到,这是一个红绿相间的立体彩球。通过本实例的学习,可以进一步掌握精确绘制不同大小椭圆的方法,调整对象、利用辅助线、多重对象的结合、对象复制的方法,初步掌握"变换"(大小)泊坞窗的使用方法,以及图形的渐变填充和创建对象阴影等操作技术。该图形的制作方法和相关知识介绍如下。

图 5-59 "红绿彩球"图形

【制作方法】

1. 绘制同心圆图形

(1)设置绘图页面宽度为 130mm,高度为 130mm。使用工具箱中的"椭圆工具" ⬭,按住【Ctrl】键,同时在绘图页面内拖曳,绘制一个圆形图形。

(2)选择"排列"→"变换"→"大小"菜单命令,或者选择"窗口"→"泊坞窗"→"变换"→"大小"菜单命令,调出"变换"(大小)泊坞窗,如图 5-60 所示。在该泊坞窗内的"大小"栏中设置水平与垂直数值均为 100mm,按【Enter】键确定。

(3)选中刚刚绘制的圆形图形,按【Ctrl+D】组合键,复制一个圆形图形,以备后用。

(4)选择"视图"→"辅助线"菜单命令,用鼠标从左标尺处向右拖曳,产生一条垂直的辅助线,将辅助线移到与椭圆垂直直径相同的位置。

(5)将复制的圆形图形移到其垂直直径与辅助线重合的位置。改变泊坞窗内"大小"栏中的水平数值为 70mm,单击"应用到再制"按钮,即可得到 2 个同心椭圆,如图 5-61 所示。

(6)再改变泊坞窗内"大小"栏中的水平数值为 35mm,单击"应用到再制"按钮,再绘制一个同心椭圆,如图 5-62 所示。

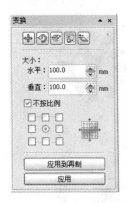

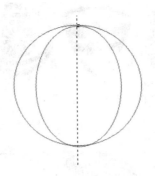

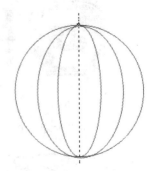

图 5-60 "变换"泊坞窗　　　图 5-61 2 个同心椭圆　　　图 5-62 3 个同心椭圆

(7)改变泊坞窗内"大小"栏中的垂直数值为 70mm,单击"应用到再制"按钮。再改变泊坞窗内"大小"栏中的垂直数值为 35mm,单击"应用到再制"按钮,再绘制 2 个同心椭圆,如图 5-63 所示。

2. 绘制红绿彩球

（1）选中全部椭圆，选择"排列"→"结合"菜单命令，将它们结合成一个对象。再填充红色，右击调色板内的 ⊠ 按钮，取消轮廓线，效果如图 5-64 所示。

（2）选中前面复制的宽和高均为 100mm 的圆形图形。单击工具箱中"填充展开工具栏"内的"渐变填充"按钮 ，调出"渐变填充"对话框，如图 5-65 所示。

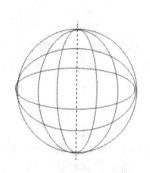

图 5-63　6 个椭圆

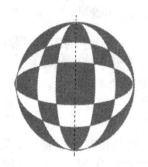

图 5-64　填充红色

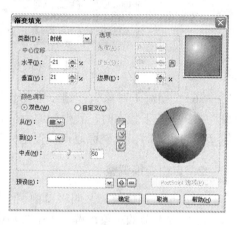

图 5-65　"渐变填充"对话框

（3）在"渐变填充"对话框内的"类型"下拉列表框中选中"射线"选项，在"颜色调和"一栏中，选中"双色"单选按钮，在"从"颜色列表框中选择绿色，在"到"颜色列表框中选择白色，并选择中间点的值为 50，在"中心位移"一栏中，输入"水平"偏移值为−21%，"垂直"偏移值为 21%，再设置其他选项，如图 5-65 所示。然后单击"确定"按钮，绘制一个立体绿色彩球。

（4）取消绿色彩球的轮廓线，效果如图 5-66 所示。

（5）将绿色彩球移到红颜色球的上边，与图 5-64 所示红颜色球重合，再选择"排列"→"顺序"→"到后面"菜单命令，可得到如图 5-59 所示图形。

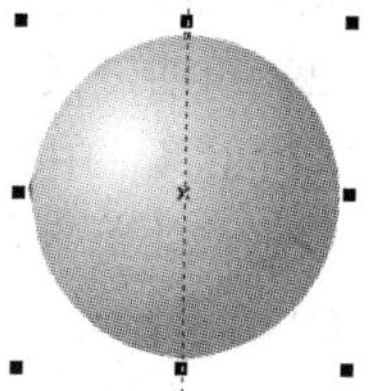

【知识链接】

图 5-66　绿色彩球

1. 自由变换工具简介

单击工具箱中的"形状编辑展开式工具栏"中的"自由变换工具"按钮 ，此时的属性栏变为"属性栏：自由变形工具"属性栏，如图 5-67 所示。该属性栏内有一些前面没有介绍过的选项，其作用介绍如下。

（1）4 个按钮。用来选择自由变换的类型。单击"旋转"、"反射"、"按比例调节"和"扭曲"按钮中的一个，即可对选中图形对象进行相应的旋转、反射（即自由角度镜像）、按比例调节（即缩放）和扭曲（即倾斜）调整。

（2）"旋转中心的位置"文本框 和 。用来改变旋转中心的水平和垂直坐标位置。

（3）"旋转角度"文本框 。用来调节选中对象的旋转角度。

（4）"倾斜角度"文本框 和 。用来改变选中对象的水平和垂直倾斜角度。

（5）"应用到再制"按钮。用来控制是否应用于复制对象。当"应用到再制"按钮呈按下状态时，表示在对图形对象做变形操作时，是将原图形对象复制后，再对图形副本做变形操作，而不改变原图形的位置和形状；当"应用到再制"按钮呈抬起状态时，表示在对图形做变形操作时，只是对原图形进行变形操作。

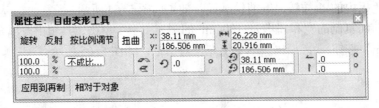

图 5-67　"属性栏：自由变形工具"属性栏

（6）"相对于对象"按钮。它的作用是改变选中的图形对象的坐标原点。当"相对于对象"按钮呈按下状态时，其坐标原点位置是相对于图形对象中心的位置；当"相对于对象"按钮呈抬起状态时，其坐标原点位置是标尺坐标的实际位置。

2．自由变换调整

（1）按比例调节，又叫"自由调节"。可以使对象在水平及垂直方向上做任意的延展和收缩。选中要调节的对象，再单击工具箱中的"自由变换工具"按钮 。单击其属性栏中的"按比例调节"按钮，在绘图页面的任意处单击并拖曳，对象的轮廓会随之自由变化，如图 5-68 所示；松开鼠标左键后，对象即按照轮廓线的变化而改变。

在拖曳鼠标时对象以鼠标单击处为基点进行缩放，向上拖曳可以在垂直方向放大对象，向下拖曳可以在垂直方向缩小对象，当向下拖曳使对象缩小过基点时，可使对象产生垂直镜像效果，并放大镜像的对象；向右拖曳可以在水平方向放大对象，向左拖曳可以在水平方向缩小对象，当鼠标向左拖曳使对象缩小过基点时，即可使对象产生水平镜像效果，并放大镜像的对象。

（2）扭曲，又叫"自由变换"。可以使对象进行任意角度的倾斜扭曲。选中要扭曲的对象后，单击工具箱中的"自由变换"工具按钮 ，或单击属性栏中的"扭曲"按钮；然后在绘图页面的任意处单击鼠标左键并拖曳鼠标，拖曳鼠标时对象的轮廓会随鼠标的拖曳而变化，如图 5-69 所示。

图 5-68　轮廓会随拖曳而变化

图 5-69　轮廓会随拖曳而变化

（3）旋转，又叫"自由旋转"。可以使对象围绕着任意轴心进行任意角度的旋转。使用工具箱中的"选择工具" ，选中要旋转的对象，单击工具箱中"形状编辑展开式工具栏"内的"自由变换工具"按钮 。单击其属性栏中的"旋转"按钮，在"旋转中心的位置"文本框中设置旋转中心的坐标位置。然后，在绘图页面的任意处单击并拖曳，此时屏幕上会生成一条以单击处为原点的射线，如图 5-70 所示。拖曳时射线及对象的轮廓会以射线的原点为圆心，随鼠标的拖曳而旋转；松开鼠标左键，旋转操作结束。

（4）反射，又叫"自由角度镜像"。可以使对象在镜像后围绕着任意轴心进行任意角度的旋转。使用工具箱中的"选择工具" ，选中要镜像的对象，再单击工具箱中的"自由变换工具"按钮 。单击其属性栏内的"反射"按钮,然后在绘图页面的任意处单击并拖曳,此时会生成一条以鼠标单击处为原点的直线,并产生以直线为镜面的镜像对象的轮廓,拖曳时直线及对象的轮廓会以直线的原点为圆心而旋转,如图 5-71 所示。

图 5-70 旋转时产生射线　　　　　　　　　图 5-71 以直线为镜面的镜像对象

3．对象管理器

"对象管理器"也叫"对象编辑器",它是以分层结构的形式显示当前文档的页面情况,以及各页面内的对象、图层和各个对象的特点(填充颜色、轮廓颜色、形状、排列顺序等)。

(1)调出对象管理器。打开一幅图形,例如,打开"【实例1】禁止标志"图形,再选择"工具"→"对象编辑器"菜单命令,或者选择"窗口"→"泊坞窗"→"对象编辑器"菜单命令,即可调出"对象管理器"泊坞窗,如图 5-72 所示。

(2)"显示对象属性"按钮 。单击它(这种状态是默认状态),可以在各对象的右边显示各个对象的填充与轮廓等属性,如图 5-72 所示。该按钮处于抬起状态时,不显示各个对象的填充与轮廓等属性,如图 5-73 所示。

(3)"跨图层编辑"按钮 。它处于按下状态时,允许编辑跨越图层中的对象,"对象管理器"泊坞窗如图 5-73 所示;它处于抬起状态时,不允许编辑跨越图层中的对象。

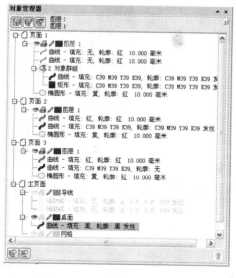 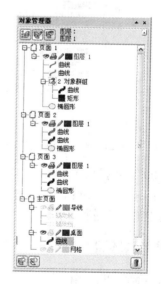

图 5-72 "对象管理器"泊坞窗　　　　　　图 5-73 "跨图层编辑"状态

(4)"图层管理器视图"按钮 。它处于按下状态时,即可进入"图层管理器视图"状态,"对象管理器"泊坞窗如图 5-74 所示。此时,可以对桌面、图层、辅助线和网格进行显示或不显示等操作。例如,单击 图标,将它隐藏,即可将相应的内容隐藏;再单击此处,可使隐藏的内容显示出来。

(5)"新建图层"按钮 。单击它可以增加一个新图层,如图 5-75 所示。

（6）"新建主图层"按钮 。单击它可以增加一个新的主图层。

（7）"删除"按钮 。选中"对象管理器"内的图层或对象后，单击它可以删除选中的内容。

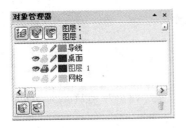

图 5-74　"对象管理器"泊坞窗

图 5-75　增加一个新图层

（8）"对象管理器"泊坞窗的快捷菜单。单击上边按钮栏内右边的 按钮，或将鼠标指针移到"对象管理器"泊坞窗内，并单击鼠标右键，都可以调出"对象管理器"泊坞窗的快捷菜单，如图 5-76 所示。利用该快捷菜单可以对图层和对象进行相应的操作。

（9）"对象管理器"泊坞窗内的页面、图层、对象、导线（即辅助线）和网格的快捷菜单。将鼠标指针移到"对象管理器"泊坞窗内的页面、图层、对象、导线（即辅助线）或网格等处，单击鼠标右键，即可以调出相应的快捷菜单。

利用这些快捷菜单可以有针对性地进行新增图层、删除图层、移动对象到某一个图层、复制对象到某一个图层等操作。例如，图层的快捷菜单如图 5-77 所示。

图 5-76　"对象管理器"泊坞窗的快捷菜单

图 5-77　图层的快捷菜单

（10）对象操作。单击"对象管理器"泊坞窗内的某一个对象说明，即可在绘图页内选中该对象；按住【Shift】键的同时，单击多个对象说明，即可在绘图页内选中这些对象。然后可以对选中的对象进行操作。

思考与练习5.3

1. 绘制一幅"扇子"图形，如图 5-78 所示。

2. 绘制两幅"桌布花纹"图形，如图 5-79 所示。

图 5-78　"扇子"图形

图 5-79　"桌布花纹"图形

3. 绘制如图 5-80 所示"花纹图案"图形中的两幅"花纹图案"图形。

图 5-80 "花纹图案"图形

5.4 【实例 13】保护家园

"保护家园"图形如图 5-81 所示。它展示了 5 幅美丽的大自然风景画，5 幅画分别镶嵌在一个象征地球的圆形图形中的 5 个轮廓线内。圆形图形的上方有呈弧形分布的宣传词"让我们共同保护大自然家园"，圆形图形的右边有用自然风景图画填充的透空标题文字"保护家园"。"保护家园"宣传画结构合理，画面严肃、大方，形象地展示出大自然是地球上人类生存的保证，号召人们要共同保护我们的家园，保护大自然。

图 5-81 "保护家园"图形

通过本实例的学习，可以进一步掌握图形精确定位、多个对象的修剪、图框精确剪裁和文字沿路径分布，以及制作透空标题文字的方法等，进一步掌握"造形"泊坞窗和"变换"泊坞窗的使用方法。该图形的制作方法和相关知识介绍如下。

【制作方法】

1. 绘制四个等分圆

（1）设置页面宽度为 160mm，高度为 120mm。然后，在绘图页面内偏左边绘制一个圆形图形。同时在圆形图形的垂直与水平直径处添加两条辅助线，如图 5-82 所示。

（2）沿垂直辅助线绘制一条比圆形图形的直径稍长一些的垂直直线，如图 5-83 所示。

（3）选择"窗口"→"泊坞窗"→"造形"菜单命令，调出"造形"泊坞窗。在其下拉列表框中选中"修剪"选项，取消选中任何复选框，如图 5-84 所示。

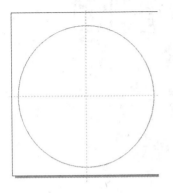　　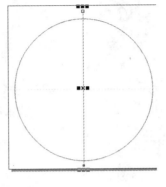　　

图 5-82　圆形图形和辅助线　　　　图 5-83　绘制直线　　　　图 5-84　"造形"（修剪）泊坞窗

（4）单击"造形"泊坞窗内的"修剪"按钮。将鼠标的箭头指针移到圆形图形的轮廓线上，单击鼠标左键，即可将圆形图形沿垂直直线分割为两个半圆形图形。

（5）选中这两个半圆对象，选择"排列"→"拆分曲线"菜单命令，即可将两个半圆分离成两个独立的对象。再选中右边的半圆，如图 5-85 所示。

（6）沿水平辅助线画一条直线，同时选中它。再按照上述（5）的方法，将右边的半圆图形分割成上下两个四分之一圆，如图 5-86 所示。然后将两个四分之一圆分离。

（7）单击绘图页面的空白处，取消对象的选中，再按照上述（5）的方法将左边的半圆图形分割成上下两个四分之一圆形图形，如图 5-87 所示。然后将两个四分之一圆形图形分离。此时一个圆形图形已经被分割成四等份，成为 4 个对象，单击其中一个对象的边框线，只会选中该对象，如图 5-88 所示。

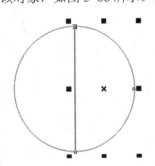　　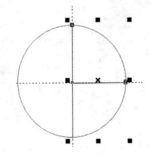　　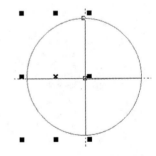

图 5-85　两个独立的对象　　　图 5-86　右边的两个四分之一圆　　　图 5-87　左边的两个四分之一圆

2．绘制镶嵌位图的轮廓线

（1）使用工具箱中的椭圆工具 ◎，按下【Shift+Ctrl】组合键，将鼠标指针移到原点处，拖曳绘制一个以原点为圆心的圆形图形，如图 5-89 所示。

（2）按四次【Ctrl+D】组合键，复制 4 个圆形图形，将复制的圆形图形移到绘图页面外边，以备后边使用。选中圆心在原点的圆形图形，如图 5-89 所示。按住【Shift】键，同时单击选中左上角的四分之一圆形图形和中间的圆形图形，如图 5-90 所示。

（3）选择"窗口"→"泊坞窗"→"造形"菜单命令，调出"造形"泊坞窗。在其内的下拉列表框中选中"后减前"选项，如图 5-91 所示。

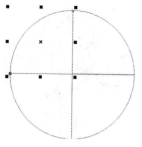
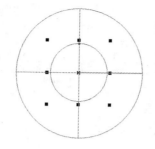
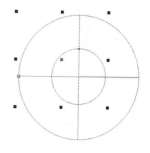

图 5-88　成为四个对象　　　　图 5-89　绘制一个圆形图形　　　　图 5-90　同时选中两个对象

（4）单击"造形"泊坞窗内的"应用"按钮，即可用后边的四分之一圆形图形将前边的圆形图形进行修剪，修剪成四分之一扇形图形，如图 5-92 所示。

（5）按照上述方法，继续用圆形图形修剪其他 3 个四分之一圆形图形，形成 4 个四分之一扇形图形。再将剩下的一个圆形图形移到四个扇形图形的中间，如图 5-93 所示。

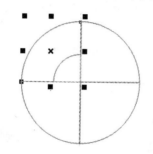
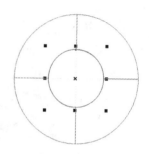

图 5-91　"造形"泊坞窗　　　　图 5-92　"后减前"修剪效果　　　　图 5-93　5 个轮廓线对象

3．轮廓线内镶嵌位图

（1）导入 5 幅风景图像，选中第 1 幅图像，如图 5-94 所示。

图 5-94　5 幅风景图像

（2）选择"效果"→"图框精确剪裁"→"放置在容器中"菜单命令，这时鼠标指针呈黑色大箭头状，将它移到左上角四分之一扇形图形的边线处，单击鼠标左键，则将第 1 幅风景图像镶嵌到左上角四分之一扇形图形内，如图 5-95 所示。

（3）选择"效果"→"图框精确剪裁"→"编辑内容"菜单命令，这时整个图像会在四分之一扇形图形处出现，四分之一扇形图形的线条仍存在。拖曳图像，可以调整四分之一圆的图像的位置，还可以调整图像的大小，如图 5-96 所示。

（4）选择"效果"→"精确剪裁"→"结束编辑"菜单命令，可以使画面回到如图 5-95 所示状态，只是四分之一扇形图形内的图像已改为调整后的内容。

（5）按照上述方法，将如图 5-94 所示的其他 4 幅图像，分别镶嵌到其他 3 个四分之一扇形图形内和中间的圆形图形内，完成后的效果如图 5-97 所示。

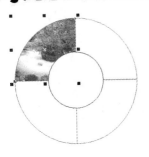

图 5-95　位图镶嵌　　　　　图 5-96　编辑图像位置和大小　　　　　图 5-97　镶嵌 5 幅图像

（6）依次选中对象，在其属性栏内将轮廓线"轮廓宽度"设置为 1.0mm。选中所有对象，将 4 个四分之一扇形图形内和中间的圆形图形的轮廓线的颜色改为蓝色，如图 5-98 所示。

4．制作文字

（1）使用工具箱中的"文本工具"字，在页面内输入字体为隶书，字大小为 60pt，填充颜色为红色、轮廓颜色为黄色的美术字"让"。将"让"字移到圆形图形左边的中间偏上处，再适当旋转该文字，然后将中心点标志移到镶嵌图像的圆形图形的圆心处，如图 5-99 所示。

图 5-98　修改轮廓线　　　　　　　　图 5-99　"让"字位置和中心点标志

（2）选择"窗口"→"泊坞窗"→"变换"→"旋转"菜单命令，调出"变换"泊坞窗。在其内的下拉列表框中选中"旋转"选项，在"角度"文本框内输入"-15"，其他设置如图 5-100 所示。

（3）多次单击"变换"泊坞窗内的"应用到再制"按钮，围着镶嵌了图像的圆形图形上半部分复制 11 个"让"字（共 12 个），如图 5-101 所示。

（4）使用工具箱中的"文本工具"字，依次将复制的 11 个"让"字修改为"我"、"们"、"共"、"同"、"保"、"护"、"大"、"自"、"然"、"家"和"园"文字，如图 5-102 所示。

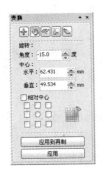

图 5-100　"变换"泊坞窗　　　　图 5-101　12 个"让"字　　　　图 5-102　修改文字

制作环绕文字，也可以采用【实例 7】"世界名胜光盘盘面"图形制作中采用的方法。

（5）输入"字体"为华文琥珀、"字号"为 60pt、颜色为红色的"保"、"护"、"家"和"园"美术字，如图 5-103 所示。

（6）导入一个风景位图，并调整它的大小，使它的高度比红色的"保护家园"美术字的高度大一点，将文字移到图像之上，如图 5-103 所示。

（7）选择"窗口"→"泊坞窗"→"造形"菜单命令，调出"造形"泊坞窗。在该泊坞窗中的下拉列表框中选中"相交"选项，取消选中"保留原件"栏内的任何复选框，如图 5-104 所示。

（8）选中"保护家园"美术字，单击"修剪"按钮。单击"造形"（相交）泊坞窗内的"相交"按钮，鼠标指针呈 状，单击图像，此时的图形如图 5-105 所示。

（9）调整绘图页面内几个对象的大小和位置，最后效果如图 5-81 所示。

图 5-103　文字和图像

图 5-104　"造形"（相交）泊坞窗

图 5-105　图像文字

【知识链接】

1．"造形"泊坞窗的使用

选择"窗口"→"泊坞窗"菜单命令，在弹出的子菜单中单击一个菜单命令，即可调出相应的泊坞窗。"泊坞窗"是 CorelDRAW X3 特有的一种窗口，它除了具有许多与一般对话框相同的功能外，还具有更好的交互性能。例如，它不像一般对话框那样，进行设置后就关闭，它可以仍然保留在屏幕上，便于继续进行其他各种操作，直到单击 ✕ 按钮才关闭。另外，单击"泊坞窗"右上角的▲按钮，可以将"泊坞窗"卷起来，以节省屏幕空间。

选择"窗口"→"泊坞窗"→"造形"菜单命令，或者选择"排列"→"造形"菜单命令，都可以调出"造形"泊坞窗，如图 5-104 所示。利用"造形"泊坞窗可以对多个对象进行焊接、修剪、相交、简化、前减后和后减前操作。

在"造形"泊坞窗内的下拉列表框中可以选择修正的类型，此处选中"相交"选项。在"造形"泊坞窗内的"保留原件"栏内有"来源对象"和"目标对象"两个复选框，如果选中"来源对象"复选框，则表示经修正后还保留"来源对象"图形；如果选中"目标对象"复选框，则表示经修正后还保留"目标对象"图形。

例如，选中如图 5-106 所示的两个部分重叠的图形对象，选中"来源对象"和"目标对象"两个复选框，再单击"相交"按钮，将鼠标指针移到右边的图形之上，当鼠标指针呈黑色箭头状时，单击鼠标左键，即可将单击的目标对象的重叠部分剪裁出来，同时还保留两个原图形（单击的对象叫"目标对象"，另外的对象是"来源对象"），如图 5-106（a）所示。如果单击的是左边的图形，则左边的图形是目标对象，可将单击的目标对象的重叠部分剪裁出来，同时还保留两个原图形，效果如图 5-106（b）所示。

如果只选中"来源对象"复选框，则单击"相交"按钮后，再单击右边的图形，效果如图 5-106（c）所示；如果只选中"来源对象"复选框，则单击"相交"按钮后，再单击左边的图形，效果如图 5-106（d）所示。如果不选中任何复选框，则单击"相交"按钮后，再单击右边的图形，效果如图 5-106（e）所示。

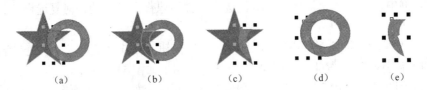

（a）　　　　　（b）　　　　　（c）　　　　　（d）　　　　　（e）

图 5-106　修剪对象

2. "变换" 泊坞窗的使用

（1）选择"排列"→"变换"菜单命令或选择"窗口"→"泊坞窗"→"变换"菜单命令，都可以调出一个相同的"变换"菜单，单击该菜单内不同的菜单命令，可以调出相应的不同类型的"变换"泊坞窗。

例如，单击"变换"菜单内的"位置"菜单命令，可以调出"变换"（位置）泊坞窗，如图 5-107 所示。

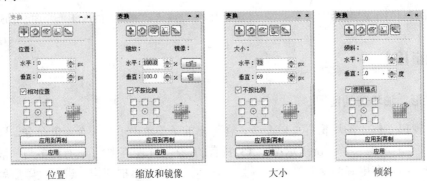

位置　　　　　缩放和镜像　　　　　大小　　　　　倾斜

图 5-107　"变换"泊坞窗

（2）单击"变换"泊坞窗内的 5 个按钮中的其他按钮，可以使"变换"类型改变，"变换"泊坞窗也会随之发生改变。5 个按钮的作用从左到右分别是"位置"、"旋转"、"缩放和镜像"、"大小"与"倾斜"对象。

（3）单击"应用到再制"按钮，可以将选中的对象复制一份并将复制的对象进行变换；单击"应用"按钮，可以变换选中的对象，原对象消失。

"变换"（旋转）泊坞窗如图 5-100 所示，其他类型的"变换"泊坞窗如图 5-107 所示。

◎ "变换"（位置）泊坞窗。其内有一个"相对位置"复选框，选中它时，"水平"和"垂直"文本框内的数值是指变换对象相对于原对象的位置；没选中它时，"水平"和"垂直"文本框内的数值是指变换对象的绝对坐标值。░░░区域有 9 个选项，用来设置对象变换时的参考点，以该点为参考点，以"水平"和"垂直"文本框内的数值为依据来变换对象。

◎ "变换"（旋转）泊坞窗。"水平"和"垂直"文本框内的数值是指旋转中心的坐标位置，▦区域内的 9 个选项用来确定旋转中心的位置，选中"相对位置"复选框时，"水平"和"垂直"文本框内数值是指旋转中心点相对于原对象的中心点数值；没选中"相对位置"复选框时，"水平"和"垂直"文本框内数值是指旋转中心点相对于原点的绝对坐标值。

◎ "变换"（缩放和镜像）泊坞窗。单击"水平镜像"按钮▭，可以以选中对象的参考点为中心点产生一个水平镜像的对象；单击"垂直镜像"按钮▭，可以以选中对象的参考点为中心点产生一个垂直镜像的对象。▦区域有 9 个选项，用来设置对象变换时的参考点，以该点为参考点，以"水平"和"垂直"文本框内的数值为依据来变换对象。

选中"不按比例"复选框，可以产生不按比例变化的对象；取消选中"不按比例"复选框，"水平"和"垂直"文本框内的数值等量同步变化，可以产生按比例变化的对象。"水平"和"垂直"文本框内的数值用来控制变换后的对象与原对象的百分比。

◎ "变换"（大小）泊坞窗。"不按比例"复选框的作用与前面所述一样。"水平"和"垂直"文本框内的数值用来控制变换后对象的宽度和高度的数值。

◎ "变换"（倾斜）泊坞窗。选中"使用锚点"复选框，则▦区域内的 9 个选项有效，可以用来确定锚点的位置，变换的对象以锚点为倾斜的参考点；取消选中"使用锚点"复选框，则▦区域内的 9 个选项无效，变换的对象以原对象的中心点为倾斜的参考点。

思考与练习 5.4

1. 参考【实例 11】中的制作方法，制作一个"宝宝摄影"图形，其内有 5 幅圆形图形，每幅圆形图形内镶嵌有一幅宝宝图像，如图 5-108 所示。

2. 参考【实例 13】中的制作方法，制作一幅"北京旅游"宣传画图形。

3. 制作一幅"钥匙"图形，如图 5-109 所示。

图 5-108　"宝宝摄影"图形

图 5-109　"钥匙"图形

4. 采用两种方法，制作一幅"图像文字"图形，如图 5-110 所示。该图形给出了一个用图像填充的"Snoopy"文字标题，背景是温馨的粉色。绘制图像文字图形使用了导入外部位图图像、将图像置于容器中等操作。

图 5-110　"图像文字"图形

5.5 【实例 14】奥运精神

"奥运精神"图形如图 5-111 所示。它展示了一幅奥运五环标志图形，5 幅镶嵌有不同运动图像、轮廓像为绿色的圆形图形，以及华文彩云字体的绿色文字"奥运精神"。奥运五环标志图形由五种不同颜色（蓝、黄、黑、绿和红色）的圆环圈套在一起，象征着奥运会的团结精神。"奥运精神"文字是红、绿、蓝三色文字。

图 5-111　"奥运精神"图形

通过本实例的学习，可以进一步掌握"造形"和"变换"泊坞窗的使用方法和图框精确剪裁的方法，掌握切割对象和擦除图形的方法，掌握使用涂抹笔刷工具和粗糙笔刷工具加工图形的方法，以及初步掌握"交互式轮廓图"工具的使用方法等。该图形的制作方法和相关知识介绍如下。

【制作方法】

1．绘制圆环图形

（1）设置绘图页面的宽度为 240mm、高度为 180mm，在绘图页面内绘制一幅圆形图形，如图 5-112 所示。单击工具箱中"交互式展开式工具栏"内的"交互式轮廓图工具"按钮 ，拖曳圆形图形，拉出一个向内的箭头，如图 5-113 所示。

（2）在其"属性栏：交互式轮廓线工具"属性栏内设置"轮廓图步长值" 为 1，表示只建立 1 层轮廓图。"轮廓图偏移" 为 7mm，表示轮廓图与原图的距离为 7mm，如图 5-114 所示。这时原来的圆形图形内部出现了一个圆环图形，如图 5-113 所示。

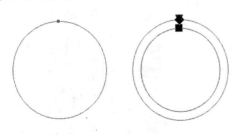

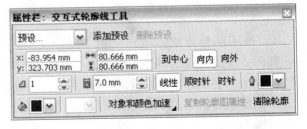

图 5-112　圆形图形　　图 5-113　轮廓对象　　图 5-114　"属性栏：交互式轮廓线工具"属性栏

（3）选中所绘对象，选择"排列"→"拆分轮廓图群组"菜单命令，将所选对象拆分，形成内外两个单独的圆形。同时选中两个圆形，选择"排列"→"结合"菜单命令，将所选对象结合，组成一个圆环图形。设置它无轮廓线，填充色为天蓝色，如图 5-115 所示。

（4）选中蓝色圆环图形，按【Ctrl+D】组合键，复制一份蓝色圆环图形，并选中该图形，再将它的填充色设置为黑色。然后，将黑色圆环图形移到蓝色圆环图形的右边。

（5）按照上述方法，再分别制作一个红色圆环图形、一个黄色圆环图形和一个绿色圆环图形，并将它们移到适当位置，如图 5-116 所示。

（6）选中黄色圆环图形，选择"排列"→"顺序"→"置于此对象后"菜单命令，再将黑色箭头状鼠标指针移到黑色圆环图形之上，单击黑色圆环图形，即可将黄色圆环图形置于黑色圆环图形的后边。

（7）按照上述方法，调整绿色圆环图形到红色圆环图形的后边，效果如图 5-117 所示。

图 5-115　蓝色圆环　　　　图 5-116　5 个圆环图形　　　　图 5-117　调整前后顺序

2．切割图形

可以看到，黄色圆环图形在蓝色圆环图形的上边，在黑色圆环图形的下边；绿色圆环图形在黑色圆环图形的上边，在红色圆环图形的下边。

下面的操作是将黄色圆环图形与蓝色圆环图形上边相交处的黄色圆环图形裁剪掉，显示出下边的蓝色圆环图形，从而形成黄色圆环图形与蓝色圆环图形的相互圈套。

（1）选择"窗口"→"泊坞窗"→"造形"菜单命令，调出"造形"（相交）泊坞窗。选中其内的"来源对象"和"目标对象"两个复选框，如图 5-118 所示。

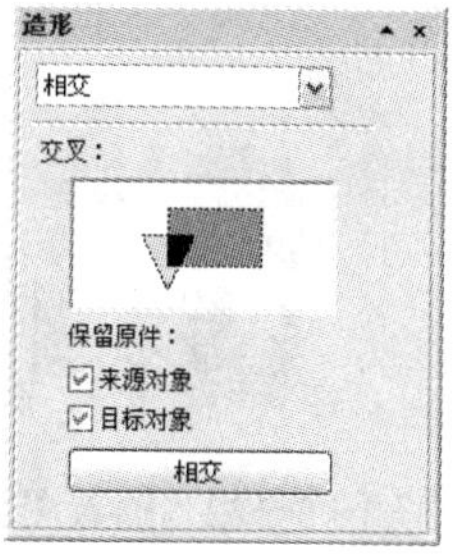

（2）使用工具箱中的"挑选工具"，选中黄色圆环图形，再单击"造形"（相交）泊坞窗内的"相交"按钮，然后单击要切割的蓝色圆环图形，即可将蓝色圆环图形与黄色圆环图形相交处的两小块蓝色圆环图形的部分图形剪裁出来，如图 5-119 所示。

图 5-118　"造形"（相交）泊坞窗

（3）选择"排列"→"拆分曲线"菜单命令，将两小块蓝色圆环图形的部分图形分离。

（4）单击非图形处，取消选中两小块蓝色图形。选中下边的一块蓝色图形，如图 5-120 所示。然后，按【Delete】键，删除选中的蓝色图形，即可获得蓝色圆环图形与黄色圆环图形相互圈套的效果，如图 5-121 所示。

（5）按照上述方法，将黄色圆环图形和黑色圆环图形形成圈套，将黑色圆环图形和绿色圆环图形形成圈套，将红色圆环图形和绿色圆环图形形成圈套。最终效果如图 5-111 所示。

（6）拖曳出一个矩形，使其选中五种不同颜色（蓝、黄、黑、绿和红色）的圆环圈套图形，选择"排列"→"群组"菜单命令，将选中的所有图形组成一个群组，形成奥运五环标志图形。

图 5-119　将图形剪裁出来　　图 5-120　选中下边的一块蓝色图形　　图 5-121　圆环图形相互圈套

3. 制作镶嵌图像和双色文字

（1）绘制一个圆形图形，复制 4 份，再导入 5 幅运动图像。然后，按照【实例 9】中介绍的方法，将各幅图像分别镶嵌到 5 个圆形图形内。

（2）依次设置圆形图形的轮廓线颜色为绿色，在"属性栏：椭圆形"属性栏内的"轮廓宽度"下拉列表框内设置轮廓线粗为 1.0mm 的圆形图形。

（3）使用工具箱中的"文本工具" 字，在绘图页面中输入"字体"为华文琥珀、"字号"为 200pt 的"奥运精神"美工字。将光标定位在"运"字的右边，按【Enter】键，使"奥运精神"美工字分为两行，如图 5-122 所示。

（4）绘制一个矩形，将它放置在"奥运精神"美术字的左边，如图 5-123 所示。选择"窗口"→"泊坞窗"→"造形"菜单命令，调出"造形"泊坞窗，在下拉列表框内选择"相交"选项，只选中"目标对象"复选框，如图 5-124 所示。

图 5-122　输入文字　　　　图 5-123　左侧矩形　　　　图 5-124　"造形"泊坞窗

（5）单击"造形"泊坞窗口内的"相交"按钮，再将鼠标指针移到"奥运精神"美术字上，单击鼠标左键。再单击调色板内的红色色块，此时美术字如图 5-125 所示。

（6）绘制一个矩形，将它放置在"奥运精神"美术字的右边，如图 5-126 所示。单击"造形"泊坞窗口内的"相交"按钮，再将鼠标指针移到"奥运精神"美术字上，单击鼠标左键，再单击调色板内的黄色色块。此时美术字如图 5-127 所示。

图 5-125　修整文字　　　　图 5-126　右侧矩形　　　　图 5-127　修整文字

（7）使用工具箱中的"选择工具" ，拖曳出一个矩形，选中"奥运精神"美术字，选择

"排列"→"群组"菜单命令，将它们组合成一个群组。然后将该群组移到绘图页面内的右上角处，如图 5-111 所示。

【知识链接】

1. 切割对象

对于绘制好的一个图形，可以使用工具箱中"裁剪工具展开栏"内的"刻刀工具"，将它切割成两个或多个部分。单击"刻刀工具"按钮后，其属性栏如图 5-128 所示。其中，"自动闭合"按钮按下时，表示将路径线切割断开，切割点间产生封闭的曲线；"自动闭合"按钮抬起时，表示只将路径线切割断开，切割点间不产生封闭的曲线。

另外，"成为一个"按钮抬起时，表示切割后的图形被分为两个图形；"成为一个"按钮按下时，表示切割后的图形仍为一个图形。图形的切割方法如下。

（1）单击"刻刀工具"按钮，调出相应的属性栏，单击属性栏中的"自动闭合"按钮，使"成为一个"按钮呈抬起状态，如图 5-128 所示。

（2）将鼠标指针（美工刀状）移到图形的切割点处（如矩形上边线中点处），此时美工刀变为竖直状，单击鼠标左键，如图 5-129 所示。

（3）将鼠标指针移到另一个切割点处（如矩形下边线中点处），此时美工刀会立起来，再单击，会在两个切割点处产生两个节点，两个节点间会产生一条连接直线，如图 5-130 所示。如果属性栏中的"自动闭合"按钮呈抬起状态，则不会产生两个切割点间的连接直线。

图 5-128　"属性栏：刻刀和橡皮擦工具"属性栏

图 5-129　切割点

图 5-130　开始切割

另外，还可以从第 1 个切割点处拖曳鼠标到第 2 个切割点处，拖曳鼠标时会产生一条切割曲线，如图 5-131 所示。

（4）单击工具箱中的"选择工具"按钮，再选中切割后的右边对象，然后用鼠标拖曳该对象，使其向右移动一点，移动后的图形如图 5-132 所示。如果属性栏中的"成为一个"按钮呈按下状态，则不会产生两个对象。

2. 擦除图形

对于绘制好的一个图形，可以使用工具箱中的"橡皮擦工具"，将选中图形的一部分进行擦除，还可以通过擦除将原来的图形分成两个或多个部分。它的属性栏如图 5-133 所示。其中，修改"橡皮擦厚度"文本框内的数据可以改变橡皮擦的大小。图形的擦除方法如下。

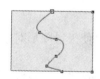
图 5-131　切割曲线

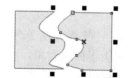
图 5-132　移动后的图形

图 5-133　"属性栏：刻刀和橡皮擦工具"属性栏

（1）单击"橡皮擦工具"按钮，调出相应的属性栏，使属性栏中的"圆形/方形"按钮和"自动减少"按钮呈抬起状态。

（2）单击"橡皮擦工具"按钮，将鼠标指针（呈小圆形）移到起点处，拖曳鼠标到终点处，擦除后的图形如图 5-134 所示。

另外，属性栏中的"圆形/方形"按钮呈抬起状态时，表示橡皮擦（即鼠标指针）形状为圆形；"圆形/方形"按钮呈按下状态时，表示橡皮擦形状为方形。"自动减少"按钮呈抬起状态时，表示橡皮擦擦除过的图形所产生的连接线上会有许多节点，如图 5-135 所示，"自动减少"按钮呈按下状态时，表示橡皮擦擦过的图形所产生的连接线上的节点会自动减少，如图 5-136 所示。

使用工具箱中的"形状工具"，选中橡皮擦擦除过的图形，即可显示出节点。

  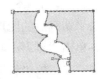

图 5-134　擦除后的图形　　　图 5-135　连接线上有许多节点　　　图 5-136　节点会自动减少

3．使用涂抹笔刷工具加工图形

将绘制好的图形对象用"涂抹笔刷"工具做涂抹处理后，可以使矢量图形对象沿其轮廓变形。"涂抹笔刷"工具只能应用于曲线对象。

单击工具箱中的"涂抹笔刷"工具按钮，属性栏随之改变，如图 5-137 所示。通过对属性栏中的"笔尖大小"、"笔压"等参数的修改，可以对"涂抹笔刷"进行相应的设置。

（1）在绘图页面内绘制一个五角形图形，然后单击属性栏中的"转换为曲线"按钮或选择"排列"→"转换为曲线"菜单命令，可将多边形转换成曲线，如图 5-138 所示。

（2）单击工具箱中的"涂抹笔刷"工具按钮，即可在图形上进行涂抹处理。从图形对象内向图形对象外涂抹时，可以延展图形对象的轮廓；从图形对象外向图形对象内涂抹时，可以收缩图形对象的轮廓。涂抹后的图形对象如图 5-139 所示。

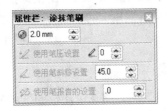  

图 5-137　"属性栏：涂抹笔刷"属性栏　　　图 5-138　五角形曲线　　　图 5-139　涂抹后的图形

4．使用粗糙笔刷工具加工图形

将绘制好的图形对象的轮廓用"粗糙笔刷"工具做粗糙处理后，可以使矢量图形对象光滑的轮廓变形为粗糙的轮廓。"粗糙笔刷"只能应用于曲线对象。

单击工具箱中的"粗糙笔刷"工具按钮，属性栏随之改变，如图 5-140 所示。通过对属性栏中的"笔尖大小"、"笔压"等参数的修改，可以对"粗糙笔刷"进行相应的设置。

（1）单击工具箱中的"多边形"工具按钮，在绘图页面内绘制一个五角形图形，然后单击属性栏中的"转换为曲线"按钮，将五角形转换成曲线，如图 5-138 所示。

（2）单击工具箱中的"粗糙笔刷"工具按钮，在其属性栏中设置相应的参数后，用鼠标在图形对象的轮廓上拖曳，即可以对图形对象的轮廓进行粗糙处理。粗糙处理后的图形对象如图 5-141 所示。

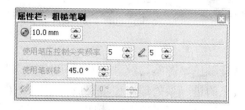

图 5-140　"属性栏：粗糙笔刷"属性栏　　　　　图 5-141　粗糙处理后的图形

思考与练习 5.5

1．绘制一幅"世外桃源"图形，如图 5-142 所示。它是在一幅风景图像之上绘制一个有两种颜色的文字"世外桃源"图形。

2．绘制一幅"连环套"图形，图中两个七彩矩形环套在一起，如图 5-143 所示。

图 5-142　"世外桃源"图形　　　　　　　图 5-143　"连环套"图形

3．绘制一幅"马路交通图"图形，如图 5-144 所示。"马路交通图"图形是一幅带城墙式花边和文字说明的马路交通图。

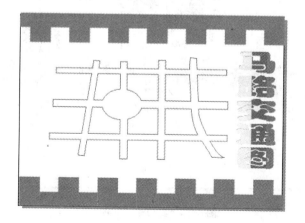

图 5-144　"马路交通图"图形

第6章 填充和透明处理

填充就是给图形内部填充某种颜色、渐变颜色、图案、纹理、花纹和图像，以及网格填充和交互式填充等。透明类似于填充，是对填充的进一步处理，使填充具有透明效果。填充与透明可以配合使用，两者具有一定的独立性，当对象应用了填充和透明后，改变填充内容不会影响其透明效果，改变透明效果也不会影响其填充内容，但是整体效果会随之发生变化。透明效果有标准透明、渐变透明、图样透明和底纹透明等。填充使用"填充展开工具栏"和"交互式填充展开工具栏"内的工具，透明使用"交互式展开式工具栏"内的"交互式透明工具"。本章通过 3 个实例，介绍了这些工具的使用方法。

6.1 【实例 15】春节快乐

"春节快乐"图形如图 6-1 所示。可以看到，正中间是黄色到红色渐变色填充边变化的"春节快乐"文字，两只大红灯笼两边挂，大红灯笼外边各倒挂一串鞭炮。灯笼中间亮四周暗，有红色的阴影，突出地表现了灯光的效果，配合灯笼上的弧形纹路，更加体现出灯笼的立体感。灯笼给人一种强烈的三维效果和逼真的灯光照射感觉，烘托出一种喜庆的气氛。通过制作该图形，可以进一步掌握使用交互式调和工具的方法，掌握渐变填充的方法，初步掌握交互式阴影工具的使用方法等。该图形的制作方法和相关知识介绍如下。

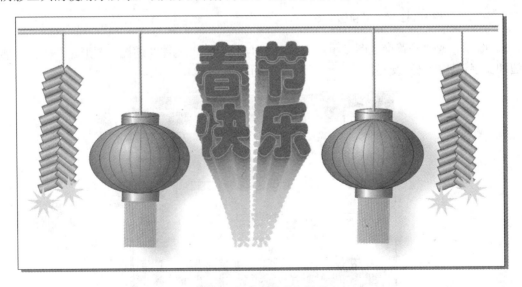

图 6-1 "春节快乐"图形

【制作方法】

1．绘制灯笼图形

（1）设置绘图页面的宽度为 200mm，高度为 100mm。然后使用工具箱中的"椭圆工具" ◎ ，在绘图页面中绘制一个椭圆作为灯笼的主体，如图 6-2 所示。然后按【Ctrl+D】组合键，复制一份，将复制的椭圆图形移到绘图页面的外边。

（2）使用工具箱中的"矩形工具" □ ，在椭圆的下面绘制一个矩形。单击其属性栏中的"转换为曲线"按钮，将矩形转换为可编辑的曲线。再使用工具箱中的"形状工具" ↖ ，调整矩形的节点成如图 6-3 所示的样子，完成灯笼底部图形的绘制。

（3）使用工具箱中的"挑选工具" ↖ ，选中刚刚调整的矩形，按【Ctrl+D】组合键，复制一份，再单击其属性栏内的"镜像"按钮 ▨ ，使选中的对象垂直翻转。然后将垂直翻转的对象移到灯笼主体的上边，如图 6-4 所示。

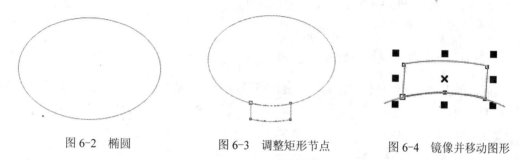

图 6-2　椭圆　　　　　　　图 6-3　调整矩形节点　　　　　图 6-4　镜像并移动图形

（4）在垂直翻转的对象处绘制一个椭圆图形，选中垂直翻转的对象和新绘制的椭圆图形，如图 6-5 所示。然后，选择"排列"→"造形"→"修剪"菜单命令，形成灯笼的顶部图形，效果如图 6-6 所示。

（5）在灯笼的中央绘制一条竖直的直线，并将所绘竖线设置为绿色，如图 6-7 所示。

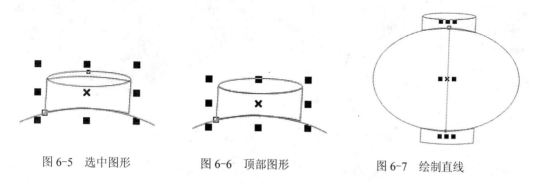

图 6-5　选中图形　　　　　图 6-6　顶部图形　　　　　图 6-7　绘制直线

（6）单击工具箱中"交互式展开式工具栏"内的"交互式调和工具"按钮 ▨ ，在其"属性栏：交互式调和工具"属性栏中的"步数或调和形状之间的偏移量" ▨ 文本框中输入 4，此时该属性栏如图 6-8 所示。将鼠标指针移到椭圆中间的竖线上，水平向右拖曳到椭圆轮廓线，形成一系列渐变曲线，制作出灯笼的骨架，如图 6-9 所示。

（7）同时选中作为灯笼主体的骨架对象，选择"排列"→"顺序"→"到图层后面"菜单命令，将这 2 个对象移到其他图形对象的后面。

（8）将绘图页面外边的椭圆图形移到骨架对象之上，选中该椭圆图形，单击工具箱中的

"填充展开工具栏"内的"渐变填充"按钮，调出"渐变填充"对话框。在"类型"下拉列表框内选择"射线"选项，设置渐变填充的类型为"射线"；选中"双色"复选框，单击"从"按钮，调出它的颜色面板，单击其中的红色色块，设置"从"颜色为红色，单击"到"按钮，调出它的颜色面板，单击其中的黄色色块，设置"到"颜色为黄色；拖曳右上角显示框内的黄色，此时"水平"和"垂直"数字框内的数据也会随之变化，最后"水平"和"垂直"数字框内的数值分别为–12 和 16；在"边界"数字框内输入 20，在"中点"数字框内输入50，如图6-10 所示。

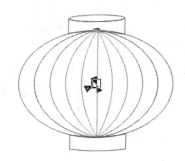

图 6-8　"属性栏：交互式调和工具"属性栏　　　　图 6-9　灯笼的骨架

　　然后，单击"确定"按钮，即可给灯笼的椭圆部分填充从红色到黄色的射线渐变色，效果如图6-11 所示。

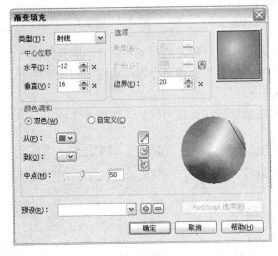

图 6-10　"渐变填充"对话框

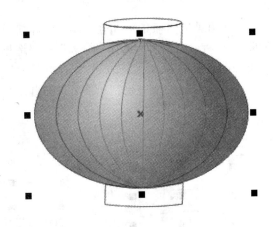

图 6-11　给椭圆填充从红色到黄色的渐变色

　　（9）选中灯笼顶部和底部的矩形图形，单击工具箱中"填充展开工具栏"内的"渐变填充"按钮，调出"渐变填充"对话框。在"类型"下拉列表框内选择"线性"选项，设置渐变填充的类型为"线性"；选中"自定义"单选按钮，单击"颜色调和"栏内下边预览带左上角的标记，再单击调色板中的红色色块，设置起始颜色为红色；单击预览带右上角的标记，再单击调色板中的红色色块，设置终止颜色为红色。

　　双击预览带上边，使预览带上边出现一个▼标记，单击"位置"数字框的按钮或用鼠标拖曳▼标记改变标记的位置，单击调色板中的白色色块，设置此处的中间色为白色。

　　再双击预览带上靠近右边标记处，使预览带上边出现一个▼标记，如图 6-12 所示。单击"其它"按钮，调出"选择颜色"对话框，如图 6-13 所示，利用该对话框设置此处的颜色为棕红色。单击"确定"按钮，关闭"选择颜色"对话框，回到"渐变填充"对话框。

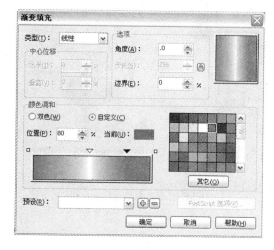

图 6-12　"渐变填充"对话框　　　　　　　　　图 6-13　"选择颜色"对话框

（10）单击"渐变填充"对话框内的"确定"按钮，关闭该对话框，给灯笼顶部和底部从左到右填充红色、白色、棕红色、红色的线性渐变颜色，效果如图 6-14 所示。

（11）使用工具箱中的"矩形工具" ▢，在灯笼的顶部绘制一个长条矩形，为其填充和顶部矩形相同的渐变色，取消轮廓线，作为灯笼的挂绳，效果如图 6-15 所示。

图 6-14　填充红色、白色、棕红色、红色渐变色　　　　图 6-15　绘制挂绳

2．绘制灯笼穗和灯笼阴影

（1）使用工具箱中的"手绘工具" ✎，在灯笼的底部绘制一条垂直的直线，颜色设置为棕色，线的宽度为 0.5mm。然后，将刚刚绘制的垂直直线复制一份。调整 2 条直线的位置，如图 6-16 所示。

（2）单击工具箱中"交互式展开式工具栏"内的"交互式调和工具"按钮 ⬚，将鼠标指针移到左边的垂直直线之上，水平向右拖曳到另一条垂直直线，拖曳出多条垂直直线。然后，在其"属性栏：交互式调和工具"属性栏中的"步数或调和形状之间的偏移量" ⬚ 文本框中输入20，按【Enter】键后，形成22条垂直直线，构成灯笼穗图形，如图 6-17 所示。

（3）使用工具箱中的"挑选工具" ▷，选中红灯笼中的所有对象，选择"排列"→"群组"菜单命令，将所选对象组成一个群组对象，如图 6-18 所示。

（4）单击工具箱中"交互式展开式工具栏"内的"交互式阴影工具" ▢。从灯笼上方向灯笼右下角拖曳出一个箭头。在其"属性栏：交互式阴影"属性栏内设置"阴影羽化" 值为 20、"阴影的不透明" 值为 50，在"阴影颜色"下拉列表框 中选择阴影的颜色为粉红色，如图 6-19 所示，效果如图 6-20 所示。

图 6-16　调整 2 条直线的位置　　图 6-17　灯笼穗图形　　图 6-18　红灯笼图形

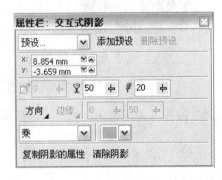

图 6-19　"属性栏：交互式阴影"属性栏　　图 6-20　添加阴影效果

（5）使用工具箱中的"挑选工具" ，选中灯笼挂绳，将该图形复制一份，再将其旋转 90°，适当调整它的大小和位置，即可制作横梁图形。

（6）选中灯笼和它的阴影，将它们组成群组。按【Ctrl+D】组合键，复制一份灯笼和它的阴影图形，再将其移动到右侧，由读者自行绘制横梁，效果如图 6-21 所示。

3．绘制鞭炮和制作文字

（1）使用工具箱中的"矩形工具" ，在绘图页面外部绘制一个矩形图形。

（2）单击工具箱内"交互式填充展开工具栏"中的"交互式填充"按钮 ，再在矩形图形内垂直拖曳，即可给矩形图形添加黑色到白色的线性交互式填充，如图 6-22 所示。此时的"属性栏：交互式双色渐变填充"属性栏如图 6-23 所示。

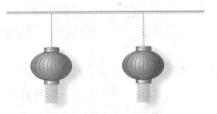

图 6-21　横梁和两个灯笼图形　　图 6-22　矩形线性交互式填充

（3）拖曳调色板内的深红色色块到交互式填充的黑色和白色方形控制柄内，再将调色板内的浅红色色块拖曳到交互式填充的 2 个方形控制柄之间的虚线之上，在原来的 2 个方形控制柄之间增加一个新的方形控制柄，设置其颜色为浅红色。此时给矩形图形填充的是深红色到浅红色再到深红色的线性渐变填充色,如图 6-24 所示。

图 6-23 "属性栏:交互式双色渐变填充"属性栏

图 6-24 线性渐变填充色调整

(4)调整如图 6-24 所示矩形图形的大小并顺时针旋转一定角度,再复制一份,将复制的矩形逆时针旋转一定的角度。然后,将它们复制多份,分别调整它们的位置,并组合在一起。然后绘制一条红色的垂直线将这些矩形图形连在一起,形成一串鞭炮,如图 6-25 所示。

(5)使用工具箱内的"复杂星形工具" ,绘制一个无轮廓线、黄色的、复杂的多边形图形,如图 6-26 所示。再使用工具箱内的"椭圆工具" ⬭,在复杂的多边形图形中心处绘制一个无轮廓线、黄色的圆形图形,形成一个爆炸效果,如图 6-27 所示。然后将它们组成一个群组对象。

图 6-25 一串鞭炮

图 6-26 复杂的多边形图形

图 6-27 爆炸效果

(6)使用工具箱中的"文本工具" 字,在绘图页面中输入"字体"为华文琥珀、"字号"为 66pt 的"春节快乐"美工字。将光标定位在"节"字的右边,按【Enter】键,使"春节快乐"美工字分为两行。然后,设置美工字颜色为红色,如图 6-28 所示。

(7)将"春节快乐"美工字复制一份,设置颜色为黄色,将黄色"春节快乐"美工字调小,并移到红色"春节快乐"美工字的垂直下方一定距离,如图 6-29 所示。

(8)单击工具箱中"交互式展开式工具栏"内的"交互式调和工具"按钮,在其"属性栏:交互式调和工具"属性栏中的"步数或调和形状之间的偏移量" 文本框中输入20。将鼠标指针移到红色"春节快乐"美工字上,垂直向下拖曳红色"春节快乐"美工字,形成一系列渐变的"春节快乐"美工字,如图 6-30 所示。

(9)使用工具箱中的"挑选工具" ,选中原来的红色"春节快乐"美工字,设置该文字的轮廓线颜色为黄色。再选择"排列"→"顺序"→"到图层前面"菜单命令,将红色的"春节快乐"美工字移到其他图形对象的前面,如图 6-31 所示。

图 6-28 "春节快乐"美工字

图 6-29 两组文字

图 6-30 调和调整

图 6-31 修改文字

【知识链接】

1. 颜色的设置与单色填充

单色与渐变色填充都用颜色进行填充，所以在进行单色与渐变色填充以前应该先设置要填充的颜色。设置填充颜色与单色填充的方法如下。

（1）使用调色板填充颜色。选择"窗口"→"调色板"菜单命令，调出调色板选择菜单。在该菜单中，默认的菜单选项一般是"CMYK 调色板"。单击其他菜单选项，可以增加另外一个调色板。如果要取消一个调色板，只要单击相应的菜单选项即可。

如果要加入其他类型的调色板，还可以选择"窗口"→"泊坞窗"→"调色板浏览器"菜单命令，调出"调色板浏览器"泊坞窗，如图 6-32 所示。选中该泊坞窗内的调色板名称左边的复选框，即可自动装入所选择的调色板。此外还可以单击"打开调色板"按钮，调出"打开调色板"对话框，利用该对话框可以加载外部的调色板。

"调色板浏览器"泊坞窗内还有四个按钮，将鼠标指针移到某个按钮之上，即可显示按钮的作用。使用它们可以新建调色板和打开"调色板编辑器"对话框。"调色板编辑器"对话框如图 6-33 所示。

使用工具箱中的"选择工具"选中对象，将鼠标指针移到某个调色板内的色块之上，稍等片刻后，会显示颜色的名称。单击色块，即可给选中的对象填充颜色；右击色块，可改变选中对象的轮廓颜色；按住【Ctrl】键，同时单击鼠标，则可以将选中的颜色与原来的颜色混合。

图 6-32 "调色板浏览器"泊坞窗

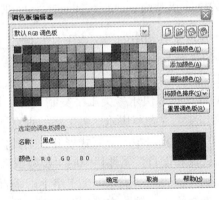

图 6-33 "调色板编辑器"对话框

选中任意对象后，拖曳调色板中的颜色块到对象上方，当鼠标箭头指针指向对象内部时，则给对象内填充颜色；当鼠标箭头指针指向对象轮廓线时，则改变对象轮廓线的颜色。

如果按住【Shift】键的同时单击色块，则会调出"按名称查找颜色"对话框，如图 6-34 所示。在该对话框内的"颜色名称"下拉列表框内可以选择一种颜色的名字，再单击"确定"按钮，即可将鼠标指针定位在要选择的颜色的色块处。

（2）使用"颜色"泊坞窗。选择"窗口"→"泊坞窗"→"颜色"菜单命令，调出"颜色"泊坞窗，如图 6-35 所示。在该泊坞窗内，下拉列表框用来选择颜色模式，单击下拉列表框的按钮可下拉出各个选项，如图 6-36 所示。

在色条中选择某种颜色或在相应的文本框中输入颜色数据。颜色选好后，单击"填充"按钮，即可给图形填充选定的颜色，单击"轮廓"按钮即可改变选中对象的轮廓线颜色。

图 6-34 "按名称查找颜色"对话框　　　图 6-35 "颜色"泊坞窗　　　图 6-36 下拉列表

（3）使用"单色填充"对话框。使用工具箱中的"选择工具"  选中对象，再单击工具箱中的"交互式填充展开工具栏"内的"交互式填充工具"按钮 ，此时的"属性栏：交互式均匀（模型颜色）填充"属性栏如图 6-37 所示。

单击"属性栏：交互式均匀（模型颜色）填充"属性栏中的"编辑填充"按钮，调出"均匀填充"（模型）对话框，如图 6-38 所示。

图 6-37 "属性栏：交互式均匀（模型颜色）填充"属性栏　　　图 6-38 "均匀填充"（模型）对话框

单击"混和器"标签，可以调出"均匀填充"（混和器）对话框，如图 6-39 所示。单击"调色板"标签，也可以调出相应的对话框。使用这些对话框可以选择要填充的颜色。选定颜色后，单击"确定"按钮，即可给选定的对象填充选定的颜色。单击工具箱中"填充展开工具栏"中的"填充颜色对话框"按钮 ，也可以调出"标准填充"对话框。

（4）使用"对象属性"泊坞窗：使用工具箱中的"选择工具" 右击对象，调出它的快捷菜单，如图 6-40 所示。再选中该快捷菜单中的"属性"菜单选项，可以调出"对象属性"泊坞窗，如图 6-41 所示。

使用该泊坞窗也可以选择填充的颜色。如果"对象属性"泊坞窗内的"自动应用"按钮处于按下的状态 ，则选定颜色后会自动进行颜色的填充；如果"自动应用"按钮处于抬起的状态 ，选定颜色后，需要单击"应用"按钮，才可以给选定的对象填充选定的颜色。

单击"对象属性"泊坞窗内的"高级"按钮，也可以调出"渐变填充"对话框，如图 6-12 所示。

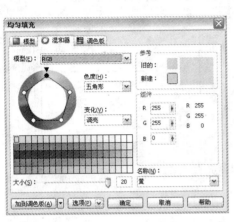

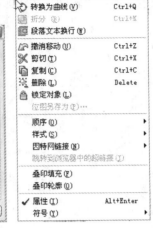

图 6-39 "均匀填充"（混合器）对话框   图 6-40 快捷菜单   图 6-41 "对象属性"泊坞窗

2．渐变填充

渐变填充是使图形填充按照一定的规律发生变化，这种变化可以是从一种颜色逐渐向另外一种颜色变化，也可以自定义在几种颜色之间逐渐变化。渐变填充的操作方法如下。

（1）使用工具箱中的"选择工具" ，选中对象，再单击工具箱中"填充展开工具栏"内的"渐变填充"按钮 ，调出"渐变填充"（线性）对话框，如图 6-42 所示。

（2）在"类型"下拉列表框内，可以选择渐变填充的类型，有线性、射线、圆锥和方角四种类型，选择不同类型后，"渐变填充"对话框会不一样。例如，选择"射线"类型选项后的"渐变填充"（射线）对话框如图 6-43 所示。

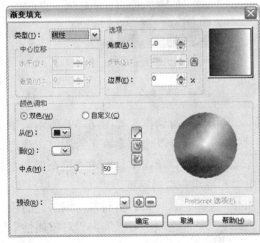

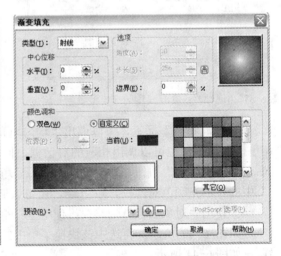

图 6-42 "渐变填充"（线性）对话框   图 6-43 "渐变填充"（射线）对话框

（3）如果选择的不是线性类型，则还需要在"中心位移"栏内选择起始颜色所在的位置，也可以在"渐变填充"对话框右上角显示框内单击来确定起始颜色所在的点，显示框内的图形会给出渐变填充的效果。在选择类型和确定中心点后，图形会随之发生变化。

（4）在"选项"栏内可以设置颜色渐变效果。在改变"角度"、"步长"和"边界"三个数字框内的数据时，可以同步在显示框内看到设置的颜色渐变效果。单击"步长"按钮 ，可以使"步长"数字框在有效和无效之间切换。

（5）在"颜色调和"栏内，如果选中"双色"单选按钮，则"颜色调和"栏如图 6-42 所示。此时，可单击"从"和"到"下拉列表按钮，调出调色板，选择渐变色的起始颜色和终止颜色。再拖曳调整"中点"的滑块或在其文本框内输入数据，可以调整颜色渐变的中心点。

单击"颜色调和"栏内的三个按钮"直接渐变" ⬈、"逆时针渐变" ⟲、"顺时针渐变" ⟳，可以设置颜色的渐变方式。

（6）在"颜色调和"栏内，如果选中"自定义"单选按钮，则"颜色调和"栏如图 6-43 所示。此时，单击预览带左上角的□或■标记，再单击调色板中的一种颜色，即可设置起始色；单击预览带右上角的□或■标记，再单击调色板中的一种颜色，即可设置终止色。

双击预览带上边，可以使预览带上边出现一个▼标记，单击"位置"数字框的按钮或用鼠标拖曳▽标记可以改变标记的位置。拖曳▼标记到一定位置后，单击调色板中的一种颜色，即可设置此处的中间色。可以设置 99 个中间颜色。

（7）在"颜色调和"栏内，"当前"框内会显示▼标记处的颜色。单击"其它"按钮，可以调出"选择颜色"对话框，它与如图 6-38 所示的"均匀填充"（模型）对话框一样，也是用来选定颜色的。

（8）如果要将设置好的渐变填充方式进行保存，可以在"预设"文本框内输入名字，再单击⊞按钮即可。如果要删除某种渐变填充方式，可先选中它的名字，再单击⊟按钮。

完成上述设置后，单击"确定"按钮，即可完成对选定对象的渐变填充。

3．交互式填充

单击工具箱内"交互式填充展开工具栏"中的"交互式填充"按钮 ◆，再在图形内拖曳，即可给图形添加黑色到白色的线性交互式填充，如图 6-44 所示。此时的"属性栏：交互式双色渐变填充"属性栏如图 6-45 所示，其中各选项的作用如下。

图 6-44　线性交互式填充

图 6-45　"属性栏：交互式双色渐变填充"属性栏

（1）"起始填充挑选器"下拉列表框■▾。用来选择填充色的起始颜色。

（2）"最终填充挑选器"下拉列表框□▾。用来选择填充色的终止颜色。

将调色板内的色块拖曳到起始或终止方形控制柄内，也可以产生相同的效果。如果将调色板内的色块拖曳到起始或终止方形控制柄之间的虚线之上，可以设置多个颜色之间渐变的效果。

（3）"填充类型"下拉列表框。"填充类型"下拉列表框如图 6-46 所示，用来选择填充类型，选择不同类型后填充的样式会发生变化。选择"射线"、"圆锥"和"方角"填充类型后的填充效果如图 6-47 所示。

选择"双色图样"等填充类型后，不但填充样式会改变（见图 6-48），其属性栏也会随之有较大的改变，如图 6-49 所示。

图 6-46　"填充类型"下拉列表框　　　图 6-47　"射线"、"圆锥"和"方角"填充类型的填充效果

（4）"编辑填充"按钮。单击该按钮，会调出相应的有关填充设置的对话框，利用该对话框可以进行相应的编辑填充。例如，在选择了"线性"填充类型后，单击该按钮，可以调出如图 6-42 所示的"渐变填充"（线性）对话框；在选择了"射线"填充类型后，单击该按钮，可以调出如图 6-43 所示的"渐变填充"（射线）对话框。

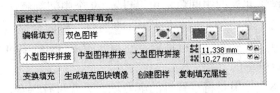

图 6-48　双色图样填充效果　　　　　图 6-49　"属性栏：交互式图样填充"属性栏

（5）"渐变填充中心点"数字框。可以调整填充中心点位置。拖曳如图 6-47 所示图形内的中心点滑块 的效果与改变"渐变填充中心点"数字框内数据的效果一样。

（6）"渐变填充角和边界"数字框。它有两个数值框，它们分别用来调整起始和终止方形控制柄距离中心点滑块 的距离，以及起始和终止方形控制柄连线的旋转角度。拖曳起始和终止方形控制柄，同样可以产生相同的效果。

（7）"渐变步长"数字框。单击"渐变步长"按钮后该数字框会变为有效。该数字框用来设置渐变颜色的变化步长，此数值越大，颜色渐变越细腻。

4．不闭合路径封闭

填充与透明不但适用于单一对象闭合路径的内部，而且适用于单一对象不闭合路径的内部。对于单一对象不闭合路径的填充，可以将不闭合路径封闭，方法是单击属性栏中的"自动封闭"按钮。如果要对不闭合路径进行填充，需要先进行设置，设置的方法是，选择"工具"→"选项"菜单命令，调出"选项"对话框，选中该对话框左边列表框内的"文档"选项内的"常规"选项，此时的对话框如图 6-50 所示。然后选中"填充开放式曲线"复选框，再单击"确定"按钮即可。

图 6-50　"选项"（常规）对话框

思考与练习 6.1

1．绘制一幅"立体几何"图形，如图 6-51 所示，它给出了几种立体图形，它们具有较强的立体效果。绘制该图形需要使用交互式立体化、交互式填充、交互式轮廓图、渐变填充和阴影等操作。

2．绘制一幅"蝴蝶"图形，如图 6-52 所示。可以看到，在褐色地面和蓝色天空之上，一些小鸟和蝴蝶在花和绿叶中飞翔。绘制该图像需要使用将图形转换成曲线、旋转变换、渐变填充、结合、群组与拆分等操作。

图 6-51　"立体几何"图形

图 6-52　"蝴蝶"图形

3．绘制一幅"卷页效果"图像，如图 6-53 所示。它就像一幅图像的边缘被卷了起来。该图像是由图 6-54 所示的"丽人"图像加工而成的。

图 6-53　"卷页效果"图像

图 6-54　"丽人"图像

6.2 【实例 16】保护地球

"保护地球"图像如图 6-55 所示。可以看到，在背景图像之上，倾斜放置着一枚有边框的树叶标本图形（见图 6-56），左边有醒目的黄色立体文字，教育我们要努力环保，保护好我们的地球。通过制作该图像，可以进一步掌握手绘图形和渐变填充的方法，掌握填充图案的方法。该图像的制作方法和相关知识介绍如下。

图 6-55　"保护地球"图像

图 6-56　"树叶标本"图形

【制作方法】

1．绘制叶片图形

（1）设置绘图页面的宽为 360mm、高为 260mm、背景色为黑色。

（2）单击工具箱内"智能工具展开栏"的"智能绘图工具"按钮，在其"属性栏：智能绘图工具"属性栏内的"形状识别等级"下拉列表框中选择"最高"选项，在"智能平滑等级"下拉列表框中选择"最高"选项，在"轮廓宽度"下拉列表框中选择".7mm"，如图 6-57 所示。设置轮廓线颜色为深棕色，无填充。然后，在绘图页面内拖曳，绘制如图 6-58 左图所示的曲线。

（3）单击工具箱中的"选择工具"按钮，选中绘制的图形，再单击其属性栏内的"自动闭合"按钮，得到一个封闭的曲线，即半边树叶轮廓线，如图 6-58 右图所示。

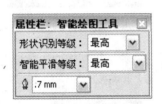

图 6-57　"属性栏：智能绘图工具"属性栏

图 6-58　绘制半边叶片轮廓线

（4）选中半边叶片轮廓线图形，按【Ctrl+D】组合键，复制一个图形，如图 6-59 所示。

（5）单击属性栏内的"水平镜像"按钮，得到一个水平镜像图形。然后拖曳水平镜像图形，使它与左边的半边叶片轮廓线图形组合成一幅叶片轮廓线图形，如图 6-60 所示。

（6）左边和右边的两幅半边叶片轮廓线图形的直线应完全重合，若直线不完全重合，可以单击工具箱内的"形状工具"按钮，调整直线的节点，使两条直线完全重合。

（7）单击 "选择工具"按钮，选中两幅半边叶片轮廓线图形，再单击其属性栏内的"结合"按钮，使它们结合成一个对象。

（8）单击工具箱中"填充展开工具栏"内的"渐变填充"按钮，调出"渐变填充"对话框。在"类型"下拉列表框内选择"线性"选项，在"颜色调和"栏内选中"自定义"单选按钮，设置从红色到浅红色再到浅棕色的渐变色。此时的"渐变填充"对话框如图 6-61 所示。单击"确定"按钮，即获得红棕色叶片图形，如图 6-62 所示。

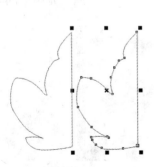

图 6-59　复制一个图形

图 6-60　叶片轮廓线图形

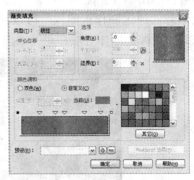

图 6-61　"渐变填充"对话框

（9）单击工具箱内的"手绘工具"按钮，再在属性栏内的"轮廓宽度"下拉列表框中选择线宽 0.35mm，颜色为棕色，绘制出一条一条的叶茎，如图 6-63 所示。

（10）选中所有叶茎，按【Ctrl+D】组合键，复制一份图形，再单击属性栏内的"水平镜像"按钮，得到一个水平镜像图形。然后拖曳水平镜像图形，使它移动到叶片的右半部分，如图 6-64 所示。

图 6-62　填充后的叶片

图 6-63　绘制叶茎

图 6-64　有叶茎的叶片图形

2．绘制叶柄图形

（1）单击工具箱内的"手绘工具"按钮，在其"属性栏：曲线或连线"属性栏内的"轮廓宽度"下拉列表框中选择"发丝"选项，然后在绘图页面内拖曳，绘制一个封闭图形，作为叶柄轮廓线，如图 6-65 所示。

（2）单击工具箱内的"渐变填充"按钮，调出"渐变填充"对话框，设置渐变填充，如图 6-66 所示。单击"确定"按钮，为叶柄填充由深棕色到浅棕色的渐变色，取消轮廓线，效果如图 6-67 所示。

图 6-65　叶柄轮廓线

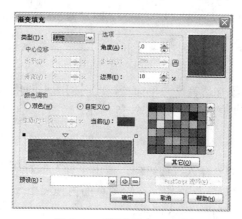
图 6-66　"渐变填充"对话框

图 6-67　填充叶柄

（3）将叶柄图形移到叶片图形的下方，选择"排列"→"顺序"→"置于此对象后"菜单命令，然后单击叶片图形，使叶柄图形在叶片图形的后面。

（4）选中所有的叶片和叶柄图形，将它们组成一个群组。

3．绘制标本框架图形

（1）使用工具箱内的"矩形工具"，绘制三幅大小不同的矩形图形，将树叶放在最小的矩形图形内。选择菜单栏内的"排列"→"顺序"菜单中的菜单命令，设置这 3 幅矩形图形和叶子群组图形的顺序：小矩形图形在树叶后面，中矩形在小矩形图形后面，大矩形在中矩形图形后面。

（2）为小矩形图形填充白色，为中矩形图形填充灰色。

（3）选中大矩形图形，单击工具箱内的"图样填充" 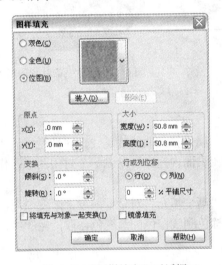，调出"图样填充"对话框，选中"位图"单选按钮，在"图样"下拉列表框中选择一种图样，其他按照如图 6-68 所示进行设置。然后单击"确定"按钮，给大矩形图形填充选中的图案。再将所有矩形的轮廓线取消。

（4）选中所有图形，单击其属性栏中的"对齐和分布"按钮 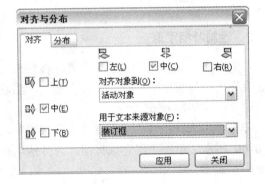，调出"对齐与分布"（对齐）对话框。在该对话框内选中垂直栏内的"中"复选框和水平栏内的"中"复选框，如图 6-69 所示。单击该对话框内的"应用"按钮，将所有的对象以中心对称的方式对齐，完成后的效果如图 6-56 所示。

图 6-68 "图样填充"对话框   图 6-69 "对齐与分布"对话框

（5）选中全部图形，选择"排列"→"群组"菜单命令，将选中的全部图形组成一个群组。

（6）选择"效果"→"添加透视"菜单命令，此时的图形四角上会出现四个黑点。然后拖曳它四周的黑点，调整出想要的形状，如图 6-55 所示。

4．绘制背景和文字

（1）单击标准工具栏内的"导入"按钮，调出"导入"对话框，在该对话框中选择"枯木 1.jpg"图像文件，单击"确定"按钮。在绘图页面内拖曳出一个与绘图页面大小一样的矩形，将图像导入绘图页面内，如图 6-55 所示。

（2）单击工具箱内的"文本工具"按钮 字，在其"属性栏：文本"属性栏内，设置字体为华文行楷，大小为 60pt，单击"垂直文本"按钮。

（3）在页面上合适的位置输入一列竖排文字"当地球上的树木"，在其左边输入第 2 列竖排文字"最后都只剩下标本"，再在其左边输入第 3 列竖排文字"地球会是个什么样呢"。然后，设置文本的轮廓线颜色为红色，设置文字的填充色为黄色。

（4）选中全部文字，选择"排列"→"群组"菜单命令，将它们组成一个整体。

（5）单击工具箱内"交互式展开式工具栏"中的"交互式立体化工具"按钮，在文字群组对象之上向右下方拖曳，形成立体化文字，如图 6-70 所示。拖曳控制柄，可以调整立体化文字的倾斜角度和长度；拖曳控制柄，可以调整立体化文字的倾斜角度。

（6）"交互式立体化工具" 的 "属性栏：交互式立体化" 属性栏如图 6-71 所示。在该属性栏内的 "预设列表" 下拉列表框内选中 "矢量立体化 3" 选项，设置立体化为预设的 "矢量立体化 3" 形状。然后，再拖曳调整控制柄 的位置，从而调整立体化文字的形状。

（7）单击工具箱中的 "选择工具" 按钮 ，拖曳调整立体化文字的大小和位置，最后效果如图 6-55 所示。

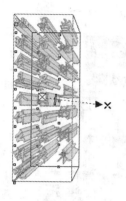

图 6-70　立体化文字　　　　　　　　图 6-71　"属性栏：交互式立体化" 属性栏

【知识链接】

1. 图样填充

图样填充可以用花纹或图像填充对象的内部。图样填充有双色（双色位图）、全色（矢量图）和位图（全色位图）三种类型。

使用工具箱中的 "选择工具" 选中对象，单击工具箱中 "填充展开工具栏" 的 "图样填充" 按钮 ，调出 "图样填充" 对话框，如图 6-72 所示。利用 "图样填充" 对话框可以进行各种图样填充。图样填充的种类主要有三种，设置填充图案的方法如下。

（1）双色图样填充。选中 "双色" 单选按钮，此时的对话框如图 6-72 所示。该对话框中各选项的设置方法如下。

◎ 单击 "图样" 下拉列表框右边的按钮 ，调出 "图样" 列表，如图 6-73 所示。单击 "图样" 列表内的某个图样，即可确定相应的填充图样。

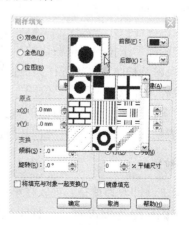

图 6-72　"图样填充"（双色）对话框　　　　　图 6-73　"图样"（双色）列表

◎ 如果要设计新的图样，可以单击"创建"按钮，调出"双色图案编辑器"对话框，如图 6-74 所示。在该对话框的"位图尺寸"栏内可选择组成图案的点阵个数，在"笔尺寸"栏内可选择绘制图案的笔的大小。

在绘图框内，按住鼠标左键拖曳或单击鼠标左键，可以绘制像素点；按住鼠标右键拖曳或单击鼠标右键，可以擦除像素点。图 6-75 给出的是一种已经设计好的图案。

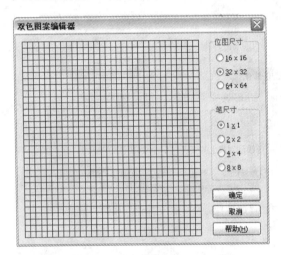

图 6-74　"双色图案编辑器"对话框

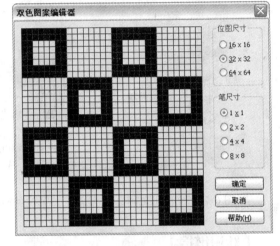

图 6-75　设计好的图案

◎ 单击"前部"与"后部"的下拉列表框，都可以调出相应的调色板，用来选择前景色与背景色。在"图样填充"对话框内下边的"原点"（图案中心距对象选择框左上角的距离）、"大小"（图案大小）、"变换"（图案倾斜和旋转角度）和"行或列位移"（图案分布在对象内行或列交错的数值）栏内可以进行图案在对象内拼接（即平铺）状况的设置。

◎ 如果选中"将填充与对象一起变换"复选框，则当对象进行旋转和倾斜等变换时，图样填充也会随之变化。如果选中"镜像填充"复选框，则采用镜像填充方式进行填充。

◎ 如果要删除图案，可以首先选择要删除的图案，再单击"删除"按钮。

◎ 如果要使用外部的图像作为图案，可以单击"导入"按钮，调出"导入"对话框。利用该对话框可以载入外部图像。

（2）全色图样填充。选中"全色"单选按钮，则对话框上半部分发生变化，如图 6-76 所示。单击"图样"下拉列表框右边的 按钮，可以调出"图样"列表，如图 6-77 所示。选中"图样"列表内某种图案，再进行其他设置，然后单击"确定"按钮即可。

（3）位图图样填充。选中"位图"单选按钮，则对话框上半部分发生变化，如图 6-78 所示。单击"图样"下拉列表框右边的 按钮，调出"图样"列表，如图 6-79 所示。单击选中"图样"列表框内某种图样。再进行其他设置，然后单击"确定"按钮即可。

2. 底纹填充

底纹填充（即纹理填充）可以将小块的位图随机地填充到对象的内部，以产生天然纹理效果。纹理位图只能是 RGB 颜色，打印与显示的颜色会有差别。

使用工具箱中的"选择工具" 选中对象，单击工具箱中"填充展开工具栏"的"底纹填充"按钮 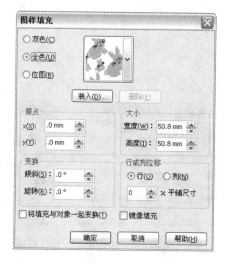，调出"底纹填充"对话框，如图 6-80 所示。利用"底纹图案"对话框可以进行各种底纹填充。底纹的种类很多，还可以对底纹进行调整，设置底纹的方法如下。

图 6-76　"图样填充"（全色）对话框

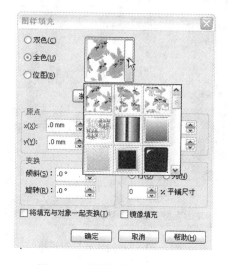

图 6-77　"图样"（全色）列表

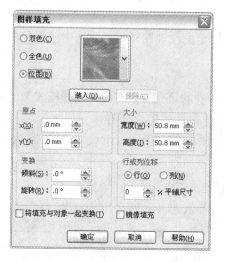

图 6-78　"图样填充"（位图）对话框

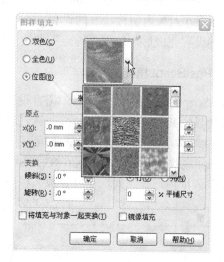

图 6-79　"图样"（位图）列表

（1）在"底纹库"下拉列表框内可以选择底纹库类型，在"底纹列表"列表框内可以选择该类型库中的某种底纹图案，在预览框内可以显示选中的底纹图案。单击"预览"按钮，可以在预览框内显示设置好的底纹图案。

（2）单击"选项"按钮，可以调出"底纹选项"对话框，如图 6-81 所示。利用该对话框可以进行位图分辨率和底纹最大平铺（即拼接）宽度的设置。

（3）在"样式名称"栏内有多个数字框和列表框，可以用来进行底纹图案参数的设置，不同的底纹图案会有不同的参数。底纹图案参数设置完后，单击"预览"按钮，在该按钮之上的显示框内会显示修改参数后的底纹图案效果。

（4）单击各参数选项右边的锁状小按钮后，表示选中此参数，再不断地单击"预览"按钮，可使选中的参数不断随机变化，同时预览框内的底纹图案也会随之变化。

对于生成的新底纹图案，可以单击 按钮保存。选中某种底纹图案，单击 按钮即可将其删除。

图 6-80 "底纹填充"对话框　　　　　图 6-81 "底纹选项"对话框

（5）单击"平铺"按钮，可调出"平铺"对话框，如图 6-82 所示。使用该对话框可以进行底纹图案在对象内拼接状况的设置。

上述设置完成后，单击"确定"按钮，即可将选定的纹理图样填充到选中的对象内。

3．PostScript 填充

PostScript 填充是用 PostScript 语言设计的一种特殊的填充。只有在"增强模式"的视图模式下才会显示 PostScript 填充内容，其他视图模式下只显示"PS"字样。

选中对象，单击工具箱中"填充展开工具栏"的"PostScript 填充"按钮，调出"PostScript 底纹"对话框，如图 6-83 所示。

在列表框内选择样式，在"参数"栏内修改参数，单击"确定"按钮即可。

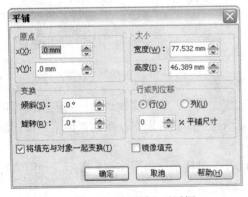
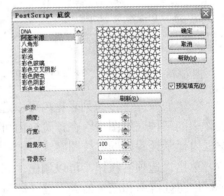

图 6-82 "平铺"对话框　　　　　图 6-83 "PostScript 底纹"对话框

4．网格填充

选中对象，单击工具箱内"交互式填充展开工具栏"中的"网状填充"按钮，即可给图形添加网格线，如图 6-84 所示，用鼠标拖曳网格线和图形的节点，可以改变网格线和图形的形状，如图 6-85 左图所示。拖曳调色板内不同的颜色到网格线的不同网格内，即可完成对象内的网状填充，如图 6-85 右图所示。

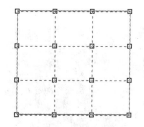
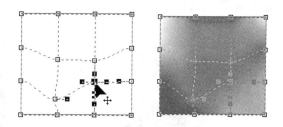

图 6-84　给图形添加网格线　　　　　　图 6-85　改变网格线和图形形状及网格内的网状填充

"属性栏：交互式网状填充工具"属性栏如图 6-86 所示。其中各选项的作用如下。

图 6-86　"属性栏：交互式网状填充工具"属性栏

（1）"网格大小"数字框■：它是两个数字框，可以改变网格线的水平与垂直线的个数。

（2）"清除网状"按钮：单击该按钮，可以清除图形内网格的调整，回到原来的 3 行、3 列网格状态，如图 6-84 所示。

（3）"复制网状填充属性自"按钮：选中一个有网格线的对象（见图 6-87），再单击该按钮，此时鼠标指针变为黑色大箭头状，单击另外一个有网格线和填充色的对象，即可将该对象的填充色等填充属性复制到第 1 个选中的有网格线的对象中，如图 6-88 所示。

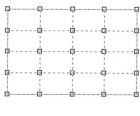
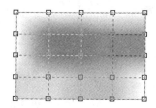

图 6-87　网格线　　　　　　　图 6-88　图形内的网状填充

（4）"删除"按钮：单击该按钮，可以删除当前选中的节点。

（5）"平滑"、"尖突"、"对称"、"到直线"和"到曲线"按钮及"曲线平滑度"数字框■：用来改变节点的属性，参看第 3 章第 3.3 节有关内容。

（6）"添加交叉点"按钮：在图形的网格内没有节点处单击，再单击该按钮，即可创建一个新节点，并创建与该节点相连接的网格线。

思考与练习 6.2

1. 绘制一幅"餐桌"图形，如图 6-89 所示。绘制该图形时使用钢笔工具来绘制轮廓线，再对轮廓线填充双色图样，以及填充渐变颜色。

2. 绘制一幅 "梦幻星空"图形，如图 6-90 所示。可以看到，在美丽的夜空中，一颗蓝色的星球在星星的衬托下，显得分外美丽，象征着我们的地球。绘制该图形需要使用颜色填充、渐变填充、底纹填充等绘图技术。

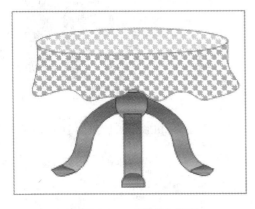

图 6-89   "餐桌"图形

图 6-90   "梦幻星空"图形

6.3 【实例 17】立体图书

"立体图书"图形如图 6-91 所示。它是一幅具有很强立体感的"中文 CorelDRAW X3 案例教程"图书的立体图形。"立体图书"图形由书的正面、侧面、上面和背面组成。书的正面有象征立体图书的矢量图形、图书的名称"中文 CorelDRAW X3 案例教程"、作者姓名和出版单位名称等。通过制作该图形，可以进一步掌握渐变填充、导入图像、倾斜变换、竖排文字输入等绘图方法，可以掌握使用渐变透明填充的方法，进一步掌握使用位图颜色遮罩技术隐藏位图的白色背景的方法等。该图形的制作方法和相关知识介绍如下。

图 6-91   "立体图书"图形

【制作方法】

1. 绘制背景及输入文字

（1）设置绘图页面宽度为 180mm，高度为 200mm，背景色为白色。使用工具箱中的"矩形工具" ▫，绘制一幅无轮廓线的矩形图形。

（2）选中刚刚绘制的矩形图形，单击工具箱中的"填充展开工具栏"内的"渐变填充"按钮，调出"渐变填充"对话框。在"类型"下拉列表框内选择"线性"选项，选中"自定义"复选框，在"角度"数字框内输入 90.0，在"边界"数字框内输入 0，如图 6-92 所示。

（3）单击"颜色调和"栏内下边预览带左上角的标记，单击"其它"按钮，调出"选择颜色"（调色板）对话框，选中金黄色（R=255、G=153、B=0），如图 6-93 所示。单击"加到调色板"按钮，将选中的颜色添加到"渐变填充"对话框内的调色板中。

（4）单击"选择颜色"对话框内的"确定"按钮，关闭"选择颜色"对话框，回到"渐变填充"对话框，设置起始颜色为金黄色。

（5）单击预览带右上角的标记，单击调色板中的金黄色色块，设置终止颜色也为金黄色。

（6）双击预览带上边的中间位置，使双击处出现一个▼标记，单击"其它"按钮，调出"选择颜色"对话框，利用该对话框设置此处的颜色为浅黄色（R=255、G=255、B=153）。单击"确定"按钮，关闭"选择颜色"对话框，回到"渐变填充"对话框。设置终止颜色为浅黄色。

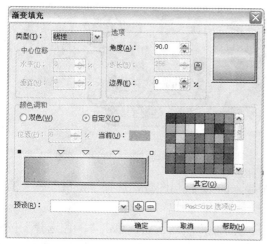
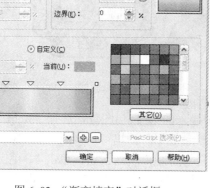

图 6-92　"渐变填充"对话框　　　　　　图 6-93　"选择颜色"（调色板）对话框

（7）双击预览带上边的 1/3 位置（从左侧起，下同），使预览带上边出现一个▼标记，单击调色板中的黄色色块，设置此处的颜色为黄色。再双击预览带上边的 2/3 位置，使预览带上边出现一个▼标记，单击调色板中的黄色色块，设置此处颜色也为黄色。

（8）单击"渐变填充"对话框内的"确定"按钮，给矩形图形从上到下填充金黄色、黄色、浅黄色、黄色、金黄色的渐变颜色，作为书侧面，如图 6-94 所示。

（9）将上面绘制的矩形复制一份，然后在水平方向调宽，作为书的正面背景图形，如图 6-95 所示。再将书正面的矩形复制一份，作为书的背面图形，移到一旁。

（10）使用工具箱内的"文本工具"字，输入华文楷体字体、50pt、绿色的"中文 CorelDRAW X3"和蓝色的"案例教程"书名文字，再输入隶书字体、24pt、红色的"主编陈芳麟"文字。

（11）调整输入文字的大小和位置，并将这三行文字组成一个群组，再将它移到书正面矩形图形中适当的位置，如图 6-96 所示。

（12）在正面背景图形内的下边，再输入楷体字体、24pt 大小、深蓝色的"电子工业出版社"文字，调整文字的大小和位置，如图 6-97 所示。

图 6-94 书侧面　　图 6-95 书正面背景图形　　　图 6-96 三行文字

2. 插入图像和隐藏图像的白色背景

（1）选择"文件"→"导入"菜单命令，调出"导入"对话框，选中"花朵 1.jpg"和"花朵 2.jpg"图像文件，单击"导入"按钮，关闭"导入"对话框。

（2）在正面背景图形内拖曳 2 个矩形，即导入 2 幅花朵图像，如图 6-98 所示。

图 6-97 书正面文字

图 6-98 2 幅花朵图像

（3）使用工具箱中的"挑选工具" ▯ ，选中导入的第 1 幅图像，选择"窗口"→"泊坞窗"→"位图颜色遮罩"菜单命令，调出"位图颜色遮罩"泊坞窗，如图 6-99 所示。

（4）在"位图颜色遮罩"泊坞窗内，选中"隐藏颜色"单选按钮，单击"颜色选择"按钮 ▯ ，再单击第 1 幅图像的白色背景，选中第 1 个复选框，在"容限"文本框内输入 20，如图 6-100 所示。然后单击"应用"按钮，即可隐藏第 1 幅图像的背景白色。

（5）按照上述方法，隐藏第 2 幅图像的背景白色。

（6）使用工具箱中的"挑选工具" ▯ ，选中导入的第 1 幅图像，单击工具箱中的"交互式展开式工具栏"内的"交互式透明工具"按钮 ▯ ，在第 1 幅图像之上从上向下垂直拖曳，添加透明效果，如图 6-101 所示。

图 6-99 "位图颜色遮罩"泊坞窗

图 6-100 设置泊坞窗

图 6-101 透明处理的图像

（7）在其"属性栏：交互式渐变透明"属性栏内，在"透明度类型"下拉列表框中选择
"线性"选项，在"透明度操作"下拉列表框中选择"正常"选项，在"透明中心点"文本框
内输入 50，其他设置如图 6-102 所示。

图 6-102　"属性栏：交互式渐变透明"属性栏

（8）按照上述方法，给第 2 幅图像添加交互式渐变透明效果。最后效果如图 6-91 所示。

3．制作立体图书

（1）在如图 6-94 所示"书侧面"图形之上，输入华文隶
书字体、紫色、45pt、竖排的"中文 CorelDRAW X3 案例教
程"文字，再输入华文隶书字体、绿色、26pt、竖排的"电子
工业出版社"文字。然后将这些文字组成群组，如图 6-103 左
图所示。

（2）选中书侧面上的所有对象，选择"排列"→"群组"
菜单命令，将书侧面上的所有对象组成一个群组对象。

（3）双击书侧面对象，进入对象旋转和倾斜调整状态，将
鼠标指针移到右边中间的控制柄处，当鼠标指针呈上下直线的
箭头状时，垂直拖曳鼠标，使书侧面对象倾斜，如图 6-103 右
图所示。

（4）绘制一幅白色矩形，选中书侧面图形，选择"排列"→
"变换"→"倾斜"菜单命令，调出"变换"（倾斜）泊坞窗。
在该泊坞窗"倾斜"栏内的"水平"文本框中输入 60.0，再单
击"应用"按钮，将该矩形水平倾斜 60°，形成一个平行四边
形，如图 6-104 所示。

图 6-103　书侧面图形

（5）将前面复制的作为书背面的矩形图形，与书的正面图形、侧面图形和平行四边形组合
成立体书的形状，再将平行四边形的边框线去掉，平行四边形作为书的上面。

（6）最后，将图书的所有部件组合成群组，形成一本立体的图书图形，如图 6-91 所示。

图 6-104　平行四边形

【知识链接】

1．线性渐变透明

创建透明效果就是使填充对象具有透明的效果。当对象具有透明效果后，改变对象的填充
内容不会影响其透明效果，改变对象的透明效果也不会影响其填充内容，但是整体效果会随之
发生变化。填充与透明可以配合使用，两者具有一定的独立性。透明效果有标准透明、渐变透

明、花纹透明和纹理透明四类。

（1）为了能够看清楚透明效果，首先绘制一幅矩形图形和一幅五边形图形，并填充不同的花纹。再在两幅图形之上绘制一个椭圆图形，填充另外一种底纹图案，如图 6-105 所示。

（2）使用工具箱中的"选择工具" ↖，选中椭圆图形。单击工具箱中"交互式展开式工具栏"的"交互式透明工具"按钮 ☒，再在前面绘制的椭圆图形中从左向右拖曳，使该椭圆图形产生透明效果，如图 6-105 所示。

（3）在"属性栏：交互式渐变透明"属性栏内，在"透明度类型"下拉列表框中选择"线性"选项，在"透明度操作"下拉列表框内选择"正常"选项，如图 6-106 所示。

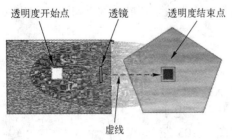

图 6-105　使椭圆图形产生透明效果　　　　图 6-106　"属性栏：交互式渐变透明"属性栏

"透明度类型"下拉列表框中的所有选项如图 6-107 的左图所示，"透明度操作"下拉列表框中的所有选项如图 6-107 的中图和右图所示。

图 6-107　"透明度类型"和"透明度操作"下拉列表框中的所有选项

（4）拖曳如图 6-105 所示图形中的"透明度开始点"、"透明度结束点"控制柄和"透镜"滑块，或者调整属性栏中的两个"渐变透明角度与边界"数字框内的数值，均可以调整透明程度与透明的渐变状态。

（5）拖曳属性栏中的"透明中心点"滑块或改变其文本框中的数据，可以调整透明度。

（6）单击属性栏中的"冻结"按钮后，可以使透明效果固定不变。在移动对象或改变背景对象的填充内容后，椭圆图形的透明效果固定不变，如图 6-108 所示。如果"冻结"按钮呈抬起状态，则椭圆图形的透明效果会随着图形位置或背景图形填充内容的变化而改变，如图 6-109 所示。

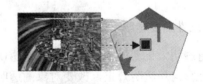

图 6-108　使透明效果固定不变　　　　　图 6-109　随填充内容的变化而改变

（7）单击属性栏中的"清除透明度"按钮或在"透明度类型"列表框内选择"无"，可以清除透明效果。

2．射线、圆锥和方角渐变透明

（1）创建射线的渐变透明效果。单击工具箱中的"交互式透明工具"按钮，选中椭圆图形，在其"属性栏：交互式渐变透明"属性栏的"透明度类型"下拉列表框内选择"射线"选项，如图 6-110 所示。此时绘图页面内的图形如图 6-111 所示。

图 6-110 "属性栏：交互式渐变透明"属性栏

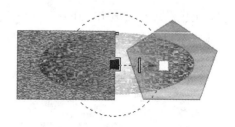

图 6-111 射线透明效果

（2）创建圆锥的渐变透明效果。在其属性栏的"透明度类型"下拉列表框内选择"圆锥"透明效果类型，则其绘图页面和其属性栏如图 6-112 所示。

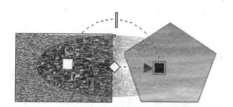

图 6-112 圆锥透明效果和其属性栏

（3）创建方角的渐变透明效果。在其属性栏的"透明度类型"下拉列表框内选择"方角"透明效果类型，则其绘图页面和其属性栏如图 6-113 所示。

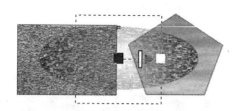

图 6-113 方角透明效果和其属性栏

3．图样和底纹渐变透明

（1）双色图样渐变透明。在其属性栏的"透明度类型"下拉列表框内选择"双色图样"选项，如图 6-114 所示。单击调色板内的绿色色块，绘图页面内的图形如图 6-115 所示。

使用属性栏中的按钮，可以改变图案的类别和图案的种类，这与图样填充的相应操作基本一样。用鼠标拖曳属性栏中的两个滑块，可以调整起点与终点的透明度。拖曳对象上的控制柄，可以调整图案在对象内的拼接状况。

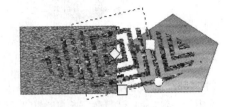

图 6-114　"属性栏：交互式图样透明度"属性栏　　　　图 6-115　双色图样透明效果

（2）全色图样渐变透明。在其属性栏的"透明度类型"列表框内选择"全色图样"选项，则其属性栏如图 6-116 所示。绘图页面如图 6-117 所示。

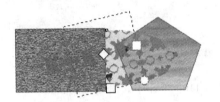

图 6-116　"属性栏：交互式图样透明度"属性栏　　　　图 6-117　全色图样透明效果

（3）位图图样渐变透明。在其属性栏的"透明度类型"下拉列表框内选择"位图图样"选项，则其属性栏如图 6-118 所示。绘图页面如图 6-119 所示。

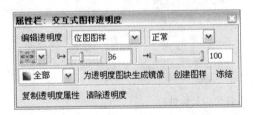

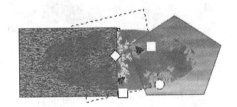

图 6-118　"属性栏：交互式图样透明度"属性栏　　　　图 6-119　位图图样透明效果

（4）底纹渐变透明。在其属性栏的"透明度类型"下拉列表框内选择"底纹"选项，则其属性栏如图 6-120 所示。绘图页面如图 6-121 所示。

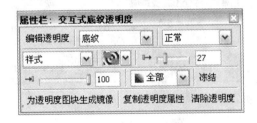

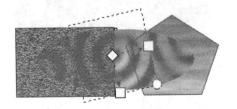

图 6-120　"属性栏：交互式底纹透明度"属性栏　　　　图 6-121　底纹透明效果

思考与练习 6.3

1．参考本实例的制作方法，绘制另外一幅"立体图书"图形。它是一幅关于宝宝健康或家常菜制作方面图书的立体图形。

2．绘制一幅"茶杯"图形，如图 6-122 所示。制作该图形需要使用交互式填充工具、渐变填充工具、交互式轮廓图工具和交互式阴影工具等。

图 6-122　"茶杯"图形

3. 绘制一幅"电话本"图形，如图 6-123 所示。

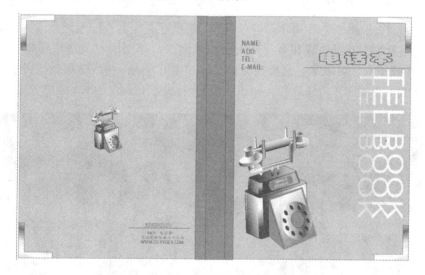

图 6-123　"电话本"图形

第7章 交互式处理

本章通过 4 个实例，介绍了"交互式展开式工具栏"和"轮廓展开工具栏"内一些工具的使用方法。使用这些工具可以创建各种轮廓线，可以进行交互式调和处理，创建轮廓图，进行交互式变形处理、交互式立体化处理、交互式阴影处理，以及创建透视、封套和透镜等效果。

7.1 【实例 18】天籁之音

"天籁之音"图形如图 7-1 所示。可以看到，在蓝色夜空之下的海洋上，一架钢琴和电吉他在"弹奏"，无数的五彩曲线和音符从天上飘然而下，画面的左上边是立体文字"天籁之音"。通过制作该图形，可以掌握交互式调和工具的使用方法，初步掌握交互式立体化工具的使用方法等。该图形的制作方法和相关知识介绍如下。

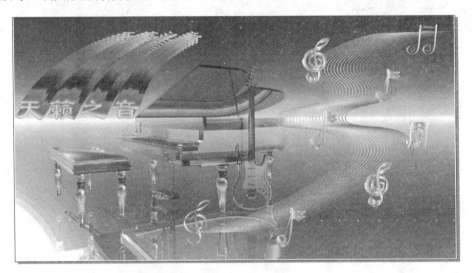

图 7-1 "天籁之音"图形

【制作方法】

1. 制作背景图像和文字

（1）设置绘图页面的宽度为 750mm，高度为 400mm，背景色为白色。

（2）单击标准工具栏内的"导入"按钮，调出"导入"对话框，在该对话框中选择"天籁之音 4.jpg"图像文件，单击"导入"按钮，导入选中的图像，关闭"导入"对话框。

（3）在绘图页面内拖曳出一个与绘图页面大小一样的矩形，将图像导入到绘图页面内作为背景图像，如图 7-2 所示。

（4）单击工具箱内的"文本工具"按钮字，在其"属性栏：文本"属性栏内，设置字体为隶书，大小为 12pt，单击"水平文本"按钮。

（5）在绘图页面内左边单击，再输入一行文字"天籁之音"，设置文字的轮廓线颜色为红色，文字的填充色为黄色。然后，将文字复制一份，将复制的文字轮廓线取消，将复制的文字移到原文字的右上方，并且调小一些，如图 7-3 所示。

图 7-2　背景图像

图 7-3　创建两组文字

（6）单击工具箱中"交互式展开式工具栏"内的"交互式调和工具"按钮，将鼠标指针移到上边的文字之上，向下边的文字拖曳，形成一系列渐变文字。在其"属性栏：交互式调和工具"属性栏中的"步数或调和形状之间的偏移量"文本框中输入 50，单击"顺时针"按钮。此时的渐变文字如图 7-4 所示。

（7）使用工具箱中的"挑选工具"，选中上边的文字，选择"排列"→"顺序"→"到图层后面"菜单命令，将黄色"天籁之音"美工字移到其他图形对象的后面，如图 7-5 所示。

图 7-4　一系列渐变文字

图 7-5　调整文字前后顺序

（8）单击工具箱内"智能工具展开栏"中的"智能绘图工具"按钮，在其"属性栏：智能绘图工具"属性栏内的"形状识别等级"和"智能平滑等级"下拉列表框中都选择"最高"选项。然后，在绘图页面内左上角拖曳绘制一条曲线，如图 7-6 所示。

（9）单击工具箱中"交互式展开式工具栏"内的"交互式调和工具"按钮，单击交互式调和渐变文字，右击调和对象非起始和终止画面，调出它的快捷菜单，如图 7-7 所示。单击该菜单内的"新路径"菜单命令，鼠标指针呈状。

（10）单击刚刚绘制的路径曲线，交互式调和渐变文字即可沿着选中的路径曲线分布，如图 7-8 所示。使用工具箱中"形状编辑展开式工具栏"内的"形状工具"，即可调整路径曲线的位置和形状，如图 7-9 所示，从而可以改变交互式调和渐变文字的位置和形状。

图 7-6　绘制一条曲线

图 7-7　调和对象快捷菜单

图 7-8　沿路径渐变调和

图 7-9　调整曲线的位置和形状

（11）单击"属性栏：交互式调和工具"属性栏内的"对象和颜色加速"按钮，调出"对象和颜色加速"面板，如图 7-10 所示，拖曳"颜色"滑块，可以改变各层次的间距变化和颜色变化，如图 7-11 所示。

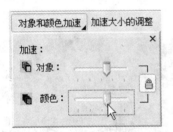

图 7-10　"对象和颜色加速"面板

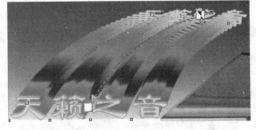

图 7-11　改变各层次的间距变化和颜色变化

2．绘制曲线和音符

（1）使用工具箱内"曲线工具"中的"手绘工具" ，在绘图页面外绘制一幅绿色曲线图形。使用工具箱中的"形状工具" ，调整曲线的形状，如图 7-12 所示。将绿色曲线图形复制一份，将复制的绿色曲线颜色改为红色，如图 7-13 所示。

图 7-12　绿色曲线

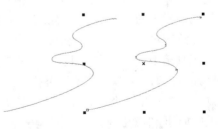

图 7-13　两条曲线

（2）适当调整两条曲线的位置。使用工具箱中"交互式展开式工具栏"内的"交互式调和工具"，将绿色曲线水平拖曳到红色曲线，产生曲线交互式调和渐变效果。再将其"属性栏：交互式调和工具"属性栏中"步数或调和形状之间的偏移量"数值框内的数据改为 20。单击"属性栏：交互式调和工具"属性栏中的"顺时针"按钮，此时的交互式调和渐变曲线如图 7-14 所示。

（3）使用工具箱内的"形状工具"，拖曳以调整两条曲线的节点，调整曲线的形状和位置，从而调整曲线交互式调和渐变效果，如图 7-15 所示。

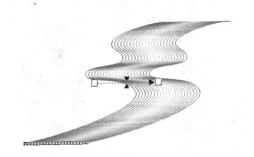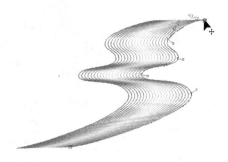

图 7-14　交互式调和渐变曲线　　　　图 7-15　调整曲线交互式调和渐变效果

（4）使用工具箱中的"挑选工具"，将曲线交互式调和渐变对象移到绘图页面内的右边，适当调整它的位置和大小，如图 7-1 所示。

（5）使用工具箱中的"手绘工具"，绘制 3 个不同种类的音符，填充成黄白相间的线性渐变颜色，如图 7-16 所示。

（6）使用工具箱中的"挑选工具"，选中第 1 个音符，单击"交互式展开式工具栏"内的"立体化工具"，在第 1 个音符之上微微拖曳，如图 7-17 所示。松开鼠标左键后，第 1 个音符立体化的效果如图 7-18 左图所示。

（7）按照上述方法，将另外两个音符做立体化处理，效果如图 7-18 的中图和右图所示。

（8）将 3 个音符各复制 2 份，然后将它们移到绘图页面内的右边，如图 7-1 所示。

图 7-16　3 个不同种类的音符　　图 7-17　立体化音符　　图 7-18　立体化后的 3 种音符

【知识链接】

1. 沿直线渐变调和

调和是效果中的一种，它可以产生由一种对象渐变为另外一种对象的过程。调和可以沿指定的路径进行，调和包括了对象的大小、颜色、填充内容、轮廓粗细等的渐变。

（1）绘制两个大小、颜色、填充内容和轮廓粗细均不同的对象，如图 7-19 所示。

（2）单击工具箱中"交互式展开式工具栏"内的"交互式调和工具"按钮，从一个对象拖曳到另外一个对象。单击其"属性栏：交互式调和工具"属性栏内的"顺时针"按钮，设置颜色按照顺时针规律变化；在"步数或调和形状之间的偏移量"数字框 ▨10 内输入数值10，改变调和的层次数为 10，如图 7-20 所示。此时，两幅图形的交互式调和对象的效果如图7-21 所示。

（3）拖曳调和对象上的两个箭头控制柄，可以调整各层次的间距和颜色的变化。使用工具箱中的"选择工具" ▨ ，调整两个原对象（即调和对象的起始和终止画面）的位置、大小、颜色、填充内容和轮廓线宽等属性，也可以改变交互式调和图形的形状和颜色。

图 7-19 　两个不同对象　　　图 7-20 　"属性栏：交互式调和工具"属性栏　　　图 7-21 　调和效果

（4）单击"属性栏：交互式调和工具"属性栏内的"对象和颜色加速"按钮，调出"对象和颜色加速"面板，如图 7-10 所示，拖曳滑块，可以改变各层次的间距变化和颜色变化。

"对象和颜色加速"面板内的按钮 ▨ 呈按下状态（默认状态）时，拖曳"对象"或"颜色"滑块，两个滑块会一起变化，拖曳如图 7-22 所示图形中的两个三角控制柄中的任何一个控制柄，两个控制柄会一起移动，颜色和间距会同时改变。单击 ▨ 按钮，使该按钮呈抬起状态，可以单独拖曳"对象"滑块和"颜色"滑块，也可以单独拖曳如图 7-23 所示图形中的两个三角控制柄中的任何一个，单独调整层次的间距变化和颜色变化。

（6）单击属性栏内的"加速大小的调整"按钮，可以使各层画面的大小变化加大。

（7）改变属性栏内"调和方向"数字框 ▨.0 内的数据，可以改变调和的旋转角度，旋转角度为 60°时的调和对象如图 7-23 所示。

（8）单击"属性栏：交互式调和工具"属性栏内的"顺时针"按钮后，调和对象的颜色会按顺时针方向变化。

单击"逆时针调和"按钮后，对象的颜色会按逆时针方向变化。单击"环绕"按钮后，对象的中间层会沿起始和终止画面的旋转中心旋转变化，如图 7-24 所示。

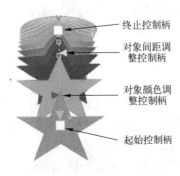

图 7-22 　调整调和效果　　　图 7-23 　旋转 60°　　　图 7-24 　环绕处理

2．沿路径渐变调和

（1）调整前面加工的调和对象的位置和大小，再绘制一条曲线，如图 7-25 所示。

（2）单击工具箱中"交互式展开式工具栏"内的"交互式调和工具"按钮，选中交互式调和渐变对象，右击调和对象非起始和终止画面，调出它的快捷菜单，如图 7-7 所示。单击该菜单内的"新路径"菜单命令，鼠标指针呈弯曲的箭头状。然后再单击曲线路径，即可使调和对象沿曲线路径变化，如图 7-26 所示。

另外，单击"属性栏：交互式调和工具"属性栏内的"路径属性"按钮，调出一个"路径属性"快捷菜单，如图 7-27 所示。单击该菜单中的"新路径"菜单命令，鼠标指针会变为弯曲的箭头状，再单击曲线路径，也可以使调和对象沿曲线路径变化。

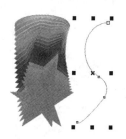

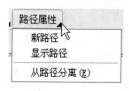

图 7-25　绘制曲线　　图 7-26　调和对象沿曲线路径变化　　图 7-27　路径属性菜单

（3）单击"路径属性"菜单中的"显示路径"菜单命令，可以选中路径曲线。如果改变了路径曲线，则渐变对象的路径也随之变化。单击"路径属性"菜单中的"从路径分离"菜单命令，可将渐变对象与路径分离。

（4）单击工具箱中的"交互式调和工具"按钮，再按住【Alt】键，用鼠标从一个对象到另外一个对象，拖曳出一条曲线路径，松开鼠标左键后，即可产生沿手绘路径调和的对象，如图 7-28 所示。

3．"选项"按钮的使用

图 7-28　沿手绘路径变化

（1）单击"属性栏：交互式调和工具"属性栏内的"选项"按钮，调出"选项"菜单，如图 7-29 所示。选中菜单中的"沿全路径调和"复选框，可以使渐变对象沿完整路径渐变。单击选中"旋转全部对象"复选框，可以使渐变对象的中间层与路径形状相匹配。

（2）映射节点：单击"选项"菜单中的"映射节点"按钮，鼠标指针会变为弯箭头状，分别先后单击起始和终止画面的节点，可以建立两个节点的映射，不同节点的映射会产生不同的调和效果，交错节点的映射所产生的效果如图 7-30 所示。

（3）拆分调和对象：单击如图 7-29 所示菜单的"拆分"按钮，鼠标指针会变为弯箭头状，单击调和对象的中部，即可以将一个调和对象分割成两个调和对象。移动分割成点的方形控制柄，效果如图 7-31 所示。

4．调和对象的分离

使用工具箱中的"选择工具"，选中要分离的调和对象（见图 7-32），选择"排列"→

"拆分"菜单命令，再选择"排列"→"取消全部组合"菜单命令，即可将调和对象分离。拖曳调和对象中的一层图形，可以分解成独立的对象，如图 7-33 所示。

图 7-29　"选项"菜单

图 7-30　映射节点

图 7-31　拆分调和对象

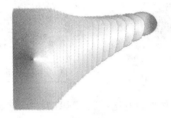

图 7-32　调和对象

图 7-33　分解调和对象

5．复合调和

复合调和就是由两个或多个调和对象组成的一个调和对象，各调和对象之间的连接也是有调和过程的。制作两个调和对象，如图 7-34 所示。复合调和的操作如下。

（1）单击工具箱中的"交互式调和工具"按钮 ，从调和对象的起始或结束画面处，拖曳到另外一个调和对象的起始或结束画面，复合调和的效果如图 7-35 所示。

（2）单击"属性栏：交互式调和工具"属性栏内的"起始和结束属性"按钮，调出它的菜单。单击该菜单中的"新起点"菜单命令，则鼠标指针呈粗箭头状 ，单击上边调和对象左边的起始画面，即可改变复合调和的连接形式，如图 7-36 所示。采用此种方法也可以改变复合调和的终止点。

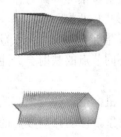

图 7-34　两个调和对象

图 7-35　复合调和的效果

图 7-36　改变复合调和的连接形式

（3）在选择复合调和对象时，如果要选中某一段调和对象的起始或结束画面，可以先使用工具箱中的"选择工具"按钮 ，再单击该画面。使用工具箱中的"选择工具"按钮 或"交互式调和工具"按钮　，单击复合调和对象非起始或终止画面处，可以选中整个复合调和对象。按住【Ctrl】键并单击该段调和对象，可以选中该段调和对象。

思考与练习 7.1

1．绘制一幅"五彩蝴蝶"图形，如图 7-37 所示。

2．绘制一幅"五彩鸽子"图形，如图 7-38 所示。它由一系列调和线段，经过变换后组成五彩鸽子的身子，再用手绘工具绘制出鸽子的头部。

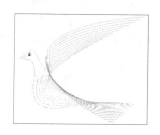

图 7-37　"五彩蝴蝶"图形　　　　　　　　图 7-38　"五彩鸽子"图形

3．绘制一幅"浪漫足球"图形，如图 7-39 所示，它是一幅足球的宣传画，可以看到一个足球运动员踢出一串从小到大变化的透明足球，天空中漂浮着多彩透明的曲线画面，一串逐渐变小和变色的文字"浪漫足球"。

4．绘制一幅"时光隧道"图形，如图 7-40 所示，它由一组不同颜色的矩形图形组合而成，颜色由蓝色渐变成红色，就像一个隧道，骑自行车的人寓意是人一直在与时间赛跑。

图 7-39　"浪漫足球"图形　　　　　　　　图 7-40　"时光隧道"图形

5．绘制一幅"螺旋管"图形，如图 7-41 所示。

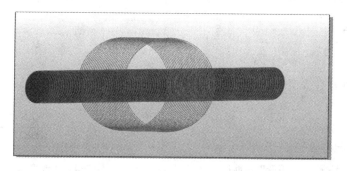

图 7-41　"螺旋管"图形

7.2　【实例 19】立体按钮

"立体按钮"图形如图 7-42 所示，该图形内有一个"视频播放"和一个"图像浏览"矩形按钮，有"足球"、"排球"、"篮球"、"棒球"和"冰球"5 个透明圆形按钮。通过制作这些按钮图形，可以进一步掌握"交互式轮廓图工具"、"交互式调和工具"和"交互式变形工具"的使用方法。可以使用"Visual Basic 应用软件"工具栏将一个完整的制作步骤录制成一个文件并保存成 Script 文件（扩展名为.csc），然后可以应用 Script 文件来制作其他具有相同特点的图形。该图形的制作方法和相关知识介绍如下。

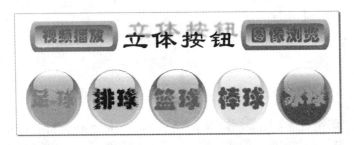

图 7-42　"立体按钮"图形

【制作方法】

1．制作矩形按钮和标题文字

（1）设置绘图页面的宽度为 220mm，高度为 80mm。

（2）使用工具箱中的"矩形工具" ，拖曳绘制一幅矩形图形。在其"属性栏：矩形"属性栏内设置宽度为 60mm，高度为 20mm，四角圆滑度都为 95，如图 7-43 所示。

（3）单击"渐变填充"按钮 ，调出"渐变填充"对话框，再按照如图 7-44 所示对话框进行设置。单击"确定"按钮，给矩形填充从黄色到橙色的线性渐变色，如图 7-45 所示。

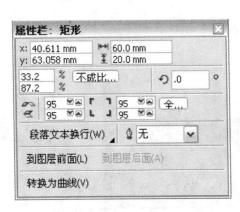

图 7-43　"属性栏：矩形"属性栏

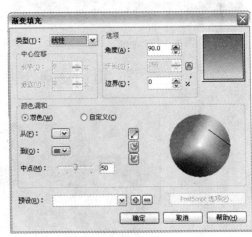

图 7-44　"渐变填充"对话框

（4）使用工具箱中的"矩形工具" ▢ ，绘制一个边角圆滑度都为 30 的矩形，给该矩形填充从橙色到黄色的线性渐变色（与刚才的矩形的填充色正好相反）。然后，将刚刚绘制的矩形移到如图 7-45 所示矩形之上，形成一个矩形按钮图形，如图 7-46 所示。

图 7-45　填充从黄色到橙色线性渐变色的矩形　　　　　图 7-46　矩形按钮图形

（5）将如图 7-46 所示按钮图形组成一个群组对象，再复制一份。调整这两幅按钮图形的大小和位置。使用工具箱中的"选择工具" ▸ ，选中 2 幅按钮图形。

（6）单击其"属性栏：多个对象"属性栏中的"对齐和分布"按钮 ▧ ，调出"对齐与分布"（分布）对话框。选中该对话框内的"上"复选框。然后单击"应用"按钮，将 2 幅按钮图形顶部对齐。再单击"关闭"按钮，关闭该对话框。

（7）单击工具箱内的"文本工具"按钮 字 ，输入颜色为绿色、大小为 30pt、字体为华文琥珀的文字"视频播放"。再复制一份，将复制文字改为"图像浏览"。再将它们分别移到按钮图形之上，如图 7-42 所示。

（8）输入颜色为蓝色、大小为 50pt、字体为隶书的文字"立体按钮"。

（9）单击"交互式展开式工具栏"内的"交互式阴影工具"按钮 ▢ ，在"立体按钮"文字之上向右上方拖曳，松开鼠标左键后，文字添加阴影效果，如图 7-47 所示。将调色板内的灰色色块拖曳到如图 7-47 所示的终止控制柄之上，使阴影颜色改为深灰色。拖曳控制柄，可以改变阴影的位置和形状；拖曳透镜控制柄，可以调整阴影不透明度。

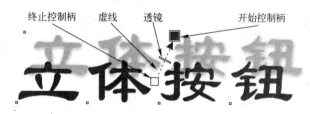

图 7-47　"立体按钮"文字和它的阴影

2．制作圆形按钮

（1）使用工具箱中的"椭圆工具" ▢ ，按住【Ctrl】键的同时，在页面内绘制一幅圆形图形。然后在其中绘制两个椭圆图形。

（2）单击工具箱内的"选择工具"按钮 ▸ ，选中其中一个椭圆图形，再单击工具箱中"交互式展开式工具栏"内的"套封工具" ▦ ，此时椭圆图形外添加了虚线套封线，如图 7-48 所示。拖曳其上的八个小方形控制柄，以及控制柄处的切线，可以调节椭圆的形状，调整后的效果如图 7-49 所示。

（3）调整 3 个图形的大小和位置，效果如图 7-50 所示。

（4）将最大的圆形图形填充为深蓝色，将变形椭圆图形填充为天蓝色，将没变形的椭圆图形填充为白色，并将轮廓线统一设置为无，完成后的图形如图 7-51 所示。

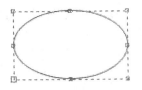
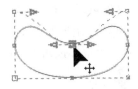

图 7-48　虚线套封线　　　　　图 7-49　变形椭圆　　　　　图 7-50　3 个图形

　　（5）使用工具箱中的"调和工具" ，在其"属性栏：交互式调和工具"属性栏内的"步数或调和形状之间的偏移量"数字框内输入 100，从最大圆形图形的中央拖曳到底部的椭圆图形之上，让图形产生过渡效果。

　　（6）使用工具箱中"交互式展开式工具栏"内的"交互式透明工具" ，其"属性栏：交互式渐变透明"属性栏的设置如图 7-52 所示，从白色椭圆图形的顶端拖曳到其底端，让按钮的高光部分柔和过渡，完成后的透明效果如图 7-53 所示。

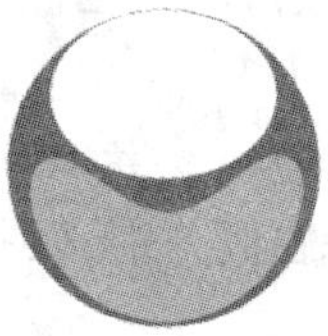

图 7-51　填充颜色　　　图 7-52　"属性栏：交互式渐变透明"属性栏　　　图 7-53　透明效果

　　（7）使用工具箱内的"选择工具" ，将所有关于圆形按钮的图形选中，再复制 4 个，改变 5 个圆形图形（以及下面 5 个变形椭圆）的颜色分别为红色（浅红色）和绿色（浅绿色）等颜色，然后将它们等间距、顶部对齐地放置成如图 7-54 所示图形。

图 7-54　5 个圆形按钮图形

3．制作按钮文字

　　（1）单击工具箱内的"文本工具"按钮 ，在绘图页面内单击一下，在其"属性栏：文本"属性栏内，设置字体为华文琥珀，大小为 48pt，颜色为浅棕色，单击"水平文本"按钮，然后输入"足球"文字。

　　（2）复制 4 份"足球"文字，再分别将它们改为"排球"、"篮球"、"棒球"和"冰球"，颜色也进行改变，如图 7-55 所示。

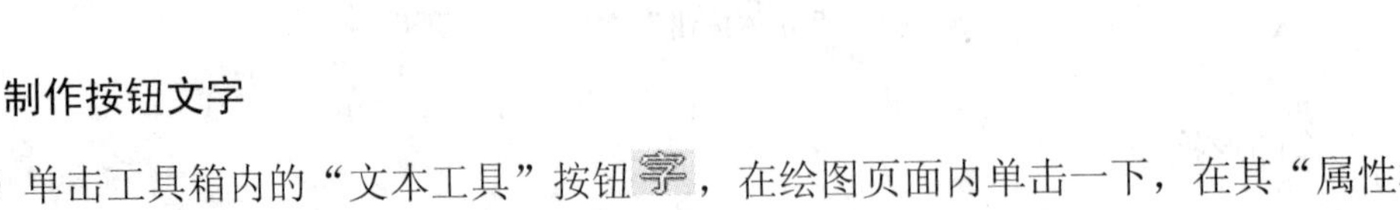

足球 排球 篮球 棒球 冰球

图 7-55　输入文字和复制修改文字

（3）单击工具箱内的"选择工具" ，选中"足球"文字，然后选择"排列"→"拆分美术字"菜单命令，将文字拆分成单独的个体，如图 7-56 所示。

（4）单击工具箱中"交互式展开式工具栏"内的"交互式变形工具"按钮 ，再单击其属性栏内的"推拉"按钮，在"属性栏：交互式变形－推拉效果"属性栏内设置"推拉失真振幅"数值为 25，如图 7-57 所示。此时的"足"字如图 7-58 左图所示。

图 7-56　拆分文字　　　　　　　　　图 7-57　"属性栏：交互式变形－推拉效果"属性栏

（5）单击工具箱内的"选择工具" ，选中"球"字，单击工具箱中"交互式展开式工具栏"内的"交互式变形工具"按钮 ，再单击其属性栏内的"拉链"按钮，在"属性栏：交互式变形－拉链效果"属性栏内设置"拉链失真振幅"数值为 2，设置"拉链失真频率"数值为5，如图 7-59 所示。此时的"球"字如图 7-58 右图所示。

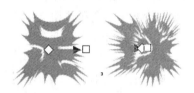

图 7-58　变形文字　　　　　　　　　图 7-59　"属性栏：交互式变形－拉链效果"属性栏

（6）单击工具箱内的"选择工具"按钮 ，选中变形的"足"和"球"字，调整它们的大小，将它们移到第一个圆形按钮之上，如图 7-42 所示。

（7）按照上述方法，分别给其他 4 个圆形按钮添加变形文字。然后，分别将各按钮图形组成群组，效果如图 7-42 所示。

4．制作批量变形文字

如果对不同颜色的文字进行相同的变形加工，可以采用"Visual Basic 应用软件"工具栏的工具来快速完成，方法如下。

（1）选择"窗口"→"工具栏"→"Visual Basic 应用软件"菜单命令，调出"Visual Basic for Applications"（即"Visual Basic 应用软件"）工具栏，如图 7-60 所示。

（2）使用工具箱中的"挑选工具" ，选中"足球"美术文字。单击"Visual Basic for Applications"工具栏中的"记录"按钮 ，调出"保存宏"对话框。在其内的"宏名"文本框内输入"圆形按钮文字"，如图 7-61 所示。单击"确定"按钮，开始录制以后的操作。

图 7-60　"Visual Basic for Applications"工具栏　　　　图 7-61　"保存宏"对话框

（3）单击工具箱中"交互式展开式工具栏"内的"交互式变形工具"按钮，再单击其属性栏内的"拉链"按钮，在"属性栏：交互式变形－拉链效果"属性栏内设置"拉链失真振幅"　数值为 10，设置"拉链失真频率"　数值为 38，单击"随机"和"平滑"按钮，如图7-62 所示。变形文字效果如图 7-63 所示。

图 7-62　"属性栏：交互式变形－拉链效果"属性栏　　　　图 7-63　变形文字效果

（4）单击"Visual Basic for Applications"工具栏中的"停止"按钮，终止宏的操作录制。

（5）使用工具箱中的"选择工具"，选中"排球"美术文字。单击"Visual Basic for Applications"工具栏中的"播放"按钮，调出"用于应用程序宏的 CorelDRAW X3 Visual Basic"对话框。选中该对话框的列表框内刚录制的"RecordedMacros.圆形按钮文字"宏名称选项，如图 7-64 所示。然后单击"运行"按钮，稍等片刻，即可制作出与"足球"具有相同特点的变形文字"排球"。

（6）采用与上述一样的方法，将其他文字变形成与"足球"有一样特点的变形文字。

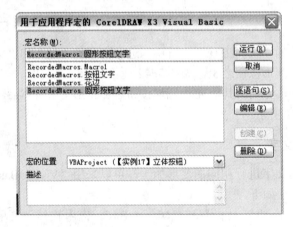

图 7-64　"用于应用程序宏的 CorelDRAW X3 Visual Basic"对话框

【知识链接】

1．创建轮廓图

轮廓图是指在对象轮廓线的内侧或外侧的一组同心线图形，同心线图形的形状与轮廓线相同，只是大小不一样。绘制一个如图 7-65 左图所示的图形。再单击工具箱中"交互式展开式工具栏"内的"交互式轮廓图工具"按钮，再在对象附近拖曳鼠标，即可形成轮廓图，如图7-65 右图所示。

此时的"属性栏：交互式轮廓线工具"属性栏如图 7-66 所示，其内各选项的作用如下。

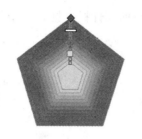

图 7-65　绘制图形与形成轮廓图　　　　　图 7-66　"属性栏：交互式轮廓线工具"属性栏

（1）"到中心"按钮。单击它，可以创建向对象中心扩展的轮廓图。

（2）"向内"按钮。单击它，可以创建向对象内部扩展的轮廓图。

（3）"向外"按钮。单击它，可以创建向对象外部扩展的轮廓图。

（4）"轮廓图步长"数字框 ◁11 ⬍。改变框内的数字或拖曳对象上的长条透镜控制柄，可以改变轮廓图的层数。

（5）"轮廓图偏移"数字框 ⊞ 1.891 mm ⬍。改变框内的数字或拖曳对象上的长条透镜控制柄，可以改变轮廓图各层之间的距离。

（6）"线性"、"顺时针"和"逆时针"（即图中的"时针"）三个按钮。它们是用来控制颜色沿调色板颜色变化的顺序。

（7）"对象和颜色加速"按钮。单击该按钮，可以调出一个"对象和颜色加速"面板，如图 7-10 所示，可以用来调整轮廓线和颜色的变化速度。

（8）"清除轮廓"按钮。单击该按钮，可以清除对象的轮廓图。

2．分离轮廓图

分离轮廓图就是将对象轮廓图的图形分离出来，使它成为独立的对象。操作方法如下。

（1）使用"选择工具" ⬚，选中有轮廓图的对象。选择"排列"→"拆分轮廓图群组"菜单命令，再选择"排列"→"取消全部组合"菜单命令，将对象的轮廓图分离出来。

（2）使用"选择工具" ⬚，选中轮廓图对象，并将它拖曳到一边，如图 7-67 所示。

（3）右击轮廓图对象，并拖曳到其他处，松开鼠标右键后会弹出一个快捷菜单，如图 7-68 所示。单击"复制"菜单命令，即可将轮廓图对象复制一份。

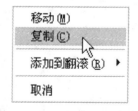

图 7-67　分离轮廓对象　　　　　　　　　图 7-68　对象快捷菜单

3．推拉变形

（1）单击工具箱中"交互式展开式工具栏"内的"交互式变形工具"按钮 🖼，再单击其属性栏中的"推拉"按钮，"属性栏：交互式变形－推拉效果"属性栏如图 7-69 所示。

（2）在要变形的对象上拖曳，即可将对象推拉变形，如图 7-70 所示。

（3）拖曳对象上的菱形控制柄，可以改变对象变形的中心点。拖曳对象上的方形控制柄，可以改变对象的变形量和向内或向外变形，同时属性栏中数字框内的数字也会随之发生变化。

图 7-69　"属性栏：交互式变形－推拉效果"属性栏　　　图 7-70　将对象推拉变形

（4）单击"中心"按钮，可以使变形的中心点与对象的中心点对齐。

（5）复制变形属性：使用"选择工具" ，选中未经变形调整的对象，单击工具箱中"交互式展开式工具栏"内的"交互式变形工具"按钮 ，再单击"属性栏：交互式变形－推拉效果"属性栏中的"复制变形属性"按钮。此时鼠标指针变为黑色大箭头状，单击经过变形调整的对象，即可将它的变形属性复制到前面选择的未经变形调整的对象。此种复制变形属性的方法也适用于其他类型变形。

4．拉链变形

（1）单击工具箱中"交互式展开式工具栏"内的"交互式变形工具"按钮 ，再单击其属性栏中的"拉链"按钮，"属性栏：交互式变形－拉链效果"属性栏如图 7-71 所示。

（2）在要变形的对象上拖曳，即可将对象拉链变形，如图 7-72 所示。同时属性栏中"拉链失真振幅"数字框内的数字也会随之发生变化。

（3）拖曳对象上的透镜控制柄，可以改变对象变形的齿数。同时属性栏中"拉链失真频率"数字框内的数字也会随之发生变化。

（4）单击"随机"按钮，可使变形的齿幅度随机变化。

（5）单击"平滑"按钮，可使变形的齿呈平滑状态。

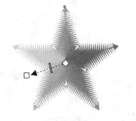

图 7-71　"属性栏：交互式变形-拉链效果"属性栏　　　图 7-72　将对象拉链变形

（6）单击"局部的"按钮，可以使对象四周的变形是局部的。

5．扭曲变形

（1）单击工具箱中"交互式展开式工具栏"内的"交互式变形工具"按钮 ，再单击其属性栏中的"扭曲"按钮，"属性栏：交互式变形－扭曲效果"属性栏如图 7-73 所示。

（2）单击要变形的对象，并在对象上拖曳，即可将对象扭曲变形，如图 7-74 所示。

（3）拖曳对象上的圆形控制柄，可以改变对象扭曲变形的扭曲角度。同时属性栏中"复加角度"数字框内的数字也会随之发生变化。

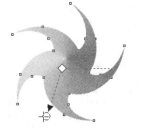

图 7-73　"属性栏：交互式变形-扭曲效果"属性栏　　　图 7-74　将对象扭曲变形

（4）改变"完全旋转"数字框内的数字，可以确定旋转圈数。

（5）单击"顺时针"按钮，可使变形顺时针旋转；单击"逆时针"按钮，可使变形逆时针旋转。

思考与练习7.2

1．绘制一幅"洪福齐天"图形，如图 7-75 所示。

2．绘制一幅"牛奶"图形，如图 7-76 所示。绘制该图形会涉及修剪、自然笔触、变换和渐变填充、交互式透明等操作。

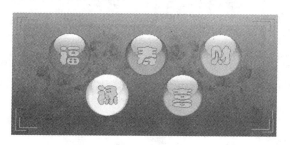

图 7-75　"洪福齐天"图形　　　图 7-76　"牛奶"图形

7.3　【实例 20】三维世界

"三维世界"图形如图 7-77 所示。该图形内有球体、立体五角星、圆柱体、圆锥体、圆管体、正方体等立体图形，具有较强的立体效果。通过制作该图形，可以进一步掌握渐变填充、焊接修整、交互式调和、交互式立体化和交互式阴影等操作方法。该图形的制作方法和相关知识介绍如下。

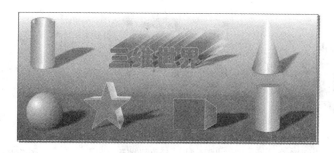

图 7-77　"三维世界"图形

【制作方法】

1．制作球体图形

（1）设置绘图页面的宽度为 120mm、高度为 50mm。

（2）使用工具箱中的"椭圆工具" ⬭ ，按住【Ctrl】键的同时，在页面内拖曳绘制出一个圆形图形。设置该圆形图形无轮廓线、灰色填充，如图 7-78 所示。

（3）使用工具箱中的"选择工具" ⬚ ，选中圆形图形。单击工具箱中"填充展开工具栏"内的"渐变填充"按钮 ◨ ，调出"渐变填充"对话框。在"类型"下拉列表框中选择"射线"选项，在"从"下拉列表框中选择紫色，在"到"下拉列表框中选择白色，其他设置如图 7-79所示，单击"确定"按钮。填充渐变色的圆形如图 7-80 所示。

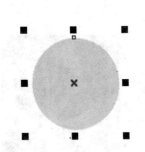

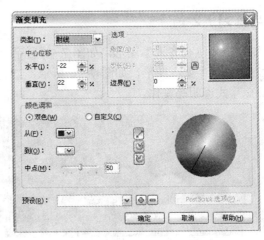

图 7-78　绘制圆形　　　　　　　　　图 7-79　"渐变填充"对话框

（4）单击工具箱中"交互式展开式工具栏"内的"交互式阴影工具"按钮 ◧ ，用鼠标在彩色立体小球下边向右上方拖曳，即可产生阴影，如图 7-77 所示。

2．制作立体五角星图形

（1）单击工具箱中"对象展开式工具栏"内的"星形工具"按钮 ✩ ，在其"属性栏：星形"属性栏内定义星形角数为 5，然后在绘图页面中拖曳绘制一个五角星图形，如图 7-81所示。

（2）给五角星图形填充红色，轮廓线为黑色，如图 7-82 所示。

　　　　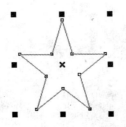

图 7-80　填充渐变色的圆形　　　　图 7-81　五角星图形　　　　图 7-82　给五角星填充颜色

（3）使用工具箱中"交互式展开式工具栏"内的"交互式立体化工具" ，在其"属性栏：交互式立体化"属性栏中的"预设列表"下拉列表框中选择"矢量立体化 3"选项，如图7-83 所示。再在"灭点属性"列表框中选择"锁到对象上的灭点"选项。然后，向右上角拖曳至灭点 ，使五角星图形立体化，效果如图7-84 所示。

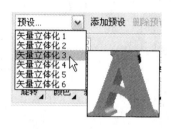

图 7-83 "预设列表"列表框

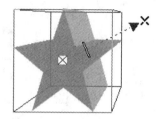

图 7-84 使图形立体化

（4）单击"属性栏：交互式立体化"属性栏中的"颜色"按钮，调出它的"颜色"面板，如图 7-85 所示。单击该面板内的"使用递减的颜色"按钮；设置"从"颜色为红色，"到"颜色为白色。

（5）右击调色板内的黄色色块，给立体五角星图形的轮廓线着黄色，如图7-86 所示。

（6）单击工具箱中"交互式展开式工具栏"内的"交互式阴影工具"按钮 ，在彩色立体五角星下边向右上方拖曳，即可产生阴影，如图7-87 所示。

图 7-85 "颜色"面板

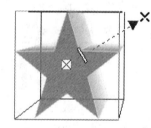

图 7-86 给立体五角星图形着色

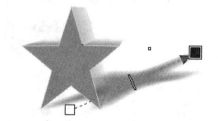

图 7-87 阴影

3．制作圆柱、圆管图形

（1）使用工具箱内的"矩形工具" ，在绘图页面内拖曳，绘制一幅宽度为 10mm、高度为 18mm 的长方形图形，如图 7-88（a）所示。再使用工具箱内的"椭圆工具" ，在绘图页面内拖曳绘制一个宽度为 10mm、高度为 4mm 的椭圆形，并复制一份，如图 7-88（b）所示。调整好各个对象的大小和比例，摆放成如图 7-88（c）所示的圆柱体轮廓线图形。

（2）将图 7-88（c）上面的椭圆形对象移开，使下面的椭圆形图形在矩形图形的上边，如图 7-89（a）所示。

（3）使用工具箱中的"选择工具" ，拖曳出一个矩形，选中椭圆形和矩形图形，选择"排列"→"造形"→"焊接"菜单命令，将选中的椭圆形图形和矩形图形焊接在一起，如图7-89（b）所示。

（4）将另外一个椭圆形图形对象移到图 7-89（b）的上面，注意椭圆形图形应在图 7-89（b）

所示图形的上边，如图 7-90（a）所示。使用工具箱中的"选择工具" ▷，拖曳出一个矩形，选中如图 7-90（a）所示的所有图形，再选择"排列"→"造形"→"修剪"菜单命令，将选中的图形修剪成如图 7-90（b）所示的圆柱形图形。

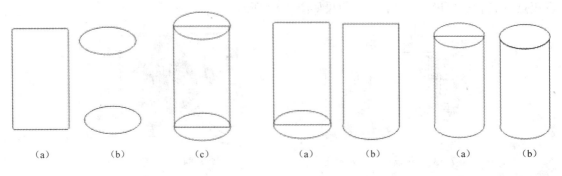

图 7-88 矩形和椭圆形　　　图 7-89 焊接图形　　　图 7-90 修剪图形

（5）选中如图 7-90（b）所示的圆柱形图形，单击工具箱中"填充展开工具栏"内的"渐变填充"按钮 ▧，调出"渐变填充"对话框。利用该对话框将圆柱面填充成橙色、金黄色、白色、金黄色、橙色的渐变色，如图 7-91 所示。

（6）选中顶部的椭圆图形，单击"渐变填充"按钮 ▧，调出"渐变填充"对话框，按照如图 7-92 所示对话框进行设置，单击"确定"按钮，给顶部的椭圆图形填充浅棕色到白色的线性渐变色。

（7）去掉所有图形的轮廓线，再将它们组成群组，形成圆柱体图形，如图 7-93 所示。然后，将圆柱体图形复制一份，一个作为圆柱体图形，另一个继续加工成圆管图形。

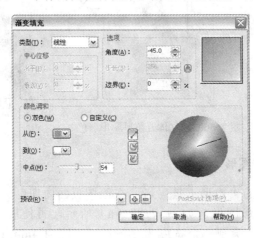

图 7-91 填充渐变色　　　图 7-92 "渐变填充"对话框　　　图 7-93 圆柱体

（8）使用工具箱内的"椭圆工具" ⬭，在绘图页面内拖曳，绘制一个小一些的椭圆图形，如图 7-94 所示。选择"排列"→"顺序"→"到图层前面"菜单命令，使它位于其他图形的上面。

（9）按住【Shift】键，同时选中该椭圆和圆柱体顶部的椭圆。选择"排列"→"对齐与分布"→"对齐与分布"，调出"对齐与分布"对话框，按如图 7-95 所示对话框进行设置，再单击"应用"按钮，使两个椭圆图形的中心点对齐，如图 7-94 所示。然后，单击"关闭"按钮，关闭"对齐与分布"对话框。

（10）使用工具箱中的"选择工具" ，选中小椭圆图形，单击工具箱中"填充展开工具栏"内的"渐变填充"按钮 ，调出"渐变填充"对话框。利用该对话框给小椭圆图形填充橙色、金黄色、白色、金黄色、橙色的渐变色。然后去掉椭圆图形的轮廓线，如图 7-96 所示。

图 7-94　椭圆图形

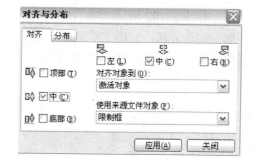

图 7-95　"对齐与分布"对话框

图 7-96　处理结果

（11）参考立体五角形阴影的制作方法，使用工具箱中"交互式展开式工具栏"内的"交互式阴影"工具 ，给立体圆柱体和圆管体图形添加阴影，立体圆柱体和圆管体图形如图 7-77 所示。

4．制作圆锥图形

（1）按照制作圆柱体图形的方法，在绘图页面外边绘制如图 7-97 所示的轮廓线图形，并选中该图形。单击工具箱中"填充展开工具栏"内的"渐变填充"按钮 ，调出"渐变填充"对话框。利用该对话框设置填充色为红色到白色再到红色的线性渐变色，如图 7-98 所示。单击"确定"按钮，给如图 7-97 所示的轮廓线图形填充由红色到白色再到红色的线性渐变色，如图 7-99 所示。

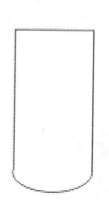

图 7-97　轮廓线

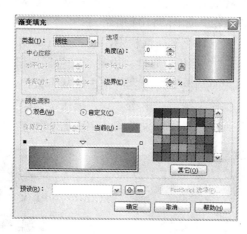

图 7-98　"渐变填充"对话框

图 7-99　填充渐变色

（2）单击工具箱中"形状编辑展开式工具"栏内的"形状工具"按钮 ，即可显示出选中图形的 5 个节点，如图 7-100 所示。如果选中图形的左右两边有节点，应选中该节点，再单击其"属性栏：编辑曲线、多边形和封套"属性栏内的"删除"按钮，删除选中的节点。

（3）选中左上角的节点，观察其"属性栏：编辑曲线、多边形和封套"属性栏内的"到直线"按钮是否有效，如果有效，则说明选中的节点是曲线节点，可单击"到直线"按钮，将选中的节点转换为直线节点。

（4）水平向右拖曳左上角的节点到中间处，水平向左拖曳右上角的节点到中间处，形成立体圆锥图形，如图 7-101 所示。

（5）使用工具箱内的"选择工具" ，选中立体圆锥图形，取消其轮廓线。再将立体圆锥图形移到绘图页面内的左上角，如图 7-102 所示。

（6）参考立体五角星阴影的制作方法，使用工具箱中"交互式展开式工具栏"内的"交互式阴影"工具 ，给立体圆锥图形添加阴影，如图 7-77 所示。

图 7-100　5 个节点　　　　图 7-101　立体圆锥图形　　　　图 7-102　取消轮廓线

5．制作正立方体图形

（1）单击"矩形工具展开工具栏"内的"矩形工具"按钮 ，按住【Ctrl】键，同时在绘图页面内拖曳，绘制一幅正方形图形。单击调色板内的绿色色块，给正方形填充绿色；右击调色板内的黄色色块，给正方形轮廓线着黄色，如图 7-103 所示。

（2）使用工具箱中"交互式展开式工具栏"内的"交互式立体化工具" ，从正方形图形处向右上角拖曳，创建立体正方形，如图 7-104 所示。

（3）在其"属性栏：交互式立体化"属性栏中，在"灭点属性"列表框中选择"灭点锁定到对象"。单击"属性栏：交互式立体化"属性栏中的"颜色"按钮 ，调出它的"颜色"面板，单击该面板内的"使用递减的颜色"按钮 ；单击"从"按钮，调出它的面板，单击该面板内的绿色色块，设置"从"颜色为绿色；单击"到"按钮，调出它的面板，单击该面板内的黄色色块，设置"到"颜色为黄色。最后效果如图 7-105 所示。

 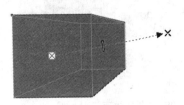 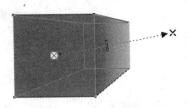

图 7-103　着色后的正方形图形　　图 7-104　立体正方形　　图 7-105　设置递减颜色

（4）右击调色板内的黄色色块，给正方体图形的轮廓线着黄色，如图 7-77 所示。

（5）将整个立方体图形组成群组，这是为了可以给该图形添加阴影。

（6）单击工具箱中"交互式展开式工具栏"内的"交互式阴影工具"按钮 ，用鼠标在正方体图形的底边处向右拖曳，即可产生阴影，如图 7-77 所示。

6. 制作立体文字图形和背景图像

（1）单击工具箱内的"文本工具"按钮 ，在绘图页面外输入字体为华文琥珀、字大小为 72pt 的"立体图形"文字。单击调色板内的红色色块，右击调色板内的黄色色块，效果如图 7-106 所示。

（2）使用工具箱中"交互式展开式工具栏"内的"交互式立体化工具" 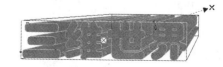，从文字处向右上方拖曳，创建立体文字，如图 7-107 所示。

图 7-106　　输入文字　　　　　　　　　　图 7-107　　　制作出立体文字

（3）在其"属性栏：交互式立体化"属性栏中，在"灭点属性"列表框中选择"灭点锁定到对象"。单击"属性栏：交互式立体化"属性栏中的"颜色"按钮 ，调出它的"颜色"面板，单击该面板内的"使用递减的颜色"按钮 ；单击"从"按钮，调出它的面板，单击该面板内的红色色块，设置"从"颜色为红色；单击"到"按钮，调出它的面板，单击该面板内的黄色色块，设置"到"颜色为黄色。效果如图 7-108 所示。

（4）单击"属性栏：交互式立体化"属性栏中的"立体化类型"下拉列表框按钮，调出它的面板，单击该面板内的第 5 个图案，如图 7-109 所示，即可将立体文字图形改为如图 7-77 所示状态。

（5）单击工具箱中"交互式展开式工具栏"内的"交互式阴影工具"按钮 ，从立体图形文字底边处向右上方拖曳，产生文字的阴影，如图 7-77 所示。

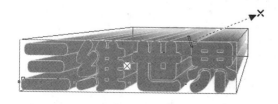

图 7-108　调整立体文字的递减颜色和灭点位置

图 7-109　　"立体化类型"下拉列表框面板

（6）使用工具箱内的"选择工具" ，将立体文字和其阴影移到绘图页面内相应的位置，调整好它们的大小和位置，得到如图 7-77 所示图形。

【知识链接】

1. 创建和调整立体化图形

（1）绘制一个五角星图形并填充渐变色，如图 7-110 所示。选中它。单击工具箱中"交互式展开式工具栏"内的"交互式立体化工具"按钮 ，再在五角星图形对象上拖曳，即可产生立体化图形，如图 7-111 所示。其"属性栏：交互式立体化"属性栏如图 7-112 所示。

图 7-110　矩形图形

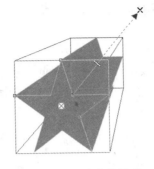

图 7-111　立体化图形

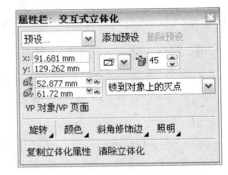

图 7-112　"属性栏：交互式立体化"属性栏

（2）单击"属性栏：交互式立体化"属性栏内的"立体化类型"下拉列表框右边的箭头按钮，调出立体化类型图形列表，可以从中选择一种立体化类型。

（3）拖曳长条透镜控制柄，可以改变图形立体化延伸的深度，如图 7-113 所示，同时属性栏中"深度"数字框中的数字也会发生变化。也可以通过改变"深度"数字框中的数字，来调整立体化的深度。

（4）单击对象，则长条透镜控制柄周围出现一个带四个箭头的圆圈，鼠标指针呈一条或两条转圈的双箭头状，如图 7-114 所示。鼠标指针呈两条转圈的双箭头状时，拖曳鼠标可使对象围绕长条透镜转圈和伸缩；鼠标指针移到四周的四个绿色箭头处时，鼠标指针呈一条转圈的双箭头状，拖曳鼠标可以使对象围绕自身的轴线旋转，如图 7-115 所示。

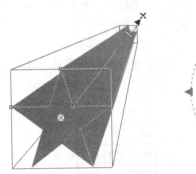

图 7-113　改变图形延伸深度

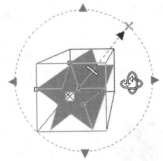

图 7-114　转圈和伸缩

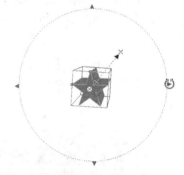

图 7-115　旋转图形

（5）绘图页中箭头所指向的 ✕ 图标叫灭点控制柄（也叫消失点控制柄），它指示了立体化图形的会聚点，拖曳它可以改变会聚点的位置，同时属性栏中的"灭点坐标"数字框中的数字也会发生变化。"灭点坐标"数字框右边是"灭点属性"下拉列表框，它有四个选项，决定了灭点的锁定位置和灭点的复制。它们的含义如下。

◎ 锁到对象上的灭点。灭点保持在对象的当前位置不变。

◎ 锁到页的灭点。灭点保持在页面的当前位置不变。

◎ 复制灭点。将灭点复制到另一个对象，产生两个相同的灭点。

◎ 共享灭点。可以与其他对象共有一个灭点。

2. "属性栏：交互式立体化"属性栏其他选项

"属性栏：交互式立体化"属性栏如图 7-112 所示，现将没有介绍过的一些选项介绍如下。

（1）"VP 对象/VP 页面"按钮。单击它后，灭点坐标以页坐标形式描述，页坐标原点在绘图页的左下角。当"灭点对象"按钮抬起后，灭点坐标以对象坐标形式描述，对象坐标原点在对象上的⊠处。

（2）"旋转"按钮。单击它后，会调出一个面板，如图 7-116 所示。可以在圆盘上拖曳调整对象的三维空间位置。

（3）"预设列表"下拉列表框。可以用来选择不同的立体化样式。当调整好一种立体化样式后，可以单击"添加预设"按钮，调出"另存为"对话框，将它保存为一种预设样式。当灭点和灭点坐标数字框无效（呈灰色）时，单击它可使它们恢复有效。

（4）"颜色"按钮。单击它后，会调出一个"颜色"面板，如图 7-117 所示。使用它可以调整立体化对象的表面颜色。该对话框内，上边三个按钮的作用是用来确定以何种方式填充立体图形侧面的颜色。单击"使用对象填充"按钮，可以使用对象原来的填充物填充；单击"使用纯色"按钮，下边的"使用"列表框变为有效，用来确定填充的颜色，可以使用单色填充；单击"使用递减的颜色"按钮，下边的"从"和"到"列表框均变为有效，用来确定渐变的起始和终止颜色，使用渐变色填充。

使用渐变颜色填充时，改变了对象表面颜色后的画面如图 7-118 所示。再下边的按钮用来修饰图形边角的颜色，只有在有斜角时才有效。

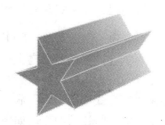

图 7-116 "旋转"面板　　　图 7-117 "颜色"面板　　　图 7-118 改变对象表面颜色

（5）"斜角修饰边"按钮。单击它后，会调出一个"斜角修饰边"面板，如图 7-119 所示。选中第 1 个复选框，再拖曳其下边显示框内的小方形控制柄，可以调整立体化对象原图形的斜角深度和角度。同时下边的两个数字框内的数字也会发生变化。也可以直接调整两个数字框内的数值。

修饰对象原图形的边角后的图形如图 7-120 所示。修饰对象后，再选中"只显示斜角修饰边"复选框，此时的图形如图 7-121 所示。

图 7-119 "斜角修饰边"面板　　图 7-120 修饰边角图形　　图 7-121 只显示斜角修饰边图形

（6）"照明"按钮。单击它后，会调出一个"照明"面板，如图 7-122 所示。使用它可以给对象加上三个光源。

单击其中一个（如 1 号光源）光源按钮，则"照明"面板改为如图 7-123 所示（还没有"②"光源标记）。拖曳显示框内的"①"光源标记，可以改变光源位置。

拖曳滑块，可以改变光线的强度。选择"使用全色范围"复选框，可以使光源作用于全彩范围。单击左边的灯泡图标，可以添加光源，设置 2 个光源后的面板如图 7-123 所示，图形如图 7-124 所示。

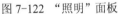
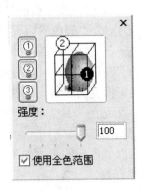

图 7-122　"照明"面板　　　　图 7-123　添加光源　　　　图 7-124　设置 2 个光源后的图形

3．"属性栏：交互式阴影"属性栏其他选项

选中要创建阴影的对象。单击工具箱中"交互式展开式工具栏"内的"交互式阴影工具"按钮，在创建阴影的对象之上拖曳，即可产生阴影。选择"排列"→"拆分阴影群组"菜单命令，可以将阴影拆分成独立的对象。

使用"交互式阴影工具"后，"属性栏：交互式阴影"属性栏如图 7-125 所示。其中前面没有介绍过的一些选项的作用如下。

图 7-125　"属性栏：交互式阴影"属性栏

（1）"预设列表"下拉列表框。在其中可以选择一种阴影样式，再拖曳图形中的控制柄，可以调整阴影的位置。

（2）"阴影偏移"数字框。改变这两个数字框内的数据可以改变阴影的偏移位置。拖曳黑色方形控制柄也可以有相同的效果，"阴影偏移"两个数字框内的数据会随之发生变化。

（3）"阴影角度"带滑块的数字框。调整滑块或输入数字，可以改变阴影的起始位置、形状和方向，拖曳白色方形控制柄也可以有相同的效果。

（4）"阴影的不透明"带滑块的数字框。调整滑块或输入数字，可以改变阴影的不透明度，该数字框内的数据会随之发生变化。拖曳长条透镜控制也可以有相同的效果。

（5）"阴影羽化"带滑块的数字框。调整滑块或输入数字，可以调整阴影边缘的模糊度。

（6）"淡出"带滑块的数字框。调整滑块或输入数字，可以改变阴影颜色的深浅。

（7）"阴影延展"带滑块的数字框 ⌧。调整滑块或输入数字，可以改变阴影的延伸大小。它的作用与用鼠标拖曳黑色方形控制柄的作用一样。

（8）"阴影颜色"按钮 ⌧。单击它可调出一个调色板，用来确定阴影的颜色。

（9）"方向"按钮。单击它可以调出一个面板，如图 7-126 所示。使用它可以调整阴影边缘的羽化方向。

（10）"边缘"按钮。给阴影添加羽化方向后该按钮才有效。单击它可以调出一个面板，如图 7-127 所示。使用它可以调整阴影边缘的羽化状态。

4．轮廓笔的设置

单击"轮廓展开工具栏"内的"画笔"按钮 ⌧，可以调出"轮廓笔"对话框，如图 7-128 所示。可以使用"轮廓笔"对话框调整轮廓笔的笔尖、颜色、宽度和形状。

图 7-126　"方向"面板

图 7-127　"边缘"面板

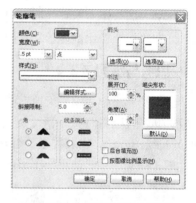

图 7-128　"轮廓笔"对话框

（1）轮廓笔的颜色、宽度和样式设置。使用"轮廓笔"对话框左上角的按钮和下拉列表框可以完成此任务。单击"编辑样式"按钮，可以调出"编辑线条样式"对话框，如图 7-129 所示。按照该对话框内的提示，可以设计轮廓笔的线条形状。

（2）轮廓笔的箭头设置。使用"轮廓笔"对话框的"箭头"栏可以完成此任务。单击"箭头"栏中的左箭头和右箭头两个下拉列表框中的按钮，可以调出箭头图案列表框，如图 7-130 所示。单击其中一种箭头即可选定。选定左箭头和右箭头的一种直线如图 7-131 所示。

图 7-129　"编辑线条样式"对话框

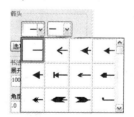

图 7-130　箭头图案列表框

单击"选项"按钮，调出"选项"菜单，如图 7-132 所示。再单击"选项"菜单中的"编辑"或"新建"菜单命令，可调出"编辑箭头尖"对话框，如图 7-133 所示，可以像绘制图形那样绘制箭头，用来修改或增加箭头图案。使用"选项"菜单，还可以删除箭头图案。

（3）轮廓线的拐角设置。通过"角"栏来完成。

（4）轮廓线两端的形状设置。通过"线条端头"栏来完成。

（5）轮廓笔笔尖的形状与方向的设置。通过"书法"栏来完成。

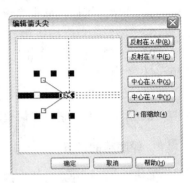

图 7-131　选定左、右箭头的直线　　　图 7-132　"选项"菜单　　　图 7-133　"编辑箭头尖"对话框

（6）"后台填充"复选框。用来确定轮廓笔在填充色之前，还是在填充色之后。

（7）"按图像比例显示"复选框。用来确定当图形大小变化时，轮廓线宽度是否改变。

思考与练习 7.3

1. 绘制一幅"娱乐天地"图形，如图 7-134 所示。这是一幅娱乐场所的宣传画。宣传画显示了娱乐性的扑克牌图形、足球图形、保龄球图形、台球图形等。制作该图形需要使用基本的矢量绘图方法，以及群组、组合、互动渐变填充、复制、透明和镜像等操作。

2. 绘制一幅"冰箱"图形，如图 7-135 所示。

图 7-134　"娱乐天地"图形　　　　　图 7-135　"冰箱"图形

3. 绘制一幅"家庭影院"图形，如图 7-136 所示。这是一幅为家庭影院制作的广告宣传画，它以卡通夜景图像作为背景，画面右边有广告词，突出了主题，整个画面生动自然。

图 7-136　"家庭影院"图形

7.4 【实例 21】放大镜

"放大镜"图形如图 7-137 所示。可以看到，在一幅背景图像（见图 7-138）之上，有"幽静小屋"立体文字和一个放大镜，同时"屋"文字被放大镜放大了。放大镜上面有高光并且显示出淡蓝色的镜片。通过制作该实例，可以进一步掌握制作有阴影文字的方法、使用"轮廓工具"的方法、使用"交互式透明工具"的方法，掌握使用"透镜"泊坞窗的方法，创建几种类型透镜的方法等。该图形的制作方法和相关知识介绍如下。

图 7-137 "放大镜"效果图　　　　　图 7-138 背景图像

【制作方法】

1．制作文字

（1）设置绘图页面的宽度为 260mm，高度为 170mm。单击标准工具栏内的"导入"按钮，调出"导入"对话框，在该对话框中选择"静谧 2.jpg"图像文件，单击"导入"按钮，导入选中的图像，关闭"导入"对话框。

（2）在绘图页面内拖曳出一个与绘图页面大小一样的矩形，将图像导入到绘图页面内作为背景图像，如图 7-138 所示。

（3）使用工具箱内的"文本工具"　，在绘图页面外输入字体为隶书、字大小为 90pt、颜色为红色的美术字"幽静小屋"，移到背景图像内的左上角，如图 7-139 所示。

图 7-139 "幽静小屋"美术字

（4）拖曳选中文字，单击其"属性栏：文本"属性栏中的"字符格式化"按钮　，调出"字符格式化"对话框。在该对话框中设置"字距调整范围"为 30%，将文字的字距拉大，如图 7-140 所示。

（5）按小键盘上的【+】键，将文字复制一份。选中复制的文字，将其拖曳到原文字的左下方，单击调色板中的白色色块，将复制的文字填充成白色。

（6）将白色文字调整到红色文字的后边，形成带白色阴影的立体字，如图 7-141 所示。

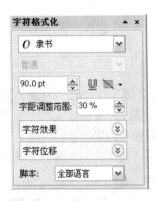

图 7-140　"字符格式化"对话框

图 7-141　带白色阴影的立体字

2．制作放大镜

（1）使用工具箱中的"椭圆工具" ⬭，按住【Ctrl】键的同时，在页面内拖曳绘制出一个圆形图形。设置该圆形图形无填充、棕色轮廓线。

（2）单击"轮廓展开工具栏"内的"画笔"按钮 ✑，调出"轮廓笔"对话框。在该对话框中，设置轮廓"宽度"为 3mm，其他设置保持不变，如图 7-142 所示。单击"确定"按钮，形成放大镜的镜框图形，如图 7-143 所示。

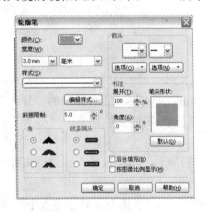

图 7-142　"轮廓笔"对话框

图 7-143　放大镜的镜框图形

（3）使用工具箱内的"矩形工具" ▢，在绘图页面外拖曳，绘制一幅矩形图形。单击工具箱中"填充展开工具栏"内的"渐变填充"按钮 ▨，调出"渐变填充"对话框。在该对话框设置填充色为橙色、橙色、白色、橙色、橙色的渐变色，如图 7-144 所示。单击"确定"按钮，将矩形图形填充设置好的渐变色。

（4）在其"属性栏：矩形"属性栏中设置矩形的"旋转角度"为 48°，再移到圆形轮廓线的右下方，作为放大镜的杆，如图 7-145 所示。

（5）再次使用工具箱中的"矩形工具" ▢，绘制一幅矩形图形，为其内部填充橙色、橙色、白色、橙色、橙色的渐变色。在"属性栏：矩形"属性栏中设置矩形 4 个角的"边角圆滑度"都为 60，设置矩形的"旋转角度"为 48°，再移到放大镜杆的下边，作为放大镜的把，完成后的图形如图 7-146 所示。

（6）将绘制的放大镜的镜框、杆和把三部分图形组成一个群组。

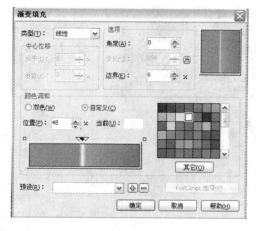

图 7-144 "渐变填充方式"对话框

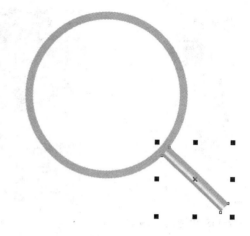

图 7-145 绘制放大镜的杆

（7）使用工具箱中的椭圆工具，绘制一个正圆形，为其填充浅蓝色，作为放大镜的镜片。

（8）使用工具箱中的"交互式透明工具" 📏，从镜片的中央向外拖曳鼠标，拉出一条箭头。在其"属性栏：交互式渐变透明"属性栏中设置透明度类型为"射线"，使镜片产生射线透明效果，完成后的图形如图 7-147 所示。

（9）选中如图 7-147 所示的放大镜图形，将放大镜图形移到绘图页面内，使镜片在"屋"文字之上。

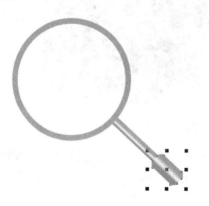

图 7-146 绘制放大镜的把

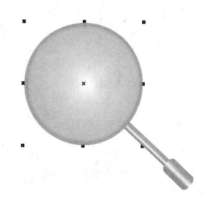

图 7-147 绘制放大镜的镜片

（10）选中放大镜的镜片图形，选择"窗口"→"泊坞窗"→"透镜"菜单命令，调出"透镜"泊坞窗，在"透镜"泊坞窗中的下拉列表框中选中"放大"选项，设置"数量"为1.5，如果"应用"按钮无效，可以单击🔒按钮，使"应用"按钮变为有效，同时该按钮变为🔒，如图 7-148 所示。单击"应用"按钮，放大的效果如图 7-149 所示。

（11）使用工具箱中的"手绘工具" 🖊，绘制一个三角形，如图 7-150 所示。

（12）使用工具箱中"形状编辑展开式工具栏"内的"形状工具" 🔧，将三角形调整成水滴形状。再使用工具箱中的"椭圆工具" ⬭，在水滴图形的下方绘制一个圆形图形，完成后的图形如图 7-151 所示。

（13）同时选中这两个对象，将其移动到镜片的右上方，调整其大小，单击调色板中的白色色块，用白色填充这两个对象。

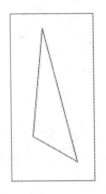

图 7-148　"透镜"泊坞窗　　　　　图 7-149　放大的效果　　　　　图 7-150　绘制三角形

（14）使用工具箱中的"交互式透明工具" ，从图 7-151 所示图形的右上方向左下方拖曳出一个箭头。在其"属性栏：交互式渐变透明"属性栏中设置透明度类型为"线性"，使图形产生线性透明效果，完成后的图形如图 7-152 所示。

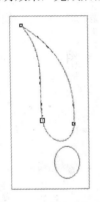

图 7-151　调整三角形　　　　　　　图 7-152　产生透明效果

（15）右击调色板中的"无"色块，取消所选图形的轮廓。选中镜片图形，右击调色板中的"无"色块，取消所选镜片图形的轮廓，效果如图 7-137 所示。

【知识链接】

1. 创建透镜

使用透镜可以使图像产生各种丰富的效果。透镜可以应用于许多图形和位图，但不能应用于已经应用了立体化、轮廓线或渐变的对象。

（1）输入"透镜"美工字和导入一幅图像，再绘制一个椭圆图形，作为透镜，如图 7-153 所示。为创建透镜和观看透镜效果做好准备。

（2）选中透镜图形，将它移到美工字和图像之上，选择"效果"→"透镜"菜单命令，调出"透镜"泊坞窗。在"透镜"泊坞窗内的下拉列表框内选择一种透镜（此处选择"颜色添加"），设置颜色为黄色、比率为 50%，如图 7-154 所示。

（3）继续选中作为透镜的图形，然后单击"应用"按钮，即可将选中的图形（绘制的椭圆图形）设置为透镜，透镜的效果是透镜内的对象颜色偏黄色，如图 7-155 所示。

图 7-153 绘制图形　　　图 7-154 "透镜"泊坞窗　　　图 7-155 "颜色添加"透镜效果

如果透镜图形在其他对象的下边，则选中透镜图形，选择"排列"→"顺序"→"到图层前面"菜单命令，将透镜图形移到其他对象的上边。

（4）选中"冻结"复选框，单击"应用"按钮，移动透镜位置后，透镜内的对象仍保持不变，如图 7-156 所示。

（5）选中"视点"复选框，"视点"复选框右边会增加一个"末端"按钮，单击该按钮，会在复选框的上边显示两个数字框，如图 7-157 所示，利用它们可以改变视角的位置。另外，还可以通过拖曳透镜内新出现的 ✕ 标记（表示视点）来改变视角的位置。

单击"应用"按钮后，可以从不同角度观察透镜下的对象，如图 7-158 所示。而且移动透镜位置后，透镜内的对象仍保持不变。

图 7-156 透镜内对象不变　　　图 7-157 "透镜"泊坞窗　　　图 7-158 观察透镜下的对象

（6）在改变视角的位置后（见图 7-158），再选中"移除表面"复选框，单击"应用"按钮，透镜下除了显示透镜效果图外，还会显示原对象，如图 7-159 所示。而且移动透镜位置后，透镜内的对象仍保持不变。

（7）改变"比率"数字框内的数据，可以改变透镜作用的大小。例如，选择"颜色添加"透镜类型后，将"比率"数字框内的数值改为 100%，单击"应用"按钮后，透镜下的对象颜色会变得更黄，透镜效果如图 7-160 所示。

2．几种类型透镜的特点

（1）使明亮。选择该选项后，调整比率，可以使透镜内的图像变亮或变暗。例如，设置比率为 80%，单击"应用"按钮后，透镜效果如图 7-161 所示。

图 7-159　选中"移除表面"复选框效果　　　　　图 7-160　改变比率效果

（2）颜色添加。选择该选项后，单击"颜色"按钮，调出"颜色"面板，选择颜色，再在"比率"数字框内调整色饱和度比率，可以给透镜内的图形等对象添加选定的颜色，透镜效果如图 7-155 所示。

（3）色彩限度。选择该选项后，单击"颜色"按钮，调出"颜色"面板，选择颜色，再调整比率，即可获得类似于照相机所加的滤光镜效果，好像通过有色透镜观察图像一样。加入绿透镜，比率为 50%，单击"应用"按钮后，透镜效果如图 7-162 所示。

（4）自定义彩色图。选择该选项后，将滤光镜的颜色设置为两种颜色间的颜色（如绿色到黄色），用来确定图像和背景颜色。单击"应用"按钮后，透镜效果如图 7-163 所示。

图 7-161　图像变亮　　　　　图 7-162　颜色限制　　　　　图 7-163　自定义彩色图透镜效果

（5）鱼眼。选择该选项后，再调整比率（如比率设置为 150%），单击"应用"按钮后，可以使透镜下的图像呈鱼眼效果，如图 7-164 所示。

（6）热图。选择该选项后，再调整调色板旋转角度（如设置为 45°），单击"应用"按钮后，可以使透镜下的图形随调色板的颜色发生变化，如图 7-165 所示。

（7）反显。选择该选项后，可使透镜下的图像呈负片效果，如图 7-166 所示。

（8）放大。选择该选项后再调整数量，可使透镜下的图形按指定的倍数放大。设置放大数量值为 1.5，单击"应用"按钮后，透镜效果如图 7-167 所示。

（9）灰度浓淡。选择该选项后，再调整颜色，可以使透镜下的图像呈选定颜色的透镜效果。

（10）透明度。选择该选项后，再调整比率和颜色，可使透镜下的图像呈半透明效果。例如，设置颜色为绿色，比率为 50%，单击"应用"按钮后，透镜效果如图 7-168 所示。

图 7-164　鱼眼透镜效果　　　　图 7-165　热图透镜效果　　　　图 7-166　反显透镜效果

（11）线框。选择该选项后，再调整轮廓和填充颜色，可使透镜下的图形和文字的轮廓线和填充颜色改变。例如，透镜下方有一个艺术字和一幅紫色轮廓线、填充色为蓝色的矩形，设置"线框"透镜类型后，设置轮廓线为绿色、填充颜色为黄色，单击"应用"按钮后，透镜线的轮廓线颜色改为绿色，填充颜色改为黄色，透镜效果如图 7-169 所示。

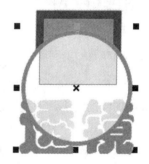

图 7-167　放大透镜效果　　　　图 7-168　透明度透镜效果　　　　图 7-169　线框透镜效果

3．封套

绘制一幅图形，如图 7-170 所示。使用工具箱中的"选择工具"，选中该图形。再单击工具箱中"交互式展开式工具栏"内的"交互式封套工具"按钮，其"属性栏：交互式封套工具"属性栏如图 7-171 所示。此时，对象周围会出现封套网线，如图 7-172 所示。拖曳封套网线的节点，可以产生变形的效果。"属性栏：交互式封套工具"属性栏内前面没有介绍过的选项的作用如下。

图 7-170　一幅图形　　　图 7-171　"属性栏：交互式封套工具"属性栏　　　图 7-172　封套网线

（1）单击"预设列表"下拉列表框右边的箭头按钮，会调出有各种封套的样式选项。单击一种选项，即可改变封套网线的形状。

（2）如果在调整封套网格状区域后，需要保留这种形状图样，可以单击"添加预设"按钮，调出"另存为"对话框，利用该对话框即可将该封套网格图样保存。

（3）选择"映射模式"下拉列表框中的选项（水平、原始的、自由变形、垂直）后，可以限制在拖曳封套网线时，对象形状的变化方向。

（4）单击按下"直线"按钮，可以将曲线节点转换为直线节点。拖曳封套网线的直线节点，可以产生直线变形的效果，如图 7-173 所示。

（5）单击按下"单弧"按钮，再拖曳封套网线的节点，可以产生单弧线变形的效果，如图 7-174 所示。

（6）单击按下"双弧"按钮，再拖曳封套网线的节点，可以产生双弧线变形的效果，如图 7-175 所示。

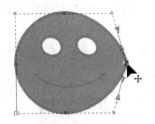 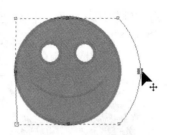 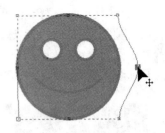

图 7-173　直线变形效果　　　　图 7-174　单弧线变形效果　　　　图 7-175　双弧线变形效果

（7）单击按下"非强制的"按钮后，再拖曳封套网线的节点，可以移动节点位置，可以拖曳节点切线的箭头，调整切线的方向，改变节点两边曲线的形状，如图 7-176 所示。

（8）单击按下"保留线条"按钮，拖曳调整封套网线的节点后，封套网线随之变化，对象的直线不会随着封套网线的调整而改变，如图 7-177 所示。

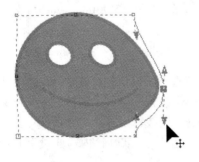 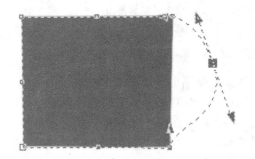

图 7-176　非强制变形效果　　　　　　　图 7-177　对象的直线不会改变

4. 新增透视点

（1）绘制一个图形或输入美术字，再使用"选择工具"，选中该图形，如图 7-178 所示。

（2）选择"效果"→"增加透视点"菜单命令，则选中的对象周围会出现一个矩形网格状区域，如图 7-179 所示。拖曳矩形网格状区域的黑色节点，可产生双点透视的效果，如图 7-180 所示。如果在按住【Shift+Ctrl】组合键的同时拖曳，可使对应的节点沿反方向移动等距离。

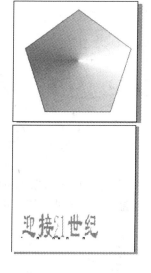 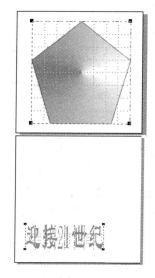 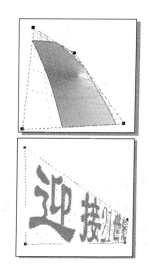

图 7-178 图形和美术字   图 7-179 网格状区域   图 7-180 产生双点透视效果

思考与练习 7.4

1. 参考【实例 21】图形的制作方法,制作有鱼眼效果的放大镜,效果如图 7-181 所示。
2. 参考【实例 21】图形的制作方法,制作有变色效果的放大镜。
3. 制作"迎接新的一年"透视效果文字图形,如图 7-182 所示。

图 7-181 有鱼眼效果的放大镜   图 7-182 "迎接新的一年"透视效果文字图形

第8章 位图图像处理

CorelDRAW X3 是一个针对矢量绘图设计的软件，同时它还具有对位图进行加工处理的功能，如对位图的亮度、对比度、色调、伽玛值等的调整，以及位图的各种效果处理等。本章通过完成 6 个实例，介绍 CorelDRAW X3 对位图图像的加工处理的方法。

8.1 【实例22】佳人美景

"佳人美景"图像如图 8-1 所示，它是将如图 8-2 所示的"佳人"图像和如图 8-3 所示的"飞鸟"图像添加到如图 8-4 所示的"风景"图像中，再将"佳人"图像中的紫色背景和"飞鸟"图像中的白色背景隐藏，以及其他加工处理后形成的。通过制作该实例，可以进一步掌握导入图像的方法、位图颜色遮罩技术等。该图像的制作方法和相关知识介绍如下。

图 8-1 "佳人美景"图像

图 8-2 "佳人"图像   图 8-3 "飞鸟"图像   图 8-4 "风景"图像

【制作方法】

1. 在风景图像之上添加佳人图像

（1）设置绘图页面的宽度为 400 像素，高度为 260 像素，背景色为白色。

（2）选择"文件"→"导入"菜单命令，调出"导入"对话框。利用该对话框选择一幅名为"风景.jpg"的图像，如图 8-4 所示。单击"导入"按钮，在绘图页面内拖曳出一个与绘图页面基本一样的矩形，导入选中的"风景"图像。使用工具箱中的"选择工具" ▷，调整导入的"风景"图像的大小和位置，使图像刚好将整个绘图页面覆盖。

（3）再导入一幅"佳人.jpg"图像，如图 8-2 所示。将"佳人"图像移到"风景"图像内的右下角，如图 8-5 所示。使用工具箱中的"选择工具" ▷，调整导入的"佳人"图像的大小和位置。

（4）选择"位图"→"位图颜色遮罩"菜单命令，调出"位图颜色遮罩"泊坞窗。选中"隐藏颜色"单选按钮，再选中颜色列表框内第 1 个色条的复选框，拖曳"容限"滑块，调整容差度数值为 12；单击"颜色选择"按钮 ，再单击"佳人"图像的紫色背景，选定要隐藏的颜色。此时的"位图颜色遮罩"泊坞窗如图 8-6 所示。

图 8-5 导入的"风景"和"佳人"图像　　　　图 8-6 "位图颜色遮罩" 泊坞窗

（5）单击"位图颜色遮罩"泊坞窗内的"应用"按钮，即可将"佳人"图像的紫色背景隐藏，图像效果如图 8-7 所示。

图 8-7 隐藏"佳人"图像的紫色背景

2．添加飞鸟图像和制作立体文字

（1）选择"文件"→"导入"菜单命令，调出"导入"对话框。利用该对话框选择一幅名为"飞鸟.jpg"的图像，如图 8-3 所示。单击"导入"按钮，在绘图页面内导入"飞鸟"图像。

（2）使用工具箱中的"选择工具" ，调整导入的"飞鸟"图像的大小和位置，如图 8-8所示。

（3）选择"位图"→"位图颜色遮罩"菜单命令，调出"位图颜色遮罩"泊坞窗。选中"隐藏颜色"单选按钮，选中颜色列表框内第 1 个色条的复选框，拖曳"容限"滑块，调整容差度数值为 20；单击"颜色选择"按钮 ，再单击"飞鸟"图像的白色背景，选定要隐藏的颜色。

（4）单击"位图颜色遮罩"泊坞窗内的"应用"按钮，即可将"飞鸟"图像的白色背景隐藏，如图 8-9 所示。

（5）按 3 次【Ctrl+D】组合键，复制 3 个"飞鸟"图像。使用工具箱中的"选择工具" ，调整复制的"飞鸟"图像的位置，如图 8-10 所示。

图 8-8 "飞鸟"图像　　图 8-9 隐藏白色背景　　　图 8-10 复制 3 个"飞鸟"图像

（6）使用工具箱中的"文本工具" ，在绘图页中输入字体为华文琥珀、大小为 43pt 的"佳人美景"美术字。选中它，再单击调色板内的红色色块，给"佳人美景"美术字填充红色；右击调色板内的黄色色块，给"佳人美景"美术字轮廓着黄色。

（7）使用工具箱中"交互式展开式工具栏"内的"交互式立体化工具" ，在美术字上向上拖曳，产生立体字，如图 8-11 所示。再单击其"属性栏：交互式立体化"属性栏内的"颜色"按钮，调出"颜色"面板。在该面板内，设置"从"颜色为红色，"到"颜色为黄色，美工文字效果如图 8-12 所示。

（8）使用工具箱中的"选择工具" ，适当调整立体美术字的大小，将它移到绘图页面内的左下角，如图 8-1 所示。

图 8-11 "佳人美景"立体字　　　　　图 8-12 调整立体文字渐变颜色

【知识链接】

1．位图颜色遮罩

使用工具箱中的"选择工具" ，选中一幅图像。再选择"位图"→"位图颜色遮罩"菜单命令，调出"位图颜色遮罩"泊坞窗。利用"位图颜色遮罩"泊坞窗可以将选中的位图内的几种颜色隐藏，或者只显示选中位图内的几种颜色。

（1）隐藏位图中的某几种颜色。选中"隐藏颜色"单选按钮，再按下述步骤操作。

◎ 在颜色列表框内选中一个色条。

◎ 单击"颜色选择"按钮 ；将鼠标指针移到位图内的某处，单击鼠标左键选择颜色。
也可以单击"编辑色彩"按钮 ，调出"选择颜色"对话框，利用它选择相应的色彩。

◎ 拖曳"容限"滑块，调整容限度，颜色列表框内选中的色条右边会显示容限度数据。
例如，选中一幅"苹果"图像（绘图页面背景颜色为绿色），如图 8-13 所示。调出
"位图颜色遮罩"泊坞窗，在颜色列表框内选中第 1 个色条，拖曳"容限"滑块，调整
容差度数值为 18；单击"颜色选择"按钮 ，再单击图像的白色背景。此时的"位
图颜色遮罩"泊坞窗如图 8-14 所示。

◎ 在颜色列表框内选中另外一个色条，重复上述步骤。此处只选择一种颜色。

◎ 设置完后，单击"应用"按钮，隐藏选中的颜色。例如，如图 8-15 所示图像隐藏了其
白色背景。

图 8-13　选中的图像　　　　图 8-14　"位图颜色遮罩"泊坞窗　　　图 8-15　隐藏白色背景

（2）显示位图中的某几种颜色。选中"显示颜色"单选按钮，然后按上述步骤进行操作。
设置完要显示的颜色后，单击"应用"按钮，效果如图 8-16 所示。

2．描摹

描摹就是将位图转换成矢量图。选中绘图页面内的位图图像，如图 8-17 所示。选择"位
图"→"描摹位图"菜单命令，调出"描摹位图"子菜单，如图 8-18 所示，从图中可以看出
所能进行的几种描摹方式。单击一个菜单命令，即可进行相应的描摹操作，现简介如下。

图 8-16　只显示选中颜色的图像　　　　　　图 8-17　位图图像

（1）快速描摹。选中绘图页面内的一幅位图图像（如图 8-17 所示图像），选择"位图"→"描摹位图"→"快速描摹"菜单命令，即可将选中的位图矢量化，如图 8-19 所示。再选择"排列"→"取消全部群组"菜单命令，将如图 8-19 所示的矢量图像群组全部取消，分离成多个独立的小矢量图形，如图 8-20 所示。

图 8-18　"描摹位图"子菜单　　　　图 8-19　快速描摹效果　　　　图 8-20　取消全部群组

（2）其他描摹。选择"位图"→"描摹位图"菜单命令，调出"描摹位图"子菜单，再单击该菜单内除了"快速描摹"菜单命令外的其他任何一个菜单命令，都可以调出"PowerTRACE"对话框，如图 8-21 所示。此处选择的是"位图"→"描摹"→"高品质图像"菜单命令。

图 8-21　"PowerTRACE"对话框

在该对话框内的"图像类型"下拉列表框中可以选择不同的图像类型，即转换后的矢量图的类型，这与单击"描摹位图"子菜单中的菜单命令的效果一样。在"图像类型"下拉列表框中选择不同的"图像类型"选项后，该对话框中的各项参数选项不变。

在"预览"下拉列表框中有 3 个选项，选中"之前和之后"选项后，该对话框内左边的显示框有上下两个，上边的是原图像，下边的是转换后的矢量图；选中"大型浏览"选项后，该对话框内的左边只有一个显示框，用来显示转换后的矢量图；选中"大纲轮廓"选项后，该对话框内的左边只有一个显示框，用来显示转换后的矢量图的轮廓线。单击显示框内的图像，可以将显示框内的图像放大，右击显示框内的图像，可以将显示框内的图像缩小。

"PowerTRACE"对话框内右边各栏用来设置转换的矢量图形的平滑程度、细节、颜色模式和颜色数量等。这些参数值越高，转换后的矢量图效果越好，但是转换的速度越慢，转换后的矢量图形文件的字节数越大。

在"选项"栏内，如果选中"删除原始图像"复选框，则转换后原图像会自动被删除。选中"移除背景"复选框后，转换的矢量图形的背景颜色会被移除，替代原背景颜色的颜色可以指定或由 CorelDRAW X3 自动设置。在"跟踪结果详情资料"栏内会显示出转换后的矢量图形的曲线个数、节点个数和颜色数量等信息。

3. 位图颜色模式转换

选中绘图页面内的位图，选择"位图"→"模式"菜单命令，它的子菜单如图 8-22 所示，从图中可以看出所能转换的模式。单击一个菜单命令，即可进行相应的模式转换。

（1）转换为黑白模式。单击"黑白（1 位）"菜单命令后，调出"转换为 1 位"对话框。在"转换方法"下拉列表框内可以选择某种转换方法，转换方法不同，其对话框也会有一些变化。调整"强度"滑块或文本框中的数据，如图 8-23 所示。对话框内的左图为原图，单击"预览"按钮后，右图为转换后的图像。

图 8-22 "模式"子菜单　　　图 8-23 "转换成 1 位"对话框

（2）单击"模式"子菜单中的"灰度（8 位）"、"Lab 颜色（24 位）"或"CMYK 颜色（32 位）"菜单命令，可以直接转换为相应的模式。

（3）转换为双色模式。选择"位图"→"模式"→"双色（8 位）"菜单命令后，调出"双色调"对话框。在"双色调"对话框的"类型"列表框内选择转换为某种墨水绘制的图像，其对话框会有一些变化。选中"全部显示"复选框后，可以在右边同时显示所有颜色的曲线。

选中左边的一种颜色，在右边即可拖曳调整相应的曲线，从而调整颜色的百分比。单击"预览"按钮可以在右边的显示框内显示其效果，如图 8-24 所示。单击"保存"按钮可以将调整好的墨水色调曲线保存在文件中。

（4）转换为调色板模式。选择"位图"→"模式"→"调色板"菜单命令，调出"转换至调色板色"对话框，如图 8-25 所示。在该对话框中的"调色板"下拉列表框内选择调色板的类型，在"递色处理的"下拉列表框内选择相应的选项，调整平滑度大小和抵色强度等。单击"确定"按钮即可。

图 8-24 "双色调"对话框　　　　　　　图 8-25 "转换至调色板色"对话框

思考与练习 8.1

1. 制作一幅"空中飞机"图像，如图 8-26 所示。它是利用如图 8-27 所示的"云图"图像和如图 8-28 所示的"飞机"图像制作而成的。

图 8-26 "空中飞机"图像　　　　　　　图 8-27 "云图"图像

2. 制作一幅"小鸭戏水"图像，如图 8-29 所示，它是将如图 8-30 所示的"小鸭"图像中的背景白色隐藏，将小鸭图像添加到图 8-31 所示的"戏水"图像中，再进行其他加工处理后形成的。

图 8-28 "飞机"图像　　　　　　　图 8-29 "小鸭戏水"图像

图 8-30　"小鸭"图像　　　　　　　　图 8-31　"戏水"图像

8.2 【实例 23】春夏秋冬

"春夏秋冬"图像如图 8-32 所示。它显示了一幅相同图像的四季画面。通过对一幅图像（见图 8-33）进行不同的"调整"操作，产生春、夏、秋、冬四个季节的效果。CorelDRAW X3 是一个主要针对矢量绘图设计的软件，它还可以对位图图像进行一些色彩调整，使图像达到所设计的艺术效果。选择"效果"→"调整"菜单命令，可调出"调整"菜单，其内共有 12 条菜单命令；另外，选择"效果"→"变换"菜单命令，可调出"变换"菜单，其内共有 3 条菜单命令。图像的调整主要是通过这 15 条命令来完成的。通过制作该图像，可以掌握图像调整和变换中一些命令的使用方法等技术，以及初步掌握"创造性"→"天气"滤镜的使用方法。该图像的制作方法和相关知识介绍如下。

图 8-32　"春夏秋冬"图像　　　　　　图 8-33　导入的"沙漠"图像

【制作方法】

1．制作春天效果

（1）设置绘图页面的宽度为 600 像素，高度为 400 像素，背景色为白色。

（2）选择"文件"→"导入"菜单命令，导入一个文件名为"沙漠"的图像，如图 8-33 所示。再将该图像复制 3 个，排列成 2 行 2 列，选择"排列"→"对齐和分布"→"对齐和分布"菜单命令,调出"对齐与分布"对话框,利用该对话框将 4 幅"沙漠"图像对齐,如图 8-34 所示。

(3)使用工具箱中的"选择工具" ，选中左上角的"沙漠"图像,选择"效果"→"调整"→"伽玛值"菜单命令,调出"伽玛值"对话框,如图 8-35 所示。该对话框主要用来调整图像的对比度,伽玛值越大,图像对比亮度越弱。调整图像对比度不仅使明暗对比减弱了,整个图像的色调对比也减弱了。由于如图 8-33 所示图像的色彩比较浓,因此调整伽玛值为 1.96,单击"预览"按钮,即可看到整个图像的对比均减弱了。

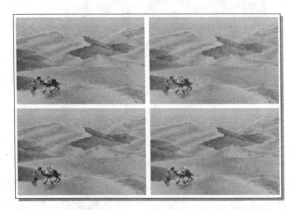

图 8-34　4 幅"沙漠"图像　　　　　　　　　　图 8-35　"伽玛值"对话框

(4)单击"伽玛值"对话框内的按钮 ，可以使"伽玛值"对话框内显示原图像和调整后的图像,同时按钮 变为 ,如图 8-36 所示。单击按钮 ,可以使"伽玛值"对话框回到如图 8-35 所示状态。拖曳左边的图像,可以调整原图像和加工后图像的显示部位,单击左边的图像,可以放大显示原图像和加工后图像,右击左边的图像,可以缩小显示原图像和加工后图像。单击"确定"按钮,调整后的图像如图 8-37 所示。

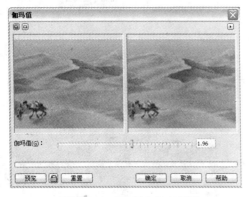

图 8-36　"伽玛值"对话框　　　　　　　　　　图 8-37　调整后的图像

(5)选择"效果"→"调整"→"调合曲线"菜单命令,调出"调合曲线"对话框,如图 8-38 所示(还没有调整曲线)。在该对话框内的"色频通道"下拉列表框内选择"绿色通道"选项,单击"平滑曲线"按钮 ,"调合曲线"对话框内增加一个"伽玛值"数字框,调整伽玛值为 2,这时右边的预览框内出现一条绿色曲线,如图 8-39 所示。

(6)在"调合曲线"对话框内的"色频通道"下拉列表框内选择"蓝色通道"选项,右边的预览框内出现一条蓝色直线,向右下方拖曳蓝色曲线,再选中"全部显示"复选框,效果如图 8-38 所示对话框中蓝色曲线所示。

绿色　白色　红色　蓝色

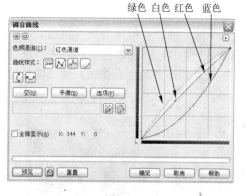

图 8-38　"调合曲线"对话框

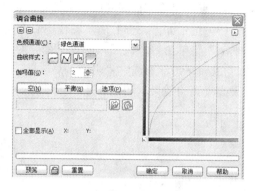

图 8-39　"调和曲线"对话框

（7）在"调合曲线"对话框内的"色频通道"下拉列表框内选择"红色通道"选项，向右下方微微拖曳红色曲线，效果如图 8-38 所示对话框中红色曲线所示。在"调合曲线"对话框内的"色频通道"下拉列表框内选择"RGB 通道"选项，效果如图 8-38 所示。单击"预览"按钮，可以看到图像颜色变绿了。单击"确定"按钮，制作的春天图像效果如图 8-40 所示。

（8）使用工具箱中的"文本工具"字，在春天图像内的左上角输入字体为黑体、大小为 8pt 的"春"美术字，设置颜色为绿色，如图 8-32 所示。

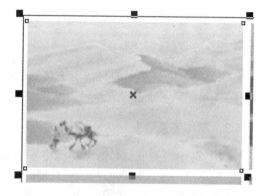

图 8-40　调整调合曲线后的春天图像效果

2．制作夏天和秋天效果

（1）选中如图 8-34 所示图像中右上角的"沙漠"图像，选择"效果"→"调整"→"亮度/对比度/强度"菜单命令，调出"亮度/对比度/强度"对话框。在该对话框中设置各项参数，使图像的亮度、对比度、强度参数都增强，如图 8-41 所示。单击"确定"按钮，使图像产生沙漠夏季烈日炎炎的景色，如图 8-42 所示。

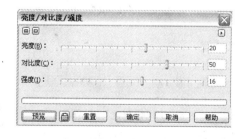

图 8-41　"亮度/对比度/强度"对话框

图 8-42　"亮度/对比度/强度"调整的夏天图像效果

（2）使用工具箱中的"文本工具"字，在夏天图像内的右上角输入字体为黑体、大小为

8pt 的"夏"美术字，设置颜色为红色，如图 8-32 所示。

（3）选中如图 8-34 所示图像中右下角的"沙漠"图像，选择"效果"→"调整"→"颜色平衡"菜单命令，调出"颜色平衡"对话框，如图 8-43 所示。将三个色频通道分别设置为 10、−36 和−90，不选中"阴影"复选框，如图 8-43 所示。单击"确定"按钮，使图像呈现秋季天高气爽的效果，如图 8-44 所示。

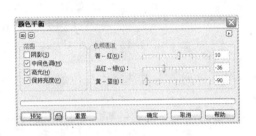

图 8-43 "颜色平衡"对话框   图 8-44   调整色彩平衡后的秋天图像效果

（4）使用工具箱中的"文本工具" 字，在秋天图像内的右上角输入字体为黑体、大小为 8pt 的"秋"美术字，设置颜色为紫色，如图 8-32 所示。

3. 制作冬天效果

（1）选中如图 8-34 所示图像中左下角的"沙漠"图像，再选择"效果"→"变换"→"反显"菜单命令，该命令的主要功能是使位图图像变成负像。执行"反显"后可以看到图像被反显成负像，即黑色变成白色，白色变成黑色，其他颜色都变成了它的补色，如图 8-45 所示。

（2）选择"效果"→"变换"→"极色化"菜单命令，调出"极色化"对话框。"极色化"的主要功能是设定所要的色调阶数，即表示每个色调只以设定的阶数来表现。根据需要定义色调层次为 28，作为冬景的色彩级数，如图 8-46 所示。单击"预览"按钮，可以看到整个点阵图的色调表现得更为丰富了。单击"确定"按钮，关闭该对话框，完成图像变换。

图 8-45   反显图像   图 8-46 "极色化"对话框

（3）此时的图像作为冬天图像显然过于寒冷，使人感到压抑。可以进行"调合曲线"调整，来改善次效果。选择"效果"→"调整"→"调合曲线"菜单命令，调出"调合曲线"对话框，参数设置如图 8-47 所示，操作步骤不再赘述，效果如图 8-48 所示。

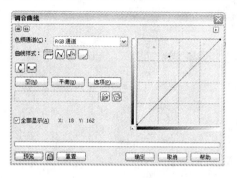

图 8-47　"调合曲线"对话框　　　　图 8-48　"调合曲线"调整后的冬天图像效果

（4）选择"位图"→"创造性"→"天气"菜单命令，调出"天气"对话框，在"预报"栏内选中"雪"单选按钮，设置气候预报为雪，再设置雪浓度为 18、雪片大小为 1，如图 8-49 所示。单击"确定"按钮，关闭该对话框，即可显示一幅沙漠中雪花纷飞、冰天雪地、寒风凛冽的冬天画面，如图 8-50 所示。

图 8-49　"天气"对话框　　　　　　图 8-50　添加雪花后的效果

（5）使用工具箱中的"文本工具" 字，在冬天图像内的左上角输入字体为黑体、大小为 8pt 的"冬"美术字，设置颜色为蓝色，如图 8-32 所示。

【知识链接】

1. 位图调整

选择"效果"→"调整"菜单可以进行图像色彩的各种调整，几个菜单命令简介如下。

（1）伽玛值的调整。选择"效果"→"调整"→"伽玛值"菜单命令，调出"伽玛值"对话框，如图 8-35 所示。利用该对话框可以调整图像色彩的伽玛值。伽玛值的改变会影响图像中的所有值，但主要影响中间的色调，调整它可以改进低对比度图像的细节部分。

（2）曲线调整。选择"效果"→"调整"→"调合曲线"菜单命令，调出"调合曲线"对话框，如图 8-38 所示。利用该对话框可以进行图像色调曲线的调整。

（3）亮度/对比度/强度的调整。选择"效果"→"调整"→"亮度/对比度/强度"菜单命令，调出"亮度/对比度/强度"对话框，如图 8-41 所示。利用该对话框可以调整图像的亮度、对比度和强度。

（4）色度、饱和度和亮度的调整。选择"效果"→"调整"→"色度/饱和度/亮度"菜单命令，调出"色度/饱和度/亮度"对话框，如图 8-51 所示。利用该对话框可以调整图像色彩的色度、饱和度和亮度。

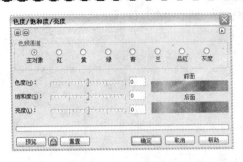

图 8-51　"色度/饱和度/光度"对话框

（5）颜色通道调整。选择"效果"→"调整"→"通道混合器"菜单命令，调出"通道混合器"对话框，如图 8-52 所示。利用该对话框可以调整图像的色彩平衡。在"色彩模型"下拉列表框内可以选择色彩模型，在"输出通道"下拉列表框内可以选择通道，其内有"红"、"绿"和"蓝色"三个通道。选中"仅预览输出通道"复选框后，单击"预览"按钮，所看到的是加工后图像的单通道（在"输出通道"下拉列表框内选中的通道）的黑白图像。

（6）局部平衡调整。选择"效果"→"调整"→"局部平衡"菜单命令，调出"局部平衡"对话框，如图 8-53 所示。利用该对话框可以进行图像的局部化等调整，以产生一些特殊的效果。单击按钮❸后，可同时调整"宽度"和"高度"的数值。按钮抬起后，可以分别调整"宽度"和"高度"的数值。

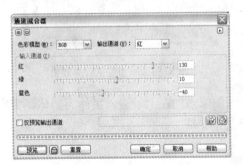

图 8-52　"通道混合器"对话框

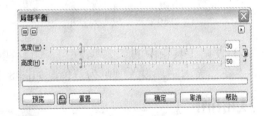

图 8-53　"局部平衡"对话框

（7）替换颜色。选中要替换颜色的图像（如"橘子"图像），如图 8-54 所示。选择"效果"→"调整"→"替换颜色"菜单命令，调出"替换颜色"对话框，如图 8-55 所示。单击"确定"按钮，即可完成这次颜色的替代调整，将黄色"橘子"图像变为红色"橘子"图像，如图 8-56 所示。该对话框的具体设置方法如下。

图 8-54　"橘子"图像

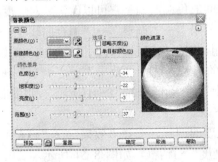

图 8-55　"替换颜色"对话框

图 8-56　红色"橘子"图像

◎ 单击"替换颜色"对话框内"原颜色"栏内的按钮，单击图像内的"橘子"图像内的黄色部分，拖曳"范围"栏的滑块，调整容差的范围为 37。

◎ 单击"新建颜色"栏内颜色列表框的箭头按钮，调出它的颜色面板，单击该面板内的红色色块，设置将黄色用红色更换。

可以再选择"效果"→"调整"→"替换颜色"菜单命令，调出"替换颜色"对话框。按照上述方法，再进行颜色的替换调整。

2．位图重新取样和位图边框扩充

（1）位图重新取样。选中一幅位图，单击属性栏中的"重取样"按钮，或者选择"位图"→"重取样"菜单命令，调出"重新取样"对话框，如图 8-57 所示。利用该对话框可以调整图像的大小与清晰度。可以直接调整图像的宽度和高度，也可以调整图像的百分比变化。例如，将选中的一幅宽度为 600 像素、高度为 439 像素的图像的宽和高调整为 110%后，"重新取样"对话框如图 8-57 所示。该对话框内会显示出原图像的大小（宽度、高度和字节数）。

选中"光滑处理"复选框后，可以在调整图像大小和分辨率的同时对图像进行光滑处理。选中"保持纵横比"复选框后，在改变图像的高度时，图像宽度也随之变化，在改变图像的宽度时，图像高度也随之变化，可以保证图像的原宽高比不变。选中"保持原始大小"复选框后，"图像大小"栏的参数不可以修改，只可以修改图像的分辨率。

（2）位图边框扩充。选中一幅位图，选择"位图"→"扩充位图边框"→"手动扩充位图边框"菜单命令，调出"位图边框扩充"对话框，如图 8-58 所示。利用该对话框可以调整图像四周边框（白色）的大小，图像原画面大小不变。可以直接调整图像的宽度和高度，也可以调整图像的百分比。

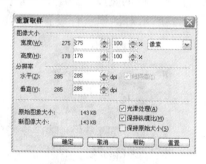

图 8-57　"重新取样"对话框

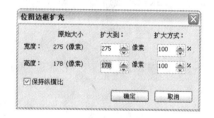

图 8-58　"位图边框扩充"对话框

3．6 个滤镜的使用

CorelDRAW X3 可以利用过滤器改变位图的外观，产生特殊效果。单击"位图"菜单命令，调出"位图"菜单，单击其内第 6 栏内的菜单命令的下一级菜单命令，即可调出相应的对话框，利用该对话框可进行相应的设置，以产生特殊效果的位图。

（1）高斯模糊滤镜。选择"位图"→"模糊"→"高斯式模糊"菜单命令，调出"高斯式模糊"对话框，如图 8-59 所示。在"高斯式模糊"对话框内，可拖曳决定半径的滑块或修改数值框内的数字。进行高斯模糊处理的效果如图 8-60 所示。

（2）龟纹扭曲滤镜。选择"位图"→"扭曲"→"龟纹"菜单命令，调出"龟纹"对话框，如图 8-61 所示。利用该对话框可以调整位图图像的龟纹扭曲效果。按照如图 8-61 所示对话框进行设置后，单击"确定"按钮，即可将选中图像进行龟纹扭曲处理，效果如图 8-62 所示。

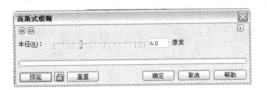

图 8-59 "高斯式模糊"对话框　　　　图 8-60 高斯模糊效果

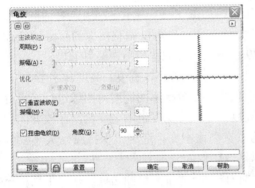

图 8-61 "龟纹"对话框　　　　图 8-62 龟纹扭曲效果

（3）玻璃砖创造性滤镜。选择"位图"→"创造性"→"玻璃砖"菜单命令，调出"玻璃砖"对话框，如图 8-63 所示。在该对话框内，可以设置玻璃砖的宽度和高度等。单击🔒按钮后，可以同步调整玻璃砖的宽度和高度。按照如图 8-63 所示对话框进行设置后，单击"确定"按钮，即可获得玻璃砖处理效果，如图 8-64 所示。

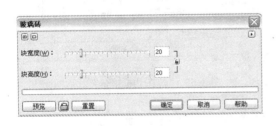

图 8-63 "玻璃砖"对话框　　　　图 8-64 玻璃砖处理效果

（4）曝光颜色变换滤镜。选择"位图"→"颜色变换"→"曝光"菜单命令，调出"曝光"对话框，如图 8-65 所示。在该对话框内，调整"层次"数值的大小，可以改变曝光度大小等。按照如图 8-65 所示对话框进行设置后，单击"确定"按钮，即可获得曝光处理效果，如图 8-66 所示。

（5）描摹轮廓滤镜。选择"位图"→"轮廓图"→"描摹轮廓"菜单命令，调出"描摹轮廓"对话框，如图 8-67 所示。在该对话框内，可以设置边缘类型，调整"层次"数值的大小，可以改变边缘的粗细等。按照如图 8-68 所示对话框进行设置后，单击"确定"按钮，即可获得描摹轮廓处理效果，如图 8-68 所示。

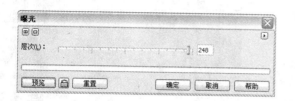

图 8-65 "曝光"对话框

图 8-66 曝光效果

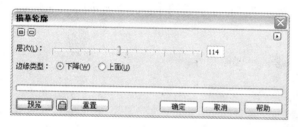

图 8-67 "描摹轮廓"对话框

图 8-68 描摹轮廓效果

（6）浮雕滤镜。选择"位图"→"三维效果"→"浮雕"菜单命令，调出"浮雕"对话框，如图 8-69 所示。在该对话框内，可以设置浮雕的深度和层次，以及浮雕的方向和颜色等。经浮雕滤镜处理后的画面如图 8-70 所示。

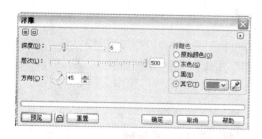

图 8-69 "浮雕"对话框

图 8-70 浮雕效果

思考与练习 8.2

1. 有一幅逆光拍摄的照片，窗户处很亮，室内其他处很暗，几乎看不清楚，这是对着很亮的窗户进行拍照产生的效果。请将该图像的房间内变亮，还原真实情况。

提示：针对图像使用"伽玛值"和"调和曲线"调整。

2. 制作一幅"杨柳戏春雨"图像，如图 8-71 所示。该图像是在如图 8-72 所示的"杨柳"图像的基础之上制作而成的。

图 8-71　"杨柳戏春雨"图像　　　　　　　　图 8-72　"杨柳"图像

3．制作一幅"傲雪飞鹰"图像，如图 8-73 所示，它呈现的是一幅雄鹰在雪花中骄傲地展翅飞翔的画面。该幅图像是在如图 8-74 所示的"雪树"图像和如图 8-75 所示的"飞鹰"图像的基础之上制作而成的。

提示：针对图像使用"天气"和"风"滤镜处理等操作。

图 8-73　"傲雪飞鹰"图像　　　　图 8-74　"雪树"图像　　　　图 8-75　"飞鹰"图像

4．如图 8-76 所示的照片图像是一幅逆光拍摄的晚秋照片，树叶和草坪已经枯黄，图像也很暗，一些地方几乎看不清楚。制作一幅"晚秋变新春"图像，它是将如图 8-76 所示的照片图像进行调整，使照片图像中黄色的树叶变绿，使它好像是在春天拍摄的，如图 8-77 所示。

图 8-76　照片原图像　　　　　　　　图 8-77　"晚秋变新春"图像

提示：可以首先进行"伽玛值"调整，再进行"调和曲线"调整，再调整图像的亮度、对比度、强度，最后进行几次"替换颜色"调整。

8.3 【实例 24】摄影展厅

"摄影展厅"图像如图 8-78 所示，展厅地面是黑白相间的大理石地面，顶部是倒挂明灯，两边和正面是 5 幅摄影图像，两边的摄影图像具有透视效果，在摄影展厅的右边有"摄影展厅"四个鱼眼文字。通过制作该图像，可以掌握增加透视点、精确剪裁、"透镜"泊坞窗的使用，位图透视三维效果处理等操作。该图像的制作方法和相关知识介绍如下。

图 8-78　"摄影展厅"图像

【制作方法】

1. 制作展厅正面和顶部图像

（1）设置绘图页面的宽度为 460mm，高度为 200mm。选择"查看"→"网格"菜单命令，使绘图页面内显示网格。

（2）单击工具箱内的"矩形工具"按钮▢，绘制一个宽度约为 190mm、高度约为 20mm 的矩形，填充灰色。单击工具箱内的"选择工具"按钮，选中该矩形，如图 8-79 所示。

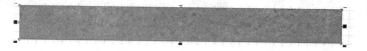

图 8-79　矩形图形

（3）选择"效果"→"添加透视"菜单命令，则选中的矩形之上会出现一个矩形网格状区域。向左水平拖曳矩形右下角的控制柄，向右水平拖曳矩形左下角的控制柄，形成一个梯形图形，如图 8-80 所示。同时会看到一个透视点✕也随之变化。

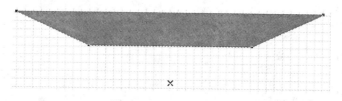

图 8-80　调整透视区域

（4）再绘制 6 幅不同颜色的矩形，按照上述方法，将其中的 3 幅矩形图形进行透视调整，再将它们的位置和大小进行调整，效果如图 8-81 所示。

（5）选择"文件"→"导入"菜单命令，调出"导入"对话框。在该对话框中选择 3 幅图像，单击"导入"按钮，关闭该对话框，向展厅正面左边的矩形内拖曳，将第 1 幅图像导入绘图页面中；再向展厅正面中间的矩形内拖曳，将第 2 幅图像导入绘图页面中；然后向展厅正面右边的矩形内拖曳，将第 3 幅图像导入到绘图页面中，如图 8-82 所示。

图 8-81　矩形图形的透视调整效果　　　　　图 8-82　导入图像

（6）选中上边的梯形图形，单击工具箱中"填充展开工具栏"的"图样填充"按钮，调出"图样填充"对话框，如图 8-83 所示。单击"装入"按钮，调出"导入"对话框，选中"灯.jpg"图像，单击"导入"按钮，关闭该对话框，回到"图样填充"对话框。

（7）在"图样填充"对话框内，将宽度设置为 20mm，高度设置为 20mm，不选中"镜像填充"复选框，其他设置如图 8-83 所示。单击"确定"按钮，将"灯.jpg"图像填充到上边的梯形图形内，如图 8-84 所示。

图 8-83　"图样填充"对话框　　　　图 8-84　将"灯.jpg"图像填充到梯形图形内

2．制作两边的透视图像

（1）导入 2 幅风景图像，如图 8-85 所示。再将一幅图像移到绘图页面的左边，另一幅图像移到绘图页面的右边。

图 8-85　导入的 2 幅风景图像

（2）使用工具箱中的"选择工具"，调整它们的高度，使其与展厅的高度一样，宽度与两边梯形的宽度一样，如图 8-86 所示。

图 8-86　将 2 幅图像分别置于两边的梯形图形之上并调整其高度和宽度

　　（3）选中左边的风景图像，选择"位图"→"三维效果"→"透视"菜单命令，调出"透视"对话框，按照图 8-87 所示，垂直向下拖曳右上角的白色控制柄。然后单击"预览"按钮，观察风景图像的透视效果，如果左边风景图像的右上角与正面左起第一幅风景图像的左上角对齐，如图 8-87 所示，则单击"透视"对话框内的"确定"按钮，完成图像的透视调整。如果透视效果不理想，可以单击该对话框内的"重置"按钮，重新进行透视调整。调整后的透视效果如图 8-88 所示。

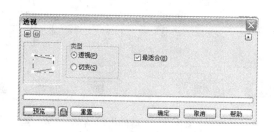

图 8-87　"透视"对话框

图 8-88　透视效果

　　（4）使用工具箱中的"形状工具" ，垂直向上拖曳透视图像的矩形图形白色背景右下角的节点，移到左边风景图像的左下角处；垂直向上拖曳透视图像的矩形图形白色背景右上角的节点，移到左边风景图像的左上角处，如图 8-89 所示。

　　另外，也可以使用"位图颜色遮罩"泊坞窗将风景图像的白色背景隐藏。

　　（5）采用上述方法，将右边的风景图像进行透视调整，注意在调出的"透视"对话框内应用鼠标垂直向下拖曳左上角的白色控制柄，然后再使用工具箱中的"形状工具" 调整透视图像的矩形图形白色背景。最终效果如图 8-90 所示。

图 8-89　透视图像调整

图 8-90　透视图像调整效果

3．制作球面文字

（1）单击工具箱内的"文本工具"按钮 字，在其"属性栏：文本"属性栏内，设置字体为华文琥珀，大小为 72pt，单击"垂直文本"按钮。然后在绘图页面外输入"摄影展厅"4 个红色文字。

（2）选择"排列"→"拆分美术字"菜单命令，将"摄影展厅"文字变成 4 个单独的文字。再分别将它们移到摄影展厅的右边，垂直排成一列。

（3）使用工具箱中的"选择工具" ，选中"摄"字，选择"位图"→"转换为位图"菜单命令，调出"转换为位图"对话框，按照如图 8-91 所示对话框进行设置。然后，单击"确定"按钮，即可将选中的文字"摄"加工成位图。

（4）选择"位图"→"三维效果"→"球面"菜单命令，调出"球面"对话框，按照如图 8-92 所示对话框进行设置。然后单击"确定"按钮，即可将选中的文字"摄"加工成球面效果，如图 8-93 所示。

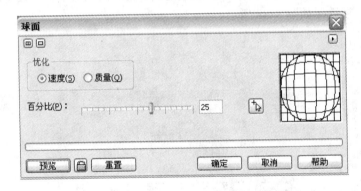

图 8-91　"转换为位图"对话框　　　　　　图 8-92　"球面"对话框

（5）使用工具箱中的"椭圆工具" ，按住【Ctrl】键的同时，在页面外边绘制出一个圆形图形，其大小比"摄"字稍大一些。然后，设置圆形轮廓线"宽度"为 1.4mm，颜色为绿色，如图 8-94 所示。再将圆形图形移到"摄"字之上，如图 8-95 所示。然后将"摄"字和其上的圆形图形一起移到展厅的右上方，如图 8-78 所示。

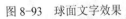

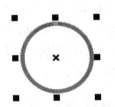

图 8-93　球面文字效果　　　图 8-94　圆形轮廓线　　　图 8-95　将圆形移到"摄"字之上

（6）按照上述方法，依次将文字"影"、"展"和"厅"加工成球面效果，并复制 3 个圆形图形，分别移到三个文字之上，然后将它们移到展厅的右边，如图 8-78 所示。

另外，也可以将"摄影展厅"4 个红色文字加工成"鱼眼"状，它类似于球面状。具体方法如下。

● 按照上述方法，制作如图 8-95 所示的拆分开的"摄"、"影"、"展"和"厅"文字，以及一幅圆形图形，文字不需要进行加工。

- 选中"摄"字之上的圆形图形，选择"效果"→"透镜"菜单命令，调出"透镜"泊坞窗，在"透镜"泊坞窗中的下拉列表框中选中"鱼眼"选项，设置"比率"为150%，如图 8-96 所示。单击"应用"按钮，使圆形图形成为鱼眼放大镜图形。
- 选中圆形图形，按 3 次小键盘上的【+】键，将圆形图形复制 3 份。将 3 个圆形图形分别移到"影"、"展"和"厅"文字之上。

图 8-96　"透镜"泊坞窗

4．制作黑白相间的大理石地面透视图像

（1）使用工具箱内的"矩形工具" ▢ ，在绘图页面内下边拖曳，绘制一幅矩形图形。矩形图形的宽度与摄影展厅的宽度一样，高度约为绘图页面高度的一半。

（2）使用工具箱中的"选择工具" ▨ ，选中矩形对象，单击工具箱中"填充展开工具栏"内的"图样填充"按钮 ▨ ，调出"图样填充"对话框，选中"双色"单选按钮，在"宽度"和"高度"数字框内分别输入 20.0mm，如图 8-97 所示。

（3）单击"图样填充"对话框内的"创建"按钮，调出"双色图案编辑器"对话框。在该对话框内"位图尺寸"栏内选择组成图案的点阵个数"32×32"，在"笔尺寸"栏内选择绘制图案的笔大小"8×8"。单击绘图框内合适的位置，绘制一个棋盘格图案，如图 8-98 所示。

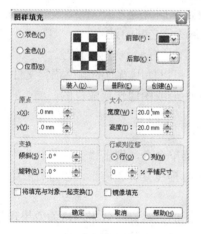

图 8-97　"图样填充"（双色）对话框

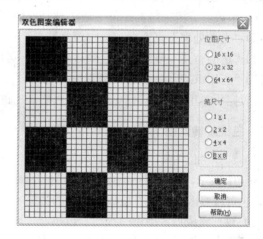

图.8-98　"双色图案编辑器"对话框

（4）单击"双色图案编辑器"对话框内的"确定"按钮，完成棋盘格图案的创建。单击"图样填充"对话框中"图案"右边的▾按钮，调出"图案"列表框，选中该列表框内的棋盘格图案。然后单击该对话框内的"确定"按钮，即可给矩形图形填充棋盘格图案，如图 8-99 所示。

（5）选择"位图"→"转换为位图"菜单命令，调出"转换为位图"对话框，如图 8-91 所示。单击该对话框内的"确定"按钮，即可将选中的矩形图形转换为位图图像。

（6）使用"选择工具" ▨ ，将矩形图像在垂直方向调小，移到摄影展厅内的下边。

（7）选择"位图"→"三维效果"→"透视"菜单命令，调出"透视"对话框，按照图 8-100 所示，水平向右拖曳左上角的白色控制柄。

（8）然后单击"预览"按钮，观察矩形图像的透视效果，如果矩形图像的左上角与左边风景图像的右下角对齐，则单击"透视"对话框内的"确定"按钮，完成图像的透视调整。否则单击"透视"对话框内的"重置"按钮，重新进行透视调整。

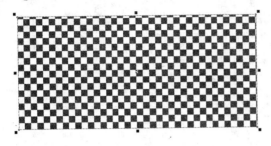

图 8-99　填充棋盘格图案　　　　　　　　图 8-100　"透视"对话框

【知识链接】

1. 矢量图形转换为位图

矢量图形和一些图像不能够使用滤镜或一些滤镜，需要将它们转换为位图图像。选中要转换成位图的矢量图形或图像，选择"位图"→"转换为位图"菜单命令，调出"转换为位图"对话框，如图 8-91 所示。其中主要选项的作用如下。

（1）"颜色模式"下拉列表框。选择一种合适的颜色模式，可以减小转换中的失真。

（2）"分辨率"下拉列表框。选择一种分辨率。图像的分辨率就是指位图的每英寸长度中像素点的个数。分辨率越高，位图质量越好，但所占磁盘空间就越大。

（3）"光滑处理"复选框。选中该复选框，可以改善颜色之间的过渡。

（4）"透明背景"复选框。选中该复选框，可以使位图具有一个透明的背景。

（5）"应用 ICC 预置文件"复选框。选中该复选框，可以使用当前的颜色预置文件。

设置完后，单击"确定"按钮，即可将选中的矢量图形或图像转换成位图。

2. 三维旋转滤镜

（1）选择"位图"→"三维效果"→"三维旋转"菜单命令，调出"三维旋转"对话框，如图 8-101 所示。在该对话框内左边的图像框中，用鼠标拖曳立体正方形，以进行三维旋转的设置。也可以修改图像框右边数字栏内的数据。

（2）设置完成后，单击"预览"按钮，可以看到位图的三维旋转效果。认为效果理想后，可单击"确定"按钮，即可完成位图的三维旋转特效处理。效果如图 8-102 所示。

图 8-101　"三维旋转"对话框　　　　　　图 8-102　位图三维旋转

单击"三维旋转"对话框内左上角的 按钮，可以展开该对话框，同时在该对话框内显示原图像和三维旋转后的效果图，如图 8-103 所示。

图 8-103 "三维旋转"对话框

3．卷页滤镜

选择"位图"→"三维效果"→"卷页"菜单命令，调出"卷页"对话框，如图 8-104 所示。单击"卷页"对话框内左上角的◻按钮，可以展开该对话框，同时在该对话框内显示原图像和加工后的效果图。该对话框内主要选项的作用如下。

（1）"定向"栏。用来设定卷页的方向。

（2）"纸张"栏。用来设置卷页图像的背面是否透明。

（3）"颜色"栏。用来设置卷页图像卷曲和背景图像的颜色。

（4）"宽度"和"高度"栏。用来设置卷页的形状与大小。

单击该对话框内左边的按钮◻，产生卷页效果后的图像如图 8-105 所示。

图 8-104 "卷页"对话框

图 8-105 画面产生卷页效果

4．球面滤镜

选择"位图"→"三维效果"→"球面"菜单命令，调出"球面"对话框，如图 8-106 所示。经球面效果处理后的一幅画面如图 8-107 所示。该对话框内主要选项的作用如下。

图 8-106 "球面"对话框

图 8-107 画面产生球面效果

（1）"优化"栏。其内有两个单选按钮，用来选择速度优化或质量优化。

（2）"百分比"栏。用来设置球面变化的百分数，可以在-100%到+100%之间调整数值。当其值为负数时，表示向中心点内缩小；当其值为正数时，表示从中心点向外凸起。

（3）单击按钮，再将鼠标指针移到图像之上，此时的鼠标指针添加了一个加号，单击图像，则单击点即设置为球面变化的中心点。否则图像的中心点为球面变化的中心点。

思考与练习 8.3

1. 参考【实例 24】图像的制作方法，制作一幅"花卉摄影展"图像。

2. 绘制一幅"瓷砖文字"图形，如图 8-108 所示。绘制该文字图像运用了将文字转换为位图和位图的"工艺"滤镜效果处理等操作。

图 8-108　"瓷砖文字"效果图

8.4 【实例 25】中华房地产广告

"中华房地产"广告图像如图 8-109 所示，由图可以看出，背景图像是湖边的两座别墅房屋，湖水中有在水波纹的湖水中形成的倒影，还有"中华房地产"立体阴影标题文字，公司徽标，以及售楼地址、联系电话等带有黄色阴影的文字信息。通过该案例的学习，可以掌握"动态模糊"、"高斯模糊"滤镜，以及"Flood"外挂滤镜的安装和使用方法等。该图像的制作方法和相关知识介绍如下。

图 8-109　"中华房地产"广告图像

【制作方法】

1. 制作颠倒的别墅图像

（1）设置绘图页面的宽度为 600 像素，高度为 300 像素，背景色为蓝色。

（2）选择"文件"→"导入"菜单命令，调出"导入"对话框。在该对话框中选择一幅"别墅.jpg"图像文件，单击"导入"按钮，关闭该对话框，在绘图页面内拖曳一个矩形，导入"别墅"图像，如图 8-110 所示。

（3）使用工具箱中的"选择工具" ⌂，选中"别墅"图像，在其"属性栏：位图或 OLE 对象"属性栏内调整该图像的宽为 300 像素、高为 150 像素，x 为 150px，y 为 225px，位置位于绘图页面内的左上角，如图 8-111 所示。

图 8-110　"别墅"图像　　　　　　　　　图 8-111　调整"别墅"图像的大小和位置

（4）按【Ctrl+D】组合键，复制一份"别墅"图像。将复制的图像移到原"别墅"图像的下边（x 为 150px、y 为 75px）。然后，单击"属性栏：位图或 OLE 对象"属性栏内的"垂直镜像"按钮 ⊴，将复制的"别墅"图像上下颠倒，形成倒影图像，如图 8-112 所示。

（5）选中复制的"别墅"图像，选择"滤镜"→"模糊"→"动态模糊"菜单命令，调出"动态模糊"对话框，设置"间隔"为 12 像素，方向为 0，如图 8-113 所示。

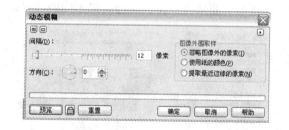

图 8-112　倒影图像　　　　　　图 8-113　"动态模糊"对话框

（6）单击"动态模糊"对话框内的"确定"按钮，将倒影图像模糊，如图 8-114 所示。

（7）使用工具箱中的"选择工具" ⌂，选中"别墅"图像和它的倒影图像，按【Ctrl+D】组合键，复制一份，将复制的"别墅"图像和它的倒影图像移到原图像的右边。利用其"属性栏：位图或 OLE 对象"属性栏细致调整复制的"别墅"图像和它的倒影图像，如图 8-115 所示。

图 8-114　动态模糊处理　　　　图 8-115　调整复制的"别墅"图像和它的倒影图像

（8）拖曳出一个矩形，将如图 8-115 所示的图像全部选中。选择"排列"→"群组"菜单命令，将选中的 4 幅图像组成一个群组。

图 8-116　"转换为位图"对话框

（9）选择"位图"→"转换为位图"菜单命令，调出"转换为位图"对话框，在"颜色模式"下拉列表框内选中"RGB颜色（24 位）"选项，其他设置如图 8-116 所示。单击该对话框内的"确定"按钮，即可将选中的群组转换为位图图像。再适当调整该图像的大小和位置，使画面刚好将整个绘图页面完全覆盖。

2．制作水中倒影

（1）选中绘图页面内的图像，单击"外挂式过滤器"→"Flaming Pear"→"Flood 1.14"菜单命令，调出"Flood 1.14汉化版"对话框，本例中为"Flood 1.14 汉化版（影子工作室）"。

（2）单击"Flood 1.14 汉化版"对话框内右边显示框下边的按钮，使显示框内显示的图像变大一些，选中"自动预览"复选框，拖曳调整"视野"、"波浪"和"波纹"栏内的滑块，调整各数据，同时观察显示框内图像的变化；单击"随机"按钮，可以使各参数随机变化；单击"种子"按钮，可以使显示框内图像整体随机变化，设置的各参数不会改变。最后设置如图 8-117 所示。单击"确定"按钮，完成倒影的波纹处理。

（3）单击"结合"按钮，会调出它的"结合"菜单，如图 8-118 所示，用来设置与背景结合的方式，选择不同的结合方式，可以获得不同的效果，此处选择"正常"选项。

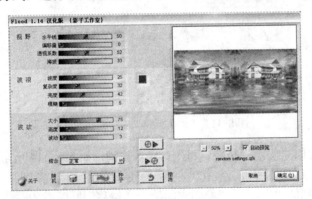

图 8-117　"Flood 1.14 汉化版"对话框

图 8-118　"结合"菜单

（4）单击"确定"按钮，关闭"Flood 1.14 汉化版"对话框，完成倒影效果的制作，如图 8-119 所示。

3．输入文字和导入徽标

（1）使用工具箱内的"文本工具"按钮，在其"属性栏：文本"属性栏内，设置字体为隶书，大小为 9pt，单击 "水平文本"按钮。然后在绘图页面外的左边输入"中华房地产"5 个红色文字。

（2）单击工具箱中"交互式展开式工具栏"内的"交互式阴影工具"按钮，在创建阴影的对象之上向右上方拖曳，即可产生阴影。

（3）使用工具箱内的"文本工具"按钮，在其"属性栏：文本"属性栏内，设置字体为黑体，大小为 5pt，输入"售楼地点：北京馨港庄园"文字，再在下一行输入"联系电话：

81478899"文字,再在下面输入一行"服务宗旨:给您一个温馨的家"文字。设置三行文字的颜色为红色。

图 8-119　倒影效果

（4）选择"文件"→"导入"菜单命令,调出"导入"对话框。在该对话框中选择一幅"徽标.jpg"图像文件,单击"导入"按钮,关闭该对话框,在绘图页面内拖曳一个矩形,导入一幅"徽标"图像。

（5）使用工具箱中的"选择工具"，选中"徽标"图像,选择"位图"→"位图颜色遮罩"菜单命令,调出"位图颜色遮罩"泊坞窗。利用"位图颜色遮罩"泊坞窗将选中的"徽标"图像的白色背景隐藏,最终效果如图 8-109 所示。

【知识链接】

1. 加入和删除外挂式过滤器

过滤器也叫滤镜,它是一类加工图像程序的统称。CorelDRAW X3 自己带有许多过滤器,还可以加入新的过滤器。使用外挂式过滤器,可以获得各种特效的图像。许多外部滤镜都可以在网上下载。滤镜有两类,一类滤镜有它的安装程序,另一类由扩展名为".8bf"的滤镜文件组成。例如,Flaming Pear 滤镜组中的"Flood 1.14"滤镜的名称是"Flood-114_ch.8bf"。

对于后一类滤镜,只要将该扩展名为".8bf"的滤镜文件和有关文件复制到 CorelDRAW X3 系统所在文件夹内的滤镜文件夹中即可,如"C:\Program Files\Corel\CorelDRAW Graphics Suite 13\Plugins\Digimarc"文件夹。

对于有安装程序的滤镜,按照安装要求运行安装程序,再按照下面的方法进行设置。然后重新启动 CorelDRAW X3 软件,就可在"外挂式过滤器"菜单中找到新安装的外部滤镜了。

（1）选择"工具"→"选项"菜单命令,调出"选项"对话框。选中"选项"对话框左边的列表框内的"外挂式"选项,此时的对话框如图 8-120 所示。

（2）单击对话框内的"添加"按钮,调出"浏览文件夹"对话框,如图 8-121 所示。选择外挂式过滤器安装的文件夹,再单击"确定"按钮,即可将选定的文件夹名称填入"选项"对话框右边栏内。然后,单击"选项"对话框内的"确定"按钮,关闭"选项"对话框,即可完成加入外挂式过滤器的任务。

（3）如果要删除外挂式过滤器,可在"选项"对话框内选择此外挂式过滤器所在的文件夹的名称（选中文件夹名称左边的复选框）,再单击"移除"按钮即可。

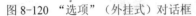

图 8-120 "选项"（外挂式）对话框   图 8-121 "浏览文件夹"对话框

2．使用外挂式过滤器

外挂式过滤器的类型不一样，其使用方法也会不一样，但一般操作起来均很简单、方便。下面仅举一例。

（1）选中一幅图像。选择"位图"→"外挂式过滤器"→"KPT Effects"→"KPT FraxFlame II"菜单命令，调出"KPT FRAXFLAME II"窗口，如图 8-122 所示。

（2）利用"KPT FRAXFLAME II"窗口内的各个工具和各菜单的菜单命令对图像进行加工，在它的中间显示框内会及时地显示出加工的结果。

（3）单击"KPT FRAXFLAME II"窗口内右下角的按钮，可以关闭该窗口，完成对选中图像的特效加工。

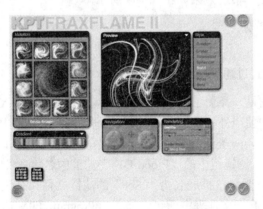

图 8-122 "KPT FRAXFLAME II"窗口

思考与练习 8.4

1．安装 KPT6 外挂滤镜，然后在 CorelDRAW X3 中添加 KPT6 外挂滤镜，导入如图 8-123 所示的一幅图像，使用 KPT6 外挂滤镜中的"KPT LENSFLARE"滤镜，将导入的图像加工成如图 8-124 所示的图像。

2．利用 KPT6 滤镜将如图 8-125 所示的"海洋"图像制作成一幅"海上升明月"图像，如图 8-126 所示。该图像展现的是一幅被刚刚升起的明月照亮的海洋。天空中漂浮着一层层淡淡的云彩，3 只小鸟在云中飞翔，形成海上升明月的景观。制作方法参考如下。

（1）导入一幅"海洋.jpg"的图像，如图 8-125 所示。调整"海洋"图像，使其刚好将绘图页面的下边约三分之二部分覆盖。再将"飞鸟.jpg"图像添加到绘图页面外，隐藏白色背景。

图 8-123 "风景"图像   图 8-124 "KPT LENSFLARE"滤镜处理效果

（2）使用工具箱中的"矩形工具" 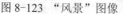，在绘图页面内上边三分之二部分绘制一个填充色为任意颜色的无轮廓线矩形，将"海洋"图像的蓝天部分遮挡住，如图 8-127 所示。

（3）选中刚刚绘制的矩形，调出"转换为位图"对话框。在该对话框的"颜色"下拉列表框内选择"RGB 颜色（24 位）"选项，单击"确定"按钮，将矩形图形转换成位图图像。

图 8-125 "海洋"图像   图 8-126 "海上升明月"图像

（4）选择"位图"→"外挂式过滤器"→"KPT6"→"KPT SkyEffects"菜单命令，调出 KPT 6 外挂滤镜中的"KPT SkyEffects"对话框，如图 8-128 所示。这是一个可以设计有太阳、月亮和彩虹的天空图像的滤镜。

图 8-127 绘制一幅矩形图形   图 8-128 "KPT SkyEffects"对话框

（5）单击该对话框上边的 按钮，调出"Presets"对话框，如图 8-129 左图所示。此对话框用来选择天空的类型，例如，单击"Sunrise"按钮，可以切换到日月类型，此时的"Presets"对话框如图 8-129 右图所示。此处选中图 8-129 左图中左上角的图像。

（6）单击"OK"按钮，关闭"Presets"对话框，回到"KPT SkyEffects"对话框。在"KPT SkyEffects"对话框中，将鼠标指针移到一些图像之上，如果在该对话框下边的提示栏中有相应的提示信息出现，即说明此时进行拖曳的话可以进行相应的调整。将鼠标指针移到"Moon"栏内的圆形图像之上，提示栏中会显示"Set moon Position（HH：MM，X）"提示信息，此时拖曳可以调整月亮的位置。将鼠标指针移到"Sun"栏内的圆形图像之上，提示栏中会显示"Set Sun Position（HH：MM，X）"提示信息，此时拖曳可以调整太阳的位置。

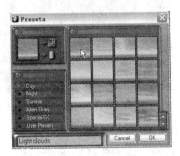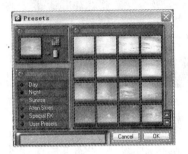

图 8-129　"Presets"对话框

（7）可以调整的内容有"Camera Focal"（相机焦距的），"Sun Position"（太阳位置），"Sky Color"（天空颜色），"Sun Color"（太阳颜色），"Aura Sun Color"（太阳光晕颜色），"Moon Position"（月亮位置），"Moon Color"（月亮颜色）。

在"KPT SkyEffects"对话框中进行调整，最后效果如图 8-130 所示。其中左上角内的显示框中的矩形虚线表示图像的范围。单击"OK"按钮，即可获得如图 8-131 所示的图像。

图 8-130　在"KPT SkyEffects"对话框　　　　图 8-131　添加蓝天和明月图像

（8）选中如图 8-3 所示的"飞鸟"图像，按两次【Ctrl+D】组合键，复制 2 份，再将 3 幅"飞鸟"图像移到蓝天中，如图 8-126 所示。

3．安装 KPT7 外挂滤镜，然后在 CorelDRAW X3 中添加 KPT Effects 外挂滤镜。在 CorelDRAW X3 中导入如图 8-123 所示图像，然后使用 KPT Effects 外挂滤镜中的"KPT FRAXFLAME II"滤镜，将如图 8-123 所示的图像加工成如图 8-132 所示的图像。

4．在 CorelDRAW X3 中导入如图 8-123 所示的图像，然后使用 KPT Effects 外挂滤镜中的"KPT FRAXFLAME II"滤镜，将如图 8-123 所示的图像加工成如图 8-133 所示的图像。

图 8-132　滤镜处理效果　　　　　　图 8-133　滤镜处理效果

第9章 应用型综合实例

本章介绍了 10 个应用型综合实例，在介绍实例的制作方法时，不再采用前 8 章中采用过的详细介绍操作步骤的方法，而只是介绍制作作品的关键操作步骤和设计思路，且前 8 章中介绍过的方法一般不再详细介绍。另外，也不希望读者完全按照给出的实例效果来制作，实例效果图只是给读者一个参考，希望读者发挥想象力，设计自己的作品，自己采集素材，完成作品的设计。本章通过指导读者完成 10 个实例的制作，来提高读者应用 CorelDRAW X3 设计作品的能力、综合应用能力和创新设计能力。

9.1 【综合实例 1】花边图案

【案例效果】

"花边图案"如图 9-1 所示。它们给出了 3 个美丽的几何对称图案，利用它可以单独使用或组成花边图案，来装饰一些图形画面。制作这种几何对称图案图形使用了变换、结合和渐变等绘图技术。该图形的制作方法如下。

图 9-1 "花边图案"图形

【制作方法】

1. 绘制 24 个同心的图形

（1）设置绘图页面宽度为 34mm，高度为 10mm，背景色为白色。绘制一个矩形图形，再单击工具箱中的"形状工具"按钮，此时矩形如图 9-2 所示。

（2）向内拖曳其中一个黑色实心控制柄，形成如图 9-3 所示的圆角矩形图形。使用工具箱中的"挑选工具" ，选中它，将圆角矩形图形调窄，如图 9-4 所示。

图 9-2　矩形图形　　　　图 9-3　调整矩形形状　　　图 9-4　将圆角矩形调窄

（3）单击工具箱中的"渐变填充"按钮 ，调出一个"渐变填充"对话框。在"类型"下拉列表框中选中"圆锥"选项。在"颜色调和"一栏中选中"双色"单选按钮，在"从"颜色列表框中选择绿色，在"到"颜色列表框中选择白色，并设置中点的值为 50，在"中心位移"一栏中，输入"水平"偏移值为 0，"垂直"偏移值为 22，再设置其他选项，如图 9-5 所示。单击"确定"按钮，完成圆锥类型渐变填充，再取消轮廓线，效果如图 9-6 所示。

（4）选择"排列"→"变换"→"旋转"菜单命令，调出"变换"（旋转）泊坞窗。在泊坞窗内的"角度"数字框中输入 15，设置旋转为 15°，在"相对中心"栏内选择底边为中心，如图 9-7 所示。

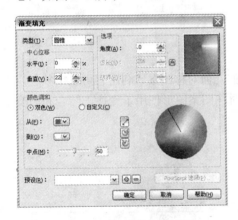

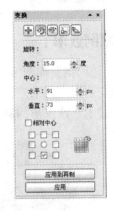

图 9-5　"渐变填充"对话框　　　图 9-6　填充效果　　　图 9-7　"变换"（旋转）泊坞窗

（5）单击 23 次"变换"（旋转）泊坞窗内的"应用到再制"按钮，再创建 23 个同心的圆角矩形图形，如图 9-8 所示。各相邻的两个圆角矩形图形之间的角度为 15°。

2．生成几何对称图形

（1）使用工具箱中的"选择工具" ，再拖曳 24 个圆角矩形。然后单击属性栏内的"结合"按钮。此时图 9-8 所示图形变为图 9-9 所示的花边图形。

（2）选中图 9-9 所示图形，按【Ctrl+D】组合键，复制一份图形。再将复制的图形缩小到原图的三分之一。

（3）选中复制的图形，再单击工具箱中的"渐变填充"按钮 ，调出"渐变填充"对话框，利用它给复制的图形填充由白色到蓝色的圆锥渐变效果，如图 9-10 所示。

（4）再将图 9-10 所示的小花边图形拖曳到大花边图形的中间，使两个花边图形的中心对齐，再将小花边图形旋转大约 180°，如图 9-11 所示。

图 9-8　24 个同心的圆角矩形

图 9-9　花边图形

图 9-10　白色到蓝色的圆锥渐变效果

（5）单击"交互式展开式工具栏"内的"交互式调和工具"按钮🔳。将其属性栏内的调和步数设置为 20，从大花边拖曳到小花边图形，得到交互式调和效果。然后，双击小花边图形，进入旋转状态，拖曳旋转小花边图形，即可获得花边图案图形，效果如图 9-12 所示。

（6）单击属性栏内的"顺时针调和"按钮，此时图形的效果如图 9-13 所示。

（7）将图 9-13 所示的花边图案图形复制 2 份，将复制图形内的大花边图形或小花边图形的渐变颜色、形状、填充方式等进行更换，将调和步数值进行修改，可以获得其他许多美丽的几何对称图形，请读者发挥想象力去创作。

图 9-11　两组花边图形

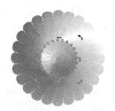

图 9-12　交互式调和效果

图 9-13　顺时针调和效果

9.2 【综合实例 2】洁云牌纸巾包装

【案例效果】

"洁云牌纸巾包装"图形如图 9-14 所示。它是一个洁云牌纸巾的包装设计图，由正面、侧面和背面三部分组成。背景从上到下都是浅粉色到浅紫色的渐变色。正面有几只红色、蓝色和金黄色的蜻蜓，上边有一排紫色的矩形，中间有"洁云"品牌的名称、商标和说明文字。背面与正面其本相同，只是中文变成了英文。侧面有纸巾的生产厂家、地址、销售服务热线、规格、卫生许可证号码、产品标准号、条形码及有效期限等内容。整个包装图形简洁、色彩丰富，给人一种干净、卫生的感觉。该图形的制作方法如下。

【制作方法】

1. 绘制正面背景

（1）设置绘图页面的宽度为 210mm，高度为 120mm，背景色为白色。

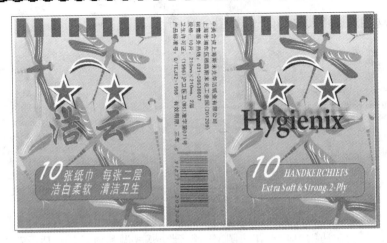

图 9-14 "洁云牌纸巾包装"图形

（2）绘制一个宽度为 86mm，高度为 118mm 的矩形，并填充从上到下是浅粉色到浅紫色的渐变色，如图 9-14 所示。

（3）绘制一个蓝色的蜻蜓头部，再绘制两个红色的蜻蜓眼睛。绘制浅蓝色的蜻蜓前翅膀及身子，并在前翅膀上绘制几个白色的月牙形。绘制蓝色的蜻蜓后翅膀，并在后翅膀上绘制四条白色的弧形。再绘制一个蓝色蜻蜓尾巴，这样绘制完一个蓝色蜻蜓，如图 9-15 所示。

（4）按照相同的方法，绘制一个红色的蜻蜓，如图 9-16 所示；再绘制一个金黄色的蜻蜓，如图 9-17 所示。

图 9-15　蓝色蜻蜓　　　　　图 9-16　红色蜻蜓　　　　　图 9-17　金黄色蜻蜓

（5）将所绘制的蜻蜓图形复制几个，分别调整这些蜻蜓的大小、位置和旋转角度。选中所有蜻蜓图形，选择"效果"→"图框精确剪裁"→"放置在容器中"菜单命令，将蜻蜓图形置于矩形内，形成背景，如图 9-18 所示。

2．绘制正面前景

（1）输入华文行楷字体、72pt 大小的绿色文字"洁云"，再创建文字的灰色阴影，如图 9-19 所示。

（2）绘制一个五角星和一个月牙图形，并填充绿色。再创建一个白色的五角星图形和一个白色的月牙图形。将白色五角星图形和白色月牙图形分别置于绿色五角星图形和绿色月牙图形的卡边，如图 9-20 所示。

图 9-18　蜻蜓图形置于矩形内

（3）创建白色五角星和月牙图形的黑色阴影，然后将绿色、白色和黑色图形组成群组，再将五角星图形群组复制一份。调整它们的大小和位置，效果如图 9-21 所示。

图 9-19　带阴影的文字　　　图 9-20　五角星和月牙图形　　　图 9-21　五角星和月牙图形

（4）在五角星和月牙图形下边绘制一幅圆角矩形，填充浅蓝色。输入数字"10"，倾斜一定角度；再输入白色的纸巾说明文字，如图 9-22 所示。这样纸巾的正面就绘制完成了。

（5）将正面图形复制一份，并移到原图形的右边，然后将其内的中文改为相应的英文，绿色文字"洁云"改为紫色英文品牌名称，如图 9-14 所示。

（6）绘制一个宽度为 34mm，高度为 118mm 的矩形图形，并填充与正面相同的渐变颜色，如图 9-14 所示。

（7）在绘图页面外输入纸巾的生产厂家、地址、销售服务热线、规格、卫生许可证号码、产品标准号及有效期限等内容。再创建一个条形码，如图 9-23 所示。

（8）将输入的文字和条形码顺时针旋转 90°，再移到渐变颜色的矩形之上，形成侧面，如图 9-14 所示。

中美合资上海斯米克华洁纸业有限公司
上海市浦东区顾路斯米克工业园(201209)
销售服务热线：021-58636607
规格：10片，210mm×210mm、2层
卫生许可证：(1996)沪卫医卫(WS)准字第071号
产品标准号：0/TEJX2-1996　有效期限：三年

图 9-22　浅蓝色矩形和白色文字

图 9-23　文字和条形码

9.3 【综合实例 3】新昕静音冰箱广告

【案例效果】

"新昕静音冰箱广告"图像如图 9-24 所示。它分为背景、直方图和前景三部分。背景是一幅在鲜花中享受宁静的佳人，还配有三只不同颜色的蝴蝶。左边有弧线形的梯形，填充渐变色，其内有一个噪声指数的直方图，给出新昕的噪声与其他冰箱噪声的比较情况，直方图的上方有一个箭头，指示出噪声降低的幅度。右边佳人处有新昕静音冰箱的广告词"把宁静带给您"。下面有"新昕静音冰箱"名称标题，下边还有噪声指数、冰箱名称、型号和各种认证说明。整个画面色彩绚丽，内容丰富，并强调了新昕静音冰箱的静音特点。该图像的制作方法如下。

图 9-24 "新昕静音冰箱广告"图像

【制作方法】

1. 绘制直方图

（1）设置绘图页面的宽度为 297mm，高度为 210mm，背景色为白色。

（2）绘制一个矩形，填充成从左到右为粉红色、白色、粉红色的线性渐变颜色，并取消其轮廓线，如图 9-25 左图所示。

（3）在矩形的上端绘制一个椭圆形，填充相同的线性渐变颜色，并取消其轮廓线，如图 9-25 右图所示。这样就绘制了一个粉红色的圆柱体。

（4）在圆柱体上输入"普通冰箱"四个字，并填充深蓝色。用同样的方法绘制一个金黄色的圆柱体，输入"国家 A 级" 4 个字，设置为绿色，在其上面输入噪声指数"42dB（A）"，并将其填充成粉红色，如图 9-26 左图所示。

（5）再绘制一个绿色的圆柱体，输入"寂静的郊外晚上" 7 个字，填充成粉红色。然后绘制一个蓝色的圆柱体，输入"新昕静音冰箱" 6 个字，并填充成深紫色，在其上面输入噪声指数"36.5dB（A）"，并将其填充成红色，如图 9-26 所示。

图 9-25 粉红色的圆柱体

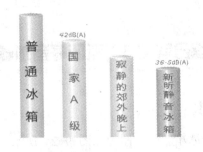

图 9-26 输入文字

（6）绘制一个箭头图形，使用工具箱中的"交互式轮廓图工具"按钮，创建一个向内的轮廓，形成一个小箭头。将大箭头填充蓝色，小箭头填充白色，并取消轮廓线，如图 9-27 所示。

（7）使用工具箱中的"交互式调和工具"，创建由大箭头向小箭头的渐变效果，形成一个立体箭头。沿箭头的上侧绘制一条弧线，使文本"噪声降低达 30%"沿弧线排列。

（8）选择"排列"→"拆分在一路径上的文本"菜单命令，将弧线和文字分离，并删除弧线。使用工具箱中的"交互式立体化工具" ⬚，将文字立体化，并只显示其修饰斜角。

（9）选择"排列"→"拆分"菜单命令，将文字和立体字分离，并删除文字。再选择"排列"→"取消群组"菜单命令，将立体部分和平面部分分开，并填充成草绿色。单击工具箱中的"交互式透明工具"按钮 ，将平面部分填充成 50%的标准透明效果。

（10）选择"排列"→"群组"菜单命令，将文字的平面部分与立体部分组成一个整体，如图 9-28 所示，这样箭头和立体文字就绘制完成了。

图 9-27　箭头图形　　　　　　　　　图 9-28　立体化文字

2．绘制鲜花、蝴蝶图形和输入文字

（1）绘制一个圆形，然后单击工具箱中的"交互式变形工具"按钮 ，将圆形变成花朵形状，并填充粉红色。将花朵的轮廓填充成白色，在中间绘制一个黑色的圆形，并创建金黄色阴影，形成花蕊。这样一朵鲜花就制作完成了，如图 9-29 所示。

（2）复制几朵鲜花并填充不同的颜色，如图 9-30 所示。

（3）绘制一个黑边金黄色花纹的蝴蝶图形，如图 9-31 所示。然后复制 2 个蝴蝶图形，将复制的蝴蝶图形颜色进行更换，调整它们的位置和旋转角度，如图 9-24 所示。

图 9-29　鲜花图形　　　　图 9-30　几朵鲜花图形　　　　图 9-31　蝴蝶图形

（4）绘制一条弧线，并在弧线上输入广告词"把宁静带给您"文字，如图 9-32 所示。选择"排列"→"拆分"菜单命令，将弧线和文字分离，再删除弧线。

（5）设置文字的字体为华文行楷，大小为 60pt，颜色为紫红色，轮廓颜色为黄色，如图 9-33 所示。

把宁静带给您　　　　　　　把宁静带给您

图 9-32　"把宁静带给您"文字　　　　图 9-33　删除弧线并填充紫红色

（6）绘制一个蓝色矩形，在上面输入冰箱名称，并将文字填充白色。绘制一个紫红色的矩形，在上面输入各种认证说明和噪声系数，如图 9-34 所示。

图 9-34   各种认证说明和噪声系数

3．制作背景图形

（1）绘制一个椭圆形和一个矩形图形，同时选中这两个图形，如图 9-35 所示。选择"排列"→"造形"→"相交"菜单命令，生成一个椭圆形和矩形相交形成的四分之一椭圆图形，将该图形移出来，如图 9-36 所示。

（2）填充一种材质，并将材质颜色设置为绿色、黄色、绿色的渐变色，再取消轮廓线，形成一个草绿色的环保背景图形，如图 9-37 所示。

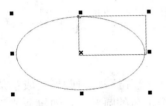
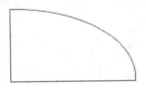
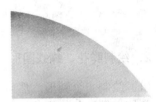

图 9-35   矩形和椭圆形图形　　　　图 9-36   四分之一椭圆图形　　　图 9-37   填充渐变色材质

（3）调整图 9-37 所示的四分之一椭圆图形的大小，移到绘图页面内相应的位置。选中该图形，单击"排列"→"顺序"→"到图层后面"菜单命令，将四分之一椭圆图形移到其他对象的后边，如图 9-38 所示。

（4）导入一幅"佳人"图像，调整该图像的高度，使其与四分之一椭圆图形的高度一样，如图 9-39 所示。再将该图像移到绘图页面内的右边，其顶部与绘图页面的顶部对齐。再将该图像置于四分之一椭圆图形和蝴蝶图形的上边，置于其他图形和文字的下边，如图 9-40 所示。

图 9-38   将四分之一椭圆图形移到其他对象的后边　　　图 9-39   "佳人"图像

（5）导入一幅"花背景"图像，如图 9-41 所示。该图像是用其他软件从"佳人"图像左上边裁切出来的。调整该图像的高度，使其大约与"佳人"图像高度的一半相同。

（6）使用工具箱内的"贝塞尔工具" ，绘制一幅三角形图形，其大小可以刚好将图 9-40 所示图像内的白色部分完全覆盖，如图 9-42 所示。

（7）使用工具箱内的"形状工具" ，单击三角形图形的节点，再单击其属性栏内的

"到曲线"按钮，然后调整节点的切线，使该图形与图 9-40 所示图像内的白色部分完全一样，如图 9-43 所示。

图 9-40 放置"佳人"图像

图 9-41 "花背景"图像

（8）将导入的"花背景"图像复制 5 份，将其中 3 幅水平颠倒，再将这 6 幅水平图像拼接在一起，选中这 6 幅图像，如图 9-44 所示。

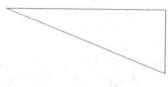

图 9-42 三角形图形

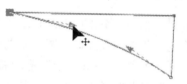

图 9-43 调整三角形图形

图 9-44 6 幅"花背景"图像

（9）选择"效果"→"图框精确剪裁"→"放置在容器中"菜单命令，这时鼠标指针呈黑色大箭头状，单击图 9-43 所示的图形轮廓线，将图 9-44 所示的 6 幅"花背景"图像填充到图 9-43 所示的图形内。然后，删除其轮廓线，再将该图像移到图 9-40 所示图像内的白色区域处，再将该图像置于蝴蝶和四分之一椭圆图形的下边。最后效果如图 9-24 所示。

9.4 【综合实例 4】佳庆百货公司广告

【案例效果】

"佳庆百货公司广告"图形如图 9-45 所示。它是为庆祝佳庆百货公司开张而设计的广告，其背景为一幅由粉红色、白色及桃红色相间的花纹组成的图形，如图 9-46 所示。广告画面上面有佳庆百货公司的名称、标志及营业时间，中间有代表佳庆百货的梅花图案、佳庆开幕式的日期，还有表示开幕的电影开拍牌，下面有在喜庆期间的优惠购物说明及赠奖中心的地点。整个广告创意独特，构思新颖，给人一种耳目一新的感觉。该图形的制作方法如下。

【制作方法】

1. 绘制广告的刊头

（1）设置绘图页面宽度为 500mm，高度为 700mm，背景色为白色。

图 9-45 "佳庆百货公司广告"图形

图 9-46 背景图形

（2）单击"矩形工具"按钮 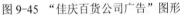，绘制一个矩形框，并在其内的中间输入"营业时间"文字和"9:00～21:00"文字，以及绘制一条水平直线，如图 9-47 所示。

（3）绘制一个小圆形图形，填充黑色，在该圆形图形的右边绘制一条水平直线图形，如图 9-48 所示。同时选中小圆形图形和水平直线图形，将它们组成一个群组，成为一根花蕊图形，如图 9-48 所示。

（4）双击花蕊图形，调整中心位置，使其位于直线的右端点处，如图 9-49 所示。选择"排列"→"变换"→"旋转"菜单命令，调出"变换"泊坞窗。在"旋转"选项卡的"角度"数字框内输入 15，设置旋转角度为 15°，单击 23 次"应用到再制"按钮，复制出一圈花蕊，如图 9-50 所示。

营业时间
9:00~21:00

图 9-47 "营业时间"等文字　　图 9-48 一根花蕊　　图 9-49 中心调整　　图 9-50 一圈花蕊

（5）在花蕊的上下各绘制一段圆弧，选择"效果"→"艺术笔"菜单命令，调出"艺术笔"泊坞窗，选择合适的笔触，将圆弧线变成中间宽两端尖的形状，取消轮廓，填充为蓝色和紫色，形成刊头图案，如图 9-51 所示。

（6）输入佳庆百货公司的地址及电话，再创建"佳庆百货"立体文字，如图 9-52 所示。

图 9-51 刊头图案　　　　图 9-52 地址、电话和"佳庆百货"立体文字

2．绘制梅花图案及庆祝日期与贺词

（1）绘制五瓣梅花花瓣，填充从粉红色到白色的射线渐变颜色效果，绘制梅花花蕊，填充成紫红色，如图 9-53 所示。

（2）绘制一个矩形，矩形内填充由白色到金黄色的线性渐变颜色，并在下面绘制一些黑色的线条。再输入庆祝日期，将其中的"六"和"日"两字设置为白色，在"六"和"日"两字下面分别绘制一个红色圆形。在中间绘制一个紫色三角形，如图 9-54 所示。

（3）输入贺词"佳庆开幕式"黄色文字，增加黑色轮廓线，复制一份"佳庆开幕式"文字，将复制的文字填充红色颜色，将轮廓线设置为红色，将红色文字移到黄色文字之上，再向右上角微微移动一点，制作出立体文字，使用工具箱中的"交互式阴影工具" ，创建两个"佳庆开幕式"文字的阴影，如图 9-54 所示。

　　图 9-53　梅花图案　　　　　　　图 9-54　输入庆祝日期等文字和图形

（4）绘制两个半透明的矩形，一个填充绿色，另一个填充金黄色。并在其中分别输入"相"和"约"两个字，如图 9-55 所示。

（5）绘制两个圆形，一个填充红色，另一个填充紫色，在上面输入数字，将数字"1"设置为白色，将数字"2"和"3"设置为蓝色，加上白色轮廓，如图 9-55 所示。

（6）复制一朵梅花，并将花瓣颜色变成黄色，将花蕊颜色变为金黄色，与广告词组合，如图 9-55 所示。

3．输入优惠项目和赠奖地址

（1）绘制两幅圆形图形，并将其填充成绿色和红色，在圆形的上面输入数字，制作一个带光照效果的轮廓，如图 9-56 所示。

（2）绘制一个黄色矩形，再在上面绘制一个蓝色圆角矩形，在黄色矩形和蓝色圆角矩形上面分别输入白色和黑色的文字，如图 9-56 所示。

（3）输入其余文字，选择"排列"→"拆分美术字"菜单命令，将文字拆分开，制作成黑、红、白三色文字，如图 9-56 所示。

　　图 9-55　"相约"和"123"文字　　　　　图 9-56　优惠项目和赠奖地址

4．制作电影开拍牌

（1）绘制一个矩形图形，填充成黑白颜色的线性渐变效果，在矩形上面绘制一些黑色的平行四边形，组成开拍牌的上边部分，将开拍牌的上边部分复制一份，并将其中的黑色平行四边形水平镜像，如图 9-57 所示。

（2）绘制一个矩形，填充成金黄色与白色相间的线性渐变效果。再输入三个红色的数字，向外创建轮廓，将轮廓与文字分离，把轮廓填充成金黄色与白色相间的线性渐变效果，如图 9-4-13 所示。

（3）输入三个英文字母"PEN"，向外创建轮廓，将轮廓与文字分离，将轮廓填充成红色，文字填充成红色与白色相间的线性渐变效果，如图 9-57 所示。

（4）绘制一个圆形。再绘制一个小圆形图形，填充成中间白四周红的射线渐变效果，取消轮廓线，形成一个红色球体，再复制一个球体。然后使用工具箱中的"交互式调和工具"，创建沿圆形路径的多个球体，最后取消圆形路径，形成一圈圆球，如图 9-57 所示。

（5）将开拍牌的上边部分和下边部分组成群组。选择"效果"→"添加透视"菜单命令，使开拍牌形成透视效果，将开拍牌取消群组，单击工具箱中的"交互式立体化工具"按钮，将开拍牌上边部分和下边部分对象分别立体化，如图 9-58 所示。

（6）选择"排列"→"拆分"菜单命令，将立体化对象和原对象拆分开来。取消立体化对象的群组，分别将其进行线性渐变填充，形成光影效果，如图 9-58 所示。

图 9-57　电影开拍牌和圆球等　　　　图 9-58　立体化图形

5. 绘制底纹

（1）绘制一个矩形，以底纹填充方式填充"样本"底纹库中的"空中笔刷"底纹，将颜色调整为红、黄、紫等颜色，作为广告的背景，如图 9-46 所示。

（2）绘制一个圆形，填充成粉红色与白色相间的圆形渐变效果，将圆形图形由中间向四周进行透明处理，填充到背景的右下角，如图 9-46 所示。

（3）绘制一个圆形图形，填充成紫红色与白色相间的圆锥渐变效果，将圆形图形由中间向四周进行透明处理，填充到背景的右上角，如图 9-46 所示。

（4）将所绘制的图形对象和文字移到背景上，调整大小和位置，共同组成一幅佳庆百货公司的开幕广告，如图 9-45 所示。

9.5 【综合实例 5】苹果牛奶广告

【案例效果】

"苹果牛奶广告"图像如图 9-59 所示。它是一幅苹果牛奶广告，由背景、文字和前景三部分组成。背景是一个深紫色矩形，上面有两条花纹。前景是从两个杯子里流出的牛奶组成的一个心形，中间还镶着 2 岁的哥哥给小弟弟喂奶的图像，如图 9-60 所示。下面是苹果图像，如图 9-60 所示；上面是苹果的中英文名称，中间是"倾注心意一刻"广告词，左下角是说明文字。整个广告以心形图案为主，充分体现了"倾注心意一刻"的意境。该图像的制作方法如下。

图 9-59　"苹果牛奶广告"效果图

图 9-60　"宝宝"图像

【制作方法】

1. 绘制前景

（1）导入一幅"宝宝.jpg"图像和一幅"苹果.jpg"图像，如图 9-60 和图 9-61 所示。

（2）绘制一个深紫色的矩形，作为广告的背景。绘制两个玻璃杯，并在杯中绘制牛奶图形，如图 9-62 所示。

（3）将杯子调整成倾斜状态，绘制两条白色的牛奶流淌的图形，再绘制一个由白色奶液形成的蝴蝶节。然后，绘制一个水滴形状的图形，填充灰色，在水滴形状图形的中间再绘制一个白色小水滴图形，使用工具箱中的"交互式调和工具"，在两个水滴之间创建渐变效果，形成立体水滴图形。

（4）复制几份立体水滴图形，分别调整它们的大小、位置和旋转角度，如图 9-63 所示。

（5）绘制一个心形物件，再绘制一个螺旋形物件，并创建它们的内轮廓。选择"排列"→"修整"→"焊接"菜单命令，将心形物件和螺旋形对象焊接在一起，形成心形图案。

（6）创建心形图案的内轮廓，并分离和打散这些物件，再选择"排列"→"组合"菜单命令，将内轮廓和外轮廓组合在一起，形成心形图案的内框和外框。

图 9-61　"苹果"图像

图 9-62　玻璃杯和牛奶

图 9-63　牛奶流和水滴

（7）将内框物件填充成白色，将外框物件填充成灰色，创建内框平面阴影，并将阴影填充成白色，形成立体心形图案。创建外框阴影，并将阴影填充成深紫色，如图 9-64 所示。

（8）选择"效果"→"图框精确剪裁"→"放置在容器中"菜单命令，将人物图像填充到心形图案中，如图 9-64 所示，这样前景就制作完成了。

（9）输入金黄色的苹果中英文文字，并将它转换成曲线后变形，如图 9-65 所示。输入广告词"倾注心意一刻"，填充成白色，将"心"字转换成曲线并变形，然后创建深紫色阴影，如图 9-66 所示。

图 9-64　心形图案　　　　　　图 9-65　苹果中英文文字　　　　图 9-66　广告词文字

（10）输入广告说明，并填充成白色，如图 9-67 所示。

2．绘制背景

（1）绘制一个紫色的波浪形矩形，在上面绘制一条金色波浪线。并创建白色阴影，然后将其填入深紫色矩形中，如图 9-59 所示。

图 9-67　广告说明

（2）选中"苹果"图像，选择"位图"→"位图颜色遮罩"菜单命令，调出"位图颜色遮罩"泊坞窗。选中"隐藏颜色"单选按钮和颜色列表框内第 1 个色条的复选框，拖曳"容限"滑块，调整容差为 20；单击"颜色选择"按钮，再单击"苹果"图像的白色背景，选定要隐藏的颜色。

（3）单击"位图颜色遮罩"泊坞窗内的"应用"按钮，将"苹果"图像的白色背景隐藏，如图 9-59 所示。

（4）将绘制好的对象和文字移到背景上，并调整其大小，形成一幅"苹果牛奶广告"图像，如图 9-59 所示。

9.6　【综合实例 6】天鹅湾庄园销售广告

【案例效果】

"天鹅湾庄园销售广告"图像如图 9-68 所示。这是一幅天鹅湾庄园别墅销售广告。背景是一个左上角为淡黄色，右下角为白色的线性渐变颜色的矩形，右下角还有一幅天鹅湾庄园楼房的图像，中间是天鹅湾别墅家居客厅、花园、别墅、餐厅四幅卷边图像和上下两条彩带。在背景之上，左上角是天鹅湾庄园的标志和"环保安全"文字、"天鹅湾"立体文字和广告词"二十四小时服务"带阴影文字，中间有四张图像的说明文字，左下角是相关文字和简单的修饰图形，下边是天鹅湾庄园别墅的地理位置示意图。该图像的制作方法如下。

图 9-68　"天鹅湾庄园销售广告"图形

【制作方法】

1. 绘制背景

（1）导入一幅"别墅 01.jpg"图像，如图 9-69 所示，移到绘图页面内的右下角。在该绘图页面之上绘制一幅矩形图形，将整个绘图页面覆盖，并填充左上角为淡黄色，右下角为白色的线性渐变颜色。

（2）使用"交互式透明工具" 🏆，将矩形的右下角变成圆形透明效果，显示出"别墅 01"图像，如图 9-68 所示。

（3）导入一幅"家居 1.jpg"图像，如图 9-70 所示。选择"位图"→"三维效果"→"卷页"菜单命令，将图像的右下角卷页，如图 9-71 所示。

图 9-69　"别墅 01"图像　　　　图 9-70　"家居 1"图像　　　　图 9-71　图像卷页

（4）再导入三幅图像，它们是"别墅 02"图像、"鲜花 1"图像和"家居 2"图像，如图 9-72 所示，并将这三幅图像的右下角卷页。

图 9-72　三幅图像

（5）将这四幅卷页图像移到背景矩形图像之上，并进行一定角度的旋转，形成一个扇形，如图 9-73 所示。注意几幅图像的前后顺序应正确。

（6）在扇形图像的上方绘制一条弧线，并创建一个金黄色的阴影。选择"排列"→"拆分"菜单命令，将阴影与弧线分离，并删除弧线，形成一条金黄色的彩虹，如图 9-73 所示。

（7）采用相同的方法在扇形的下方也绘制一条黄色的彩虹，如图 9-73 所示。

图 9-73　背景图像

2．绘制前景

（1）绘制一个天鹅湾庄园别墅的标志的图形，并输入相关的文字，如图 9-74 中左上角图形所示。

（2）输入红色"天鹅湾"文字，复制一份，调小一些并设置为黄色，再使用工具箱内的"交互式调和工具"，在两个文字之间创建渐变效果，形成"天鹅湾"立体文字。然后在"天鹅湾"立体文字的右边输入相应的文字，并绘制一个小圆形图形和一条水平直线，如图 9-76 所示。

（3）输入红色广告词"二十四小时服务"文字，再使用工具箱内的"交互式阴影工具"，制作带灰色阴影的"二十四小时服务"文字，如图 9-68 所示。

图 9-74　标志图形和文字　　　　图 9-75　"天鹅湾"立体文字　　　　图 9-76　文字和图形

（4）绘制一幅天鹅湾庄园地理位置示意图，并输入相关的文字，如图 9-77 所示。

（5）绘制一个金黄色的圆球，并将其外框填充白色。输入英文单词"NEW"，使用工具箱内"交互式封套工具"，将英文单词转换成球形，并移到圆球上，如图 9-78 所示。

（6）绘制两个圆角矩形，一个填充白色，另一个填充金黄色。将金黄色矩形转换成曲线，并变形成带箭头的说明框，复制并创建其阴影。然后，在白色的圆角矩形中输入天鹅湾庄园别墅的新闻文字，形成第一个新闻图形，如图 9-78 左上角图形所示。

（7）复制 3 个新闻图形，更改其中的说明文字，如图 9-78 所示。

（8）将输入的文字和绘制的图形移到背景图像上，并调整其大小和位置，形成天鹅湾庄园销售广告，如图 9-68 所示。

图 9-77　地理位置示意图　　　　　图 9-78　金黄色的圆球和说明文字

9.7 【综合实例 7】华新 LED 彩电广告

【案例效果】

"华新 LED 彩电广告"图形如图 9-79 所示。它的背景是一幅"大海"图像，在背景图像之上，中间有一台电视机图像，一座桥穿过电视屏幕伸展到远处，桥上站立着一个职业白领，上边是"站到更高处。华新 LED 彩电与您登上视觉更高峰"广告词立体文字，它呈仰视的立体形状。该图像的制作方法如下。

图 9-79　"华新 LED 彩电广告"图像

【制作方法】

（1）设置绘图页面的宽度为 640mm，高度为 480mm，背景色为紫色。选择"文件"→"导入"菜单命令，调出"导入"对话框，选中如图 9-80 所示的"大海.jpg"图像、如图 9-81 所示的"电视机.jpg"图像和如图 9-82 所示"白领人"图像。

（2）调整"大海"图像的大小和位置，使它刚好将整个绘图页面完全覆盖。

图 9-80 "大海"图像　　　图 9-81 "电视机"图像　　　图 9-82 "白领人"图像

　　（3）选中"电视机"图像，选择"位图"→"三维效果"→"透视"菜单命令，调出"透视"对话框，如图 9-83 所示。在该对话框中将左边矩形底边上的两个顶点向外拖曳，形成一个梯形，单击"确定"按钮，电视机变成了仰视图，如图 9-84 所示。

图 9-83 "透视"对话框　　　　　图 9-84 电视机仰视图

　　（4）隐藏"电视机"图像的白色背景，使用工具箱中的"贝塞尔工具" ，沿着图 9-84 所示电视机框架的内径绘制一幅梯形图形。

　　（5）复制一幅"大海"图像，然后选择"效果"→"图框精确剪裁"→"放置在容器中"菜单命令，再单击梯形图形轮廓线，将复制的"大海"图像填充到梯形中。

　　（6）选择"效果"→"图框精确剪裁"→"编辑内容"菜单命令，调整填充的图像；再单击"效果"→"图框精确剪裁"→"结束编辑"菜单命令，完成图像的填充编辑。

　　（7）取消梯形轮廓线，最后效果如图 9-85 所示。

　　（8）使用工具箱中的"手绘工具" ，绘制一幅天桥图形，并为其填充渐变颜色，如图 9-86 所示。将"白领人"图像的背景色去除，缩小后放在天桥上，如图 9-86 所示。

图 9-85 将"大海"图像填充到梯形中　　　图 9-86 天桥图形和人物图像

　　（9）输入广告词。再使用工具箱中的"交互式立体化工具" ，将文字立体化，如图 9-87 所示。将所绘图形和文字拖曳到背景图形中，组成如图 9-79 所示图像。

图 9-87 立体化文字

9.8　【综合实例 8】北京旅游广告

【案例效果】

　　"北京旅游广告"图像如图 9-88 所示。它是一幅在扇面上制作的介绍北京旅游的广告，在扇面之上有"长城"、"故宫"、"天坛"、"颐和园"、"北海"和"圆明园"6 幅北京著名景点图像，有景点简介文字等内容。扇面外左上角有北京旅行社标志图形，右上角有"北京旅游"带阴影的标题文字。这个在扇面上制作的广告，创意新颖，画面漂亮。该图像的制作方法如下。

图 9-88　"北京旅游广告"图形

【制作方法】

1．绘制北京旅行社标志和扇子图形

　　（1）设置绘图页面宽度为 290mm，高度为 160mm。

　　（2）单击工具箱中的"手绘工具"按钮，在屏幕上绘制一个北京旅行社标志图形，并填充颜色。在标志中输入"北京名胜"四个字，并填充成红色，如图 9-89 所示。

　　（3）在画面的右上角输入红色的"北京旅游"文字，再创建"北京旅游"文字的灰色阴影，如图 9-88 所示。

　　（4）单击工具箱中的"多边形工具"按钮，绘制一个多边形。单击工具箱中的"椭圆形工具"按钮，绘制一个扇形。选择"排列"→"造形"→"相交"菜单命令，将多边形和扇形交叉，形成一个多边形的扇面。

　　（5）再次创建一个扇形，并选择"排列"→"造形"→"修剪"菜单命令，将扇面剪去这个扇形，形成中间是圆形的扇面，并将扇面填充白色。再绘制一个小一些的扇面图形，放在大扇面的外围。然后，绘制一个扇子的龙骨，并复制多个这样的龙骨，并将旋转中心移到下面，进行旋转，形成扇形的龙骨组，如图 9-90 所示。

　　（6）绘制一个扇子的外龙骨，并将其移到扇子的右下角。绘制五个扇子的折叠阴影，并将其填充成 50% 的标准透明效果，如图 9-90 所示。

　　（7）以"花纹填充色方式"将外龙骨填充成红木材质。将内龙骨线填充成深棕色，并创建扇子的阴影，如图 9-88 所示。

图 9-89　北京旅行社标志　　　　　　　图 9-90　扇子图形

2. 给扇子图形添加图像和文字

（1）导入 6 幅北京名胜图像，如图 9-91 和图 9-92 所示。选择"位图"→"三维效果"→"透视"菜单命令，调整这 6 幅图像的透视点，使其变成上大下小的梯形。

图 9-91　北京名胜图像（一）

图 9-92　北京名胜图像（二）

（2）选择"效果"→"图框精确剪裁"→"放置在容器中"菜单命令，将 6 幅北京名胜图像置于扇形中，并调整 6 幅图像的位置和旋转角度，形成扇面，如图 9-88 所示。

（3）输入扇面上 6 段北京名胜的简介文字，文字颜色为紫色、字体为黑体、大小为 9pt，调整文字的旋转角度。复制一个北京旅行社标志，将标志缩小并移到扇子内下边的中央处，如图 9-88 所示。这样，一幅"北京旅游广告"图像就制作完成了。

9.9 【综合实例 9】长寿家园房产广告

【案例效果】

"长寿家园房产广告"图像如图 9-93 所示。它的背景是四幅房间图像，展示出长寿家园的内部房间构造。上面有一个钟表图案，其中心为一片药片，其秒针为一支注射器，其分针为一瓶药水，其时针为一个医药胶囊，表达出长寿家园的主题："让您安享 24 小时医疗服务"。右边是长寿家园的标志、名称及说明文字。右下角有长寿家园的模型图和地理位置示意图，下面有长寿家园的销售热线及投资商、发展商的名称。整个画面图像生动、色彩丰富、创意独特、主题突出。该图像的制作方法如下。

图 9-93 "长寿家园房产广告"效果图

【制作方法】

1. 绘制背景图形

（1）设置绘图页面的宽度为 290mm，高度为 190mm。

（2）绘制一幅矩形图形，填充米黄色。导入 4 幅家居图像，如图 9-94 所示。调整 4 幅图像的大小和位置，使它们排成 2 行 2 列，如图 9-93 所示。选中所有导入的图像。

（3）选择"效果"→"图框精确剪裁"→"放置在容器中"菜单命令，再单击矩形图形，将选中的 4 幅家居图像填充到矩形图形中。

（4）选择"效果"→"图框精确剪裁"→"编辑内容"菜单命令，调整填充的图像；再单击"效果"→"图框精确剪裁"→"结束编辑"菜单命令，完成图像的填充编辑。

图 9-94 4 幅家居图像

2. 绘制长寿家园的标志和地理位置示意图等

（1）输入"长寿家园"4 个字，填充紫色，创建文字的阴影。绘制两个正方形的咖啡色外框，一个为粗框，另一个为细框，并在中间填充白色。在正方形的中间绘制长寿家园的标志。

（2）绘制一个长方形黑框，并在黑框中绘制一个咖啡色的长方形，输入项目名称，设置文字为白色，斜体，如图 9-95 所示。

（3）输入紫色"让您安享 24 小时医疗服务"标题文字，如图 9-95 所示。然后，再换行输入紫色的段落文字，用来说明"长寿家园"的特色。

（4）绘制浅绿色的街道，创建街道阴影，并输入深绿色的街道名称，如图 9-96 所示。在左上角复制一个长寿家园标志，表示长寿家园所在地。在右上角绘制一个方向标志，如图 9-96 所示，这样一个长寿家园的地理位置示意图就绘制完成了。

图 9-95　"长寿家园"文字和长寿家园的标志

图 9-96　街道和街道名称

（5）输入销售热线号码。绘制一个紫色的长方形，并在其上输入黄色的投资商和发展商的公司名称，如图 9-97 所示。

图 9-97　销售热线号码及投资商和发展商的公司名称

（6）导入一幅长寿家园的室外效果图和"长寿"的汉语拼音字母"CHANGSHOU"，如图 9-98 所示。

3．绘制时钟和背景

（1）绘制一个药品胶囊，并将其上半部分填充成渐变的红色，下半部分填充成渐变的黄色，如图 9-99（a）所示。

（2）绘制一瓶药水图形，填充咖啡色，如图 9-99（b）所示。绘制一个淡蓝色的注射器，绘制一个深黄色的针头及黑色的针尖图形，如图 9-99（c）所示。

（3）绘制一片白色的药片图形，填充成灰白色渐变效果，如图 9-99（d）所示。

图 9-98　长寿家园的室外效果图

（4）绘制一个圆形图形，并在圆形图形之上输入钟点数字，并填充成绿色。

（5）选择"排列"→"拆分"菜单命令，将文字和圆形分离，并删除圆形，形成表盘。

（6）以药片图形为中心，胶囊图形为时针，药水图形为分针，注射器图形为秒针，组成一个时钟图形，如图 9-100 所示。

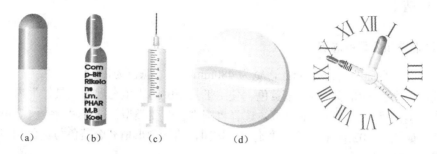

图 9-99　4 幅图形　　　　　　　图 9-100　时钟图形

（7）在图像上绘制一个圆形，填充成 50%透明的白色，并创建白色的阴影。在圆形上面放上绘制好的表盘，如图 9-93 所示。

（8）将已绘制好的文字和物件移到背景上，并调整其大小和位置，形成房地产广告，如图 9-93 所示。

9.10 【综合实例 10】蓝色海洋音乐欣赏海报

【案例效果】

"蓝色海洋音乐欣赏海报"图像如图 9-101 所示。它是一幅音乐会宣传画。画面背景是蓝色的海洋和有白云飘浮的蓝天，以及右下角半透明状的弹钢琴的天使。在背景图像上有音乐的名字、钢琴图像、歌手图像、金色的光盘图形、五线谱图形和音符等，还有象征音乐会主题曲的立体文字"蓝色海洋"等。该图像的制作方法如下。

图 9-101　"蓝色海洋音乐欣赏海报"图像

【制作方法】

1. 制作唱碟和公司标志等

（1）设置绘图页面的高为 680mm，宽为 480mm，背景颜色为白色。

（2）绘制一个椭圆图形，填充金黄色。使用工具箱中的"填充展开工具栏"内的"渐变填充"按钮，调出"渐变填充"对话框，选择"圆锥"渐变类型，选择"自定义"单选按钮，设置渐变色，如图 9-102 所示。单击"确定"按钮，给椭圆形填充金黄色与黄色相间的渐变色效果，如图 9-103 左图所示。

（3）绘制一个椭圆图形，填充白色，去掉轮廓线，移到图 9-103 左图所示图形的中心处。选中两幅椭圆图形，选择"排列"→"结合"菜单命令，创建金色唱碟图形，如图 9-103 右图所示。

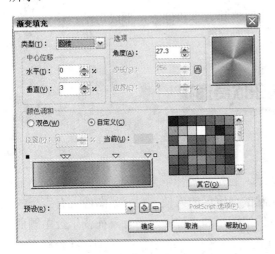

图 9-102　"渐变填充"对话框

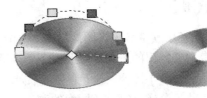

图 9-103　椭圆形填充渐变色和唱碟图形

（4）选中图 9-103 右图所示对象，复制几份，将各唱碟旋转成不同的角度，再按图 9-104 所示图形放置唱碟，形成唱碟组合。

（5）绘制三个矩形图形，将它们分别填充成红色、黑色和黄色。输入公司中文名称及英文名称，并将其中的一个中文字填充为白色，制作出"标牌"图形，如图 9-105 所示。

（6）绘制一幅黄色的"鸽子"图形作为商标，如图 9-106 所示。

（7）绘制两幅矩形，填充成黄色，输入文字，并绘制一条直线，形成 CD 光盘和 VCD 视盘标志，如图 9-107 所示。

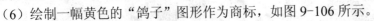

图 9-104　几个唱碟

图 9-105　"标牌"图形

图 9-106　"鸽子"图形

图 9-107　光盘和视盘标志

（8）绘制一个"喇叭"图形，并将其填充成铜金属颜色，如图 9-108 所示。复制一幅"喇叭"图形并进行水平镜像，再绘制一个黑色矩形，将两幅"喇叭"图形移动到黑色矩形图形内的两端。

（9）绘制 5 条不同颜色的波浪线，代表五线谱中的五条曲线，将它们组成群组并移到两个喇叭之间。然后输入白色"蓝色海洋音乐欣赏"文字，效果如图 9-109 所示。

图 9-108　"喇叭"图形　　　　　　　图 9-109　输入"蓝色海洋音乐欣赏"文字

（10）输入 8 行红色的音乐曲目名称，如图 9-101 所示。

2．绘制五线谱、音符和鱼眼镜头

（1）绘制一个窄条的矩形，将其转换成曲线，并调整成波浪形状。将矩形填充成金黄色与淡黄色相间的渐变颜色，再取消轮廓线。创建矩形的阴影，并将阴影填充成金黄色，形成一条波浪形的光带。将光带复制成五条平行的曲线，形成五线谱，如图 9-110 所示。

（2）使用"手绘工具"，绘制一个大的高音谱号，填充成黄白相间的渐变颜色。加上白色轮廓线，并创建深棕色的阴影，如图 9-111 所示。绘制几个音符，取消轮廓线，并填充白色。创建音符的阴影，并给阴影填充深棕色，如图 9-112 所示。

图 9-110　"五线谱"图形　　　　图 9-111　高音谱号　　　　　　图 9-112　音符

（3）将高音谱号和音符移到五线谱之上，如图 9-113 所示。

（4）导入一幅演员唱歌的图像和一幅钢琴图像，如图 9-114 所示。

图 9-113　将音符移到五线谱之上　　　　　　图 9-114　导入两幅图像

（5）导入一幅圆环图像，如图 9-115 左图所示。绘制一个黄色圆环图形，并置于镜头图形之下，如图 9-115 右图所示。选择"效果"→"透镜"菜单命令，对钢琴图像进行鱼眼滤镜操作，使钢琴图像具有鱼眼效果。选择"位图"→"转换为位图"菜单命令，将鱼眼效果的图形转换成位图，并填充到圆形镜头中，完成第一个鱼眼镜头的制作，如图 9-116 左图所示。

图 9-115　镜头和黄色圆环图形 　　　　　　　图 9-116　　鱼眼镜头

（6）用同样的方法，制作另外一个鱼眼镜头，如图 9-116 右图所示。

（7）导入一幅"海洋"图像，如图 9-117 所示。适当调整它的大小与位置，使它正好将绘图页面遮盖住。使海洋蓝天图像置于最后面。

（8）导入一幅"天籁之音"图像，如图 9-118 所示，隐藏该图像的蓝色背景，如图 9-119 所示。然后，将该图像移到背景图像内的右下角，置于背景图像之上，创建半透明效果，如图 9-101 所示。

然后，将前面制作的各个对象移到背景图像上面合适的位置。至此，整幅音乐会宣传画制作完毕，如图 9-101 所示。

图 9-117　"海洋"图像　　　图 9-118　"天籁之音"图像　　　图 9-119　隐藏蓝色背景

思考与练习9

1．制作一幅"美丽的几何对称图形"图形，如图 9-120 所示。

2．制作"服饰与美容"网页内的两幅画面，如图 9-121 和图 9-122 所示。它需要输入文字、插入网页对象、导入图像和绘制图形。

图 9-120　"美丽的几何对称图形"图形

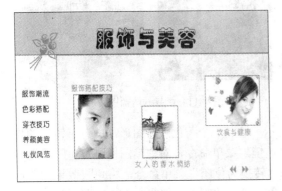 

图 9-121　服饰与美容网页（一）　　　　　　图 9-122　服饰与美容网页（二）

3．制作一幅"服装广告"图像，如图 9-123 所示。这是一幅服装广告画。为了突出服装的保暖性，它的背景是一幅雪山图形。上面有两个穿着贝罗服装的年轻人和一个金色的礼盒。广告画中还有服装的品牌、商标、贺词和广告词、电话和公司名称，右下角有一个爆炸图形，上面有送礼的说明文字。整个广告突出表现出了贝罗服装的防寒性和新春送礼两大主题。

图 9-123　"服装广告"图像

4．制作一幅"华康豆奶包装"图像，如图 9-124 所示。这是华康牌豆奶粉的包装袋封面，背景为一个黄色的矩形，上面有田野、树木、房屋和一头奶牛，还有豆奶的商标、品牌、说明图案和包装规格等，还有豆奶的中英文名称、中英文说明及生产厂家的中英文名称。整个包装图形简洁，色彩鲜艳，还将豆奶与牛奶进行比较，突出了来自于自然的绿色食品。

5．制作一幅"阳光别墅广告"图像，如图 9-125 所示。它的背景是一张海洋风景画，画面左上角美丽的蜗牛代表海中的动物，从水中长出的椰树代表海边的植物，背景的右下方有阳光别墅的半透明照片，使人联想到海市蜃楼，正中间有一个静坐休息的女人，她下面半透明的倒影表明她正坐在海边，左下边有一个在水中看书的女人，表现了休闲的气氛，左下角有一个玩降落伞的运动员，他那有波浪的倒影说明了他是在水中降落，中间有一副太阳镜，左边的镜片上反射出一幅帆船的影像，右边的镜片上反射出一幅在跳水板上休息的女人的影像。整个画面不禁让人想到这个广告的主题"住阳光别墅，感受海洋风情"。前景的右上角是一个阳光别墅的标志图案，四周是呈放射状的阳光，左边是阳光别墅的主题词，下面是阳光别墅的名称，并制作成了向外发射阳光的效果，突出地表现了别墅的名称"阳光"的含义。

图 9-124　"华康豆奶包装"图像　　　　图 9-125　"阳光别墅广告"图像

6. 制作一幅"西单文化广场海报"图像，如图 9-126 所示。背景是一个深紫色变幻的矩形，右下角有西单文化广场的画面和地理位置示意图。前景为四个鱼眼镜头，分别嵌入了四张西单文化广场经营的商品图像。海报的右上角有广场的名称，开业的时间等说明文字。

图 9-126 "西单文化广场海报"图像

反侵权盗版声明

电子工业出版社依法对本作品享有专有出版权。任何未经权利人书面许可，复制、销售或通过信息网络传播本作品的行为；歪曲、篡改、剽窃本作品的行为，均违反《中华人民共和国著作权法》，其行为人应承担相应的民事责任和行政责任，构成犯罪的，将被依法追究刑事责任。

为了维护市场秩序，保护权利人的合法权益，我社将依法查处和打击侵权盗版的单位和个人。欢迎社会各界人士积极举报侵权盗版行为，本社将奖励举报有功人员，并保证举报人的信息不被泄露。

举报电话：（010）88254396；（010）88258888
传　　真：（010）88254397
E-mail：dbqq@phei.com.cn
通信地址：北京市海淀区万寿路 173 信箱
　　　　　电子工业出版社总编办公室
邮　　编：100036